JN257175

海の光のクレア

エドウィージ・ダンティカ
佐川愛子 訳

Claire of the Sea Light

作品社

海の光のクレア

Contents

第二部

日本の読者への手紙

親愛なる日本の読者のみなさん、

今年の春、私も制作に協力した『ガール・ライジング（少女たちの挑戦）』というドキュメンタリー映画がアメリカ中の劇場で上映され、後にテレビのニュースチャンネルCNNでも放送されました。この映画は、それぞれ違う国に住む、九人のとても貧しい少女の物語で、教育を受けるために全員が奮闘しています。

それぞれの少女が同じ国の作家とペアを組むのですが、私は光栄にも、ハイチの八歳の少女ワドリーといっしょになりました。ワドリーは、二〇一〇年のハイチ大地震の惨害を家族とともに生き延びましたが、地震後何週間もテント村に住んでいて、学校には行けませんでした。

ハイチで会ったワドリーは、愛らしくて賢い少女でした。彼女は、時を経るにつれて次第に私によく話しかけるようになりました。そして私のほうも、被ってきた苦難についての辛い話だったにもかかわらず、ワドリーの話を聴くのが嬉しくてたまらなくなっていきました。私には八歳の娘ミラがいますので、八歳の子どもというのは悲しげに物思いに沈んだり空想にふけったりするものだと知っています。ワドリーのなかに私は、ミラとその妹のレイラを多分に見たばかりでなく、いくらか、昔の私自身も見つけました。

私は拡大家族のなかで育ちましたが、それはワドリーの家族と大変似ていました。そこでは、家族というのは血縁の者だけではなく、隣近所の人たちや、友人たちをも含むのです。ワドリーは、驚くほど素晴らしい家族に恵まれています。深く彼女を愛し、明るく輝く彼女の未来を見たいと望んでいる人びとです。

同じことが、私の新しい小説『海の光のクレア』の主人公、クレア・リミエ・ランメについてもいえます。クレアの母親は、お産で亡くなります。そしてクレアが七歳のとき、彼女によりよい人生を与えたいと望んでいる漁師の父親は、彼女を育ててもらうために他の人のもとにやるべきか否かという、悲痛な決断に直面します。これは、世界中の多くの親子にとっての、非常に過酷な現実です。ハイチでは多くの親たちが、子どもを養えなくなると、孤児院に預けます。クレアの父親ノジアスも、このような胸の張り裂ける決断を迫られているのです。

クレアの新しい母親になるかもしれない女性は、生まれたときからクレアのことを知っていますが、彼女もまた傷ついています。多くの秘密を抱え、自分自身の子どもを亡くしてもいる人です。クレアは、ハイチにある小さな町で、この本のなかに収まっているある一晩に、自分の運命が決定される時に向かって進んでいくなかで多くの人びとの生活と人生を垣間見、関わっていきますが、彼女もそんな人びとの一人です。本書は、難しい選択についての物語です。そして、家族の話です——生まれ持った家族と、選び取った家族と。また、コミュニティの物語でもあります。クレアだけではなく、ある一つの村の話なのです。そしてそれは、遠く離れたどこかの村ではなく、私たち全員の内にある村、私たちの喜びと痛みのすべてが、次に来る世代の人びとの記憶のなかに留まり続ける村なのです。

私はおよそ同じ時期に『ガール・ライジング』と『海の光のクレア』の両方に取り組むことができて、とても恵まれていたと思います。このドキュメンタリー映画と著作――小説、つまり架空の話です――には、次のような共通点があります。まず、ともに一人の少女の生を通して、より大きな物語を語っているという点です。『ガール・ライジング』に込められたメッセージは、少女たちは彼女らのコミュニティの（世界の、と言い換えてもよいかもしれません）サポートを得て教育を受けねばならない、ということです。私たちはまた、グローバルな経済政策が、発展途上国の貧しい人びとの生活を破壊し、彼らの経済的自立を妨げること、そして、貧しい人びとが自分の子どもたちに――男の子にも女の子にも――食事を与え、育み、教育を受けさせることをほぼ不可能にするという事実を無視することはできません。

クレアの物語を、私は自分の想像力を駆使して書きました。フィクションですから、物語のなかのいろいろな出来事には、現実よりもずっと多くの微妙な意味合いが含まれています。ですが、この小説のメッセージは――もしもそこにメッセージがあるとすれば――読者の方がお決めくださるべきものです。

これがもしも私の娘だったら？　と私は、この本を書きながら何度も自分に問いかけました。もしも私が、ノジアスが直面している選択を迫られたら、どうするだろう？　われわれの立ち上がる（ライジング）

少女たち全員の親が直面する困難な選択を。もしもクレアが私の娘だったら、どうするだろう？この少女たちが私の娘だったら、どうするだろう？

それから、私は思い起こすのでした。ある意味では、どの子もみんな私の子どもなのだと。そして、私たちの子どもなのだと。

エドウィージ・ダンティカ

母ローズと二人の娘、ミラとレイラに捧ぐ

教えておくれ、美しき夕暮れよ、
紫色のリボンが丘に結ばれるとき、
夢はきみの秘密の願いを叶えてくれるか、
祈りは、殻のなかからこぼれるトウモロコシの実のように
きみの唇からこぼれるか？
教えておくれ、夜になり山々が大きく姿を見せるとき、
柔らいだ影の巨大な陰は、
草の葉の種のように急いで花開くのか。それから
教えておくれ、夜風がそれらを私のほうへなびかせるのか……

ジーン・トゥーマー「テル・ミー」より

第一部

第一部

海の光のクレア

クレア・リミエ・ランメ・フォースティンが七歳を迎えた朝、ヴィル・ローズの町の外洋に、三メートルから三・六メートルほどもあろうかという異常な高波が見られた。大勢の者が遠くにその波を見たが、クレアの父親である漁師のノジアスも、自分のスループ帆船のほうへ歩いているときそれを目にした。最初、遠くで鳴る雷のような、低くゴロゴロいう音が聞こえ、そのあと、海底から立ち上がってくる水の壁が見えた。巨大な青緑の舌が、ピンクの空をなめようとしているようだった。

あっという間に膨らんだ波は、あっという間に砕けた。樽のように膨れた壁が崩壊し、フィフィンという名のカッター型帆船をしたたかに打って、船とそれに乗っていた漁師カレブを沈めた。

ノジアスは水際（みぎわ）まで走り、海に入って、潮が膝の高さになるところまで歩いた。親友を失ってしまった。何年もの間、夜明け前、海に出るまでの道すがら、すれ違えば挨拶を交わしてきた友だった。

ノジアスの傍には、すでに十二、三人の漁師たちが集まっていた。彼は浜に目をやり、そこに立つカレブの小屋を見た。小屋では、カレブの妻のフィフィン――ジョセフィーン――が、夫を見送ったあとで再び床についているだろう。ノジアスにはわかっていた。身体で感じていた。カレブも船も、さらわれてしまったと。両方とも、一日か二日後に打ち上げられるかもしれないが、そうならないことのほうが多い。

それは、五月の最初の週のうだるような土曜日の朝だった。ノジアスは、めずらしく寝過ごして、いかにつらくともいつかは決めなければならないとわかっていることについて、あれこれと考え込んでいた。最終的に、娘を誰にやるのか、ということだ。

「もっと早くに起きていれば、おれはあそこにいただろう」彼は走って家に戻り、涙ぐんで小さな娘にそう告げた。

クレアは、一部屋だけしかない二人の小屋の、簡素なベッドにまだ横になっていた。薄い寝巻きの背中は、汗でぐっしょりだった。彼女は、もっと小さかったときにしていたのと同じように、長い糖蜜色の腕をノジアスの首に巻きつけて、その頰に鼻を押しつけた。何年か前に、ノジアスは、クレアが生まれたその日に起こったことを話した。クレアを出産して、母は亡くなったのだと。だから、クレアの誕生日はまた、死の日でもあった。そして、異常な高波と漁師の死が、この日がずっと死の日であり続けていることを証明していた。

★

　クレア・リミエ・ランメ・フォースティンが六歳を迎えた日はまた、ヴィル・ローズの葬儀屋アルバート・ヴィンセントが、新町長に就任した日でもあった。その後、両方の職を続けたため、彼がもっと顧客を獲得できるように、この町はそのうち巨大な墓地になるぞという類(たぐい)の、さまざまな冗談がうまれた。アルバートは――手に震えがあったものの――比類ない気品を身につけた男性だった。毎日ベージュのツーピース・スーツを着ていたが、就任式の日も同様だった。瞳はラベンダー色だが、昔からずっとそうだったわけではないと、人びとは語った。気の毒なことだが、華麗な印象の目の曇りは、太陽の光と、若くして発症した白内障のせいだったのだ。宣誓就任式の日、アルバートは、手を震わせ、暗記している町の歴史についてスピーチをした。彼はこの演説を町庁舎の階段のいちばん上からしたのだが、この庁舎は、十九世紀に建てられたはでな見かけ倒しの白い建物で、ホウオウボクの木がいっぱいに植えられた広場に面していた。広場には、午後の太陽の下、何百人もの住民らがひしめきあっていた。

　ヴィル・ローズの人口はおよそ一万一千人で、そのうちの五パーセントが、裕福であるか、快適な生活水準を維持していた。残りの人びとはおしなべて貧しく、赤貧の人たちもいた。多くが失業していたが、農業か漁業に（またはその両方に）従事している人びとと、あるいはサトウキビ農園の季節労働者として働いている人びともいた。首都の南方三十二キロメートルほどのところにあるこの町は、カリブ海で最も海流が不安定な海域と、ハイチ特有の浸食された山岳地帯の間に押し込まれたようで、外周は花の形をしていて、山頂から見ると、大きな熱帯産のバラの開きつつある花弁のように見えた。町と海を結ぶ主要道路は茎に見立てられて、バラの茎大通り(アヴニュ・ピエ・ローズ)と呼ばれ、その脇に伸びる多くの横道や細道はとげ（エピン）と呼ばれた。

　アルバート・ヴィンセントの勝利を祝うこの集会は、町の中央部のバラの胚珠にあたるところ、サント・ローズ・ド・リマ大聖堂の向かい側で行なわれた。この大聖堂は、就任式のために、前より濃いライラック色に塗り直されていた。アルバートは就任演説を行なったが、その間ずっと両手をフェドーラ〔訳註：つばの反ったフェルト製の中折れ帽〕の下に隠していた。彼がこの帽子をかぶるのを見た者は、ほとんどいなかった。群衆の端っこで、ノジアスに肩車されたクレア・リミエ・ランメは、誕生日用のピンクの綿モスリンのドレスを着て、編んだ髪には、とても小さな蝶結び形のバレッタをたくさんつけていた。ふとクレアは、自分と父が、ぽっちゃり太った女性の隣に立っているのに気づいた。女性は、ふくよかな顔の上に、長いストレートのかつらをつけていた。黒のパンツに黒のブラウスという装いで、耳の後ろには白いハイビスカスがピンで止めてあった。彼女は、ヴィル・ローズに一軒だけある織物屋の所有者だった。

「私を信頼してくださって、感謝します」とアルバート・ヴィンセントが、群集へ向けて大声で言った。話し始めてから三十分ほどが経ち、演説はようやく終わりに近づいていた。

　ノジアスは口の前で両手を合わせて杯の形にし、織物屋の主（あるじ）に何ごとかをささやいた。クレアには、父親が本当は町長の演説を聞きに来たのではなく、織物屋に会いに来たのだということが、はっきりわかった。

　その夜、もっと遅くなって、織物屋の主はピエ・ローズ大通りの突き当たり近くにある小屋に現われた。クレアは、織物屋の主が父と一緒にいる間、自分は隣人のところにやられるのだろうと思っていたが、ノジアスは彼女に、古い豚の剛毛製のブラシで髪をなでつけておくように、また、暑い日照りのなか一日中着ていた襞飾り(ひだかざ)つきのドレスについたしわを伸ばしておくようにと言いつけた。

小屋の中央――ノジアスとクレアのそれぞれの簡易ベッドの間――に立って、織物屋の主はクレアに、灯油ランプの明かりのそばでくるりと回るようにと言った。灯油ランプは、いつもどおりに、クレアとノジアスがときどき食事をするのに使う小さなテーブルの上に置かれていた。小屋の木造の壁には、黄色く変色して剝がれ落ちそうになっている町の新聞「ラ・ロゼット」紙が貼ってあった。何年も前にクレアの母親が、キャッサバ澱粉糊(でんぷんのり)で貼りつけたものだった。立っているところからクレアには、長く伸びた自分の影が二人の影と一緒に消えかかった活字の上で揺れているのが見えた。ご婦人のためにくるくる回りながらクレアは、父が言うのを聞いた。「おれは子どもの悪いところをたしなめるのは賛成ですが、ムチで打って教え込むのには反対です」彼はクレアに目をやって、間をおいた。そして、親指で掌(てのひら)の真ん中を突きながら、うわずった声で続けた。「この子をいつも清潔にしておいてやりたいんです。見ておわかりのとおりです。学校にはもちろん通わせ続けないといけませんし、病気のときはできるだけ早く医者に診せるべきです」今度は違うほうの掌を突きながら、彼はつけ加えた。「その代わりにこの子は、家でも店でも掃除を手伝います」そこで初めて、クレアは気づいた。二人が話している「この子」とは、自分のことなのだと。父が、自分を手放そうとしているのだと。

突然脚が鉛になってしまったように感じて、彼女は回るのをやめた。彼女が止まるとすぐに織物屋の主は父親のほうを向いたので、偽物の髪で顔の半分が隠れた。ノジアスの視線は、織物屋の主のしゃれたかつらから、つま先の開いた高級そうなサンダルと、赤いマニキュアを塗った足指の爪へと落ちた。

「今夜はだめ」と織物屋の主は、狭い戸口へ歩きながら言った。

ノジアスは呆然とした様子だったが、息をひとつ深く吸い込んで、ゆっくりと吐いてから、織物屋の主について戸口まで行った。二人はひそひそ話しているつもりのようだったが、部屋の反対側にいるクレアまで、はっきりと聞こえていた。

「おれはここを離れます」と、ノジアスは言った。「もっといい生活を探しに(プー・シエシエ・ラヴィ)」

「オームム」織物屋の主は、警告のうめき声をあげた。何か不可解な言葉、彼女自身どう表わせばいいのかわからないというような言葉を。「なぜあなたは、自分の子どもを私のレスタヴェク〔子どもの〕〔メイドや下男〕にしたいの？」

「奥さんなら、あの子をそんなふうには扱いません」とノジアスは答えた。「でも、どうせいずれそうなるんです、おれが死ねば。奥さんほど親切じゃない人たちとの間で。おれにはもう、この町に家族はいませんから」

葬儀屋が町長選に勝利したので、この先ずっとヴィル・ローズにいたら、無意味な演説をどれほど聞かされることになるかわからない、とノジアスは冗談を言い、織物屋の主の質問を終わらせた。織物屋の主は、鼻を抜けてくるような、りんりんとよく響く笑い声をあげた。嬉しいのは、とクレアは考えた。父さんがいつも私を手放そうとしているわけではないということだ。たいていは、そんなことをするつもりなどないように振る舞っていた。平日には、クレアはアーディン小学校へ通った。校長のアーディンさんから慈善奨学金を受けていたのだ。夜には、小屋の中央にある小さなテーブルに置かれた灯油ランプのそばに座り、学校で習った新しい単語を暗唱した。ノジアスはその単調な暗唱と娘の勤勉さを楽しんだし、学校が休みの日には、その楽しみがないことを残念に思った。このひととき以外の彼の生活はというと、夜が明けるとすぐに海へ出て、いつもいくらかのひき割りトウモロコシか卵を持ち帰ってきた。早朝の漁で獲れた魚の一部と交換して手に入れたものだ。彼は建設現場へ、あるいは隣国ドミニカ共和国の漁業地区へ働きに行く話をしたが、いつも、クレアと一緒に行くかのように話し、置いていかねばならないというふうには語らなかった。だが、彼女の誕生日が巡ってくると、彼はまたその話を始めるのだった――シェシェ・ラヴィ、よりよい生活を築くために旅立つのだと。

漁は、以前ほど収入を得られる生業ではなくなったよ、と、話し相手があればいつでも父が言うのを、彼女は聞いた。昔は、彼やその仲間が網を投げ入れて、一、二時間たって引き上げれば、でっかい成魚がたっぷり獲れたものだった。それが今では、半日かそれ以上しかけておいても、かかっているのは以前なら海に投げ返していたような小さいのばかり。けれど、今はそれで我慢するしかない。例えば、まだ幼い巻貝や、卵をいっぱい孕んだロブスターを海に返さずに獲ってしまうのはいけないことだと腹の奥底ではわかっていても、そうせざるをえないのだ。漁期にだけ漁をして、海がまた魚でいっぱいになるのを待っているだけの余裕はない。ほぼ毎日漁に出るしかない。金曜日でさえ。たとえ海底が姿を消しつつあっても。魚に滋養を与えていた海草が、沈泥とがらくたの下に埋もれてしまっていても。

しかし、ノジアスがその夜織物屋の主にしていたのは、漁の話ではなかった。二人は、クレアのことを話していた。おれの親戚と亡くなった妻の親戚は、この近くの山の中のおれが生まれた村に住んでいるんですが、みんなおれよりもっと貧乏なんです、と彼は言った。おれが死んだら、きっとクレアを引き取ってくれるでしょうが、そうするより仕方がないからです。それが、家族のすべきことですから。たとえ何があっても、おれたちは互いに助けあうべきです（フォク・ヌ・ヴォイエ・ジエ・ヨン・ス）から。でも、おれは慎重にしたいんです、と彼は続けた。自分の娘の将来という重大なことを、運まかせにはしたくないんです。

織物屋の主が帰ったあと、いくつかの丘からカラフルな花火が上がり、町のアンテール地区にある灯台の近くの家々の上方の夜空いっぱいに広がった。灯台の向こう側にあるいくつかの丘は、繋がって一つの山になっていた。荒れ放題で、緑色で、生い茂るシダは実をつけないので、足を踏み入れる人もいなかった。木々は、木炭にするには湿りすぎていて、建築に使えるほどしっかりしてもいなかった。欲しいと思うようなものは何もなかったので、人びとはこの山を役立たずの山（モン・イニティル）と呼んだ。幽霊が出るとも信じられていた。

花火は、アンテールの丘に建つ門のある二階建ての屋敷群と、イニティル山のマッシュルームの形をしたシダのてっぺんを照らした。また、海のそばに建ち並ぶ羽目板張りの小屋とその草ぶき屋根やブリキ屋根も照らした。

織物屋の主が行ってしまうとすぐ、クレアと父は外に飛び出して、光が空で爆発しているのを見た。小屋と小屋の間の路地には、近所の人たちがひしめいていた。号砲のような爆発で、町長となった葬儀屋のアルバート・ヴィンセントが、自らの勝利を祝っていた。けれども、隣人たちが祝福の拍手を打ち鳴らしている間、クレアは、勝利したのは自分だ、と感じずにはいられなかった。織物屋の主がノーと言って、もう一年、父と暮らせることになったからだ。

★

クレア・リミエ・ランメ・フォースティンが五歳を迎えた日は、金曜日で市の立つ日だったので、父は夜明けに彼女を起こした。二人は、小屋のちかくにできた砂だらけの水たまりのそばを歩いていった。そこでは、親に財力がないために学校に行けない子どもたちが、朝の時間を、漁師たちの手伝いをしたり、黒ずんだ水の輪のなかで水をはね散らし、海に飛び込んで体の砂をすすぎ落としたりして過ごしていた。クレアはやはり、ノジアスが町の女裁縫師に注文した同じピンクのモスリンのドレスを着ていたが、サイズは前年のものよりわずかに大きくなっていた。布地は、あの織物屋のものだった。

のど仏までボタンをかけたこぎれいな白いシャツを着て、ノジアスは、じめじめした空気に肌をくすぐられているような感じがした。まるで、海風が町の窒息させるような暑さに出会ってできる、たくさんの湿気の多いエアポケットのひとつに閉じ込められたかのように。海に背を向ける前から、クレアにはわかっていた。これから、去年と同じように、母の墓を訪れるのだと。

ピエ・ローズ大通りは、バイク・タクシー（モト）やタプタプ〔イラストやデコレーションで鮮やかに装飾された乗合バス〕から身をかわしたり、逆につかまえようとする歩行者ですでにごった返していた。ノジアスは鼻を高くあげてくんくんさせ、通りの両側に並び建つ家々の朝のコーヒーの匂いを吸い込んだ。家々の傾斜した屋根は、妻が好きだったレース編みのような、複雑な模様の木彫りの縁取（ふちど）りで飾られていた。ノジアスは、規則的なペースの早足で歩いた。まるで、遅れずについてこいとクレアをけしかけているように。彼らは、ヴードゥー寺院のそばを通り過ぎた。その外壁は、ルア〔ヴードゥーの精霊〕との二役を演じているカトリックの聖者の像で覆われていた。ノジアスは、以前にも何度もそうしてきたように、剣を自分の胸に向けて持つ、青白い悲しみの聖母〔聖母マリアが磔にされたわが子キリストを悲しむ姿を描いている〕の輝く顔を指し示した。

「愛の女神」と彼は言った。「エジリ・フリーダだ。おまえの母さんは、彼女が好きだった」

クレアは、母親の写真を見たことがなかった。家にはなかったのだ。もしも、アーディン小学校の幼稚園棟に掛けてあるクラス写真——父親にはそれを買う余裕がなかった——がなければ、母の写真は一枚もなかっただろう。

彼らは町の中心部を迂回して、主要道路を逸れ、とげのひとつ（エピン）に入り、サボテンの生け垣に囲まれた木造家屋が建ち並ぶ、狭い未舗装道路を通り抜けていった。クレアは、空中に漂う燃えた砂糖の匂いを追って歩く父のあとについていった。ゴム靴を履いて、サトウキビをどっさり背負わせたラバを引いて畑から帰ってくる男が、彼らに呼びかけた。「亡くなった人を訪れるのかね、ミスター（ムシエ）・ノジアス、ミス（マンゼ）・クレア？」

ノジアスはうなずいた。

墓地は、淡い海色の石の壁に囲まれていた。中に入ると、門の近くに立つ鮮やかなオレンジ色のシダレヤナギの下に、最も古い時代の、長年陽に当たって他のどれより色のあせた墓石がいくつかあった。大理石の墓標は一八〇〇年代初期にまで遡る、アーディン家、ボンシイ家、カデット家、ラヴォー家、マリグナン家、モーリン家、ヴィンセント家など、町の最も著名な一族のものだった。じきに、墓地のより新しい区画に来ると、家の形をしたパステルカラーの霊屋群と、テラコッタ色の地面から突き出した、簡素なセメントの十字架群が見えてきた。クレアは最初、どの十字架が母のものだったか思い出せなかったが、ノジアスが手を引き、その前へ連れていった。彼はかがんで、シャツの裾を使い、十字架に刻まれた文字のくぼみにうっすらとついた赤い泥の膜を拭い取った。クレアは、この年初めて母の名前を読むことができた。母の名もまたクレアで、クレア・ナルシスというのだった。父は、母が亡くなったあとで、彼女をクレア・リミエ・ランメ——海の光のクレア、と名づけたのだ。

ノジアスの最も目立つ身体的特徴は、眉毛と睫毛のほかは、まったく毛がないということだった。その理由を自分で詳しく調べてみたことはなかったが、それ以外の部分に毛が生えたことは、今まで一度もなかった。禿頭で、太陽と海の空気に痛めつけられた、漆黒の肌をした男。ノジアスは、片膝を湿った地面につけてしゃがみ、シャツの裾につばを吐いたが、妻の名前についた赤土を全部きれいに拭き取れるほど十分に濡らすことはできなかった。

クレアの母の十字架から、ほど遠くない場所にあるラヴォー家の藍色の霊屋には、中央の端から端まで名前を記した金色の飾り帯が施されたピンクの金属製のリースが掛けてあった。リースのわきには、白いバラの小さなブーケが置かれていた。クレアには、自分の名前以外の文字も読んだり書いたりできたらと願うことがよくあったが、このときもそうだった。父はそれさえもできなかったから、彼女には、その名前を読んでくれるように、こんなに美しい子ども用のリースと白い花を置いてもらったのは誰なのか教えてくれるように、頼むことはできなかった。

ノジアスのシャツの前側は、全体に赤土がついていた。妻の墓標をきれいにするために、彼はできるだけのことをした。十字架の下のセメントの厚板に座り、死者たちの間で居心地がよさそうだった。だが、目を上げると、織物屋の主の姿が目に入った。彼女は、こちらへ歩いてきた。白いレース地のドレスを着て、頭には水玉模様のスカーフを巻いていた。

「今日来るのはわかっていた」とノジアスは言って、立ち上がった。自分の汚れたシャツを見下ろして、恥かしく思っているようだった。彼はクレア・リミエ・ランメの手を掴んで、織物屋の主の進んでくるところにやさしく立たせた。

「おれの娘を覚えておいでですか？」とノジアスは、クレアの肩を神経質になでながら訊いた。

「お願い」と女性は言った。「娘のことを思い出させて」

★

クレア・リミエ・ランメ・フォースティンが四歳を迎えた日、織物屋の主の七歳の娘ローズ――町で、同じ名前（トカイ）を持つ何百人もの少女のひとりだった――は、十代の世話係とともにバイク・タクシーの後ろに乗っていたところを車に追突され、空中に跳ね上げられた。そして、頭から地面に落ちた。

ローズは母親似で、丸々と太ってはちみつ色の肌をしていて、髪はいつも完璧にセットされていた。母親が陽気でカラフルなデザインに結い、シンプルな花や幾何学的な模様を、少女の頭の上に形作っていた。ノジアスら、その事故を目撃した者たちは、誓って言った。ローズの身体がバイクの後部席から浮き上がったとき、彼女はあたかも小学校の制服を着て空を飛んだかのようで、ネイビーブルーのプリーツスカートを穿き、白いブラウスを着た天使みたいに、両手を高くあげて翼のようにぱたぱた動かしてから、地面に落ちたと。

ノジアスがこのような事故を見るのは、初めてではなかった。ここは小さい不幸な町だ、狭くて大部分が未舗装のピエ・ローズ大通りは、バイクや乗合バンや自家用車で混み過ぎている、と彼は思った。それにしても、以前に遭遇した事故のどれひとつとして、これほどまでショッキングではなかった。ノジアスは、幼いローズは叫び声をあげるだろうと思った。現場に駆けつけながら、母親たちやその他の見物人らも、そう思ったように。だが、少女は一声も発しなかった。事故が起こったとき、バイク・タクシーは母親の織物屋の前まで来ていたので、知らせはすぐに織物屋の主に届いた。彼女は詳細を告げられる前からもうすでにかがみ込み、吐き気を催しながらも、立ち往生している車や人混みの間を通り抜け、わが子が血まみれで土ぼこりのなかに横たわっているところへ向かった。ノジアスは、数年前に町の公立高校が崩壊して、通っていた二百十六人の生徒のうち百十二人が亡くなって以来、これほど絶望的な場面を見たことがなかった。けれど、このバイク・

タクシーの事故の日は、悲劇は織物屋の主ひとりだけのものだった。車の運転者とバイクの運転手とローズの世話係は、崩壊した高校の建物のがれきの下から這い出した生徒と教師たちのように、奇跡的に無事だった。ノジアスは、クレアが、その朝母親の墓に参ったあと、車やバイクが行き交う場所ではなく、隣人のところにいて安全なのをありがたいと思った。それでも、その瞬間、その誕生以来かつてないほど、娘がそばにいないことを寂しく思った。この気持ちはとても強烈で、織物屋の主が娘を抱いている様子に、彼は嫉妬さえ感じた。少なくとも彼女は、我が子の短い生涯の始めから終わりまでずっとその世話をすることができた、と考えた。だが、おれは男だ。小さい女の子の育て方の、何をわかっているだろう？　たぶん、あの子が男だったら、自分でやってみることもできるだろう。でも女の子では、うまくいかない公算が大きすぎる。どうしようもない間違いを、いくつも犯すかもしれない。しょっちゅうだれかに世話を頼まないといけないだろうが、おれには常に人を雇うだけの余裕はないから、近所の人の好意にすがるか、女に金を払うか寝るのと引き換えに子どもの母親役を引き受けてもらうしかない。しかし、そうやってしてもらう母親らしいこと——風呂に入れたり、服を着せたり、髪を編んだり——に、いま織物屋の主が血まみれの遺体に惜しみなく与えているような抱擁は含まれない。ひとりの子どもが母親の腕の中で死ぬのを見て初めて、ノジアスは、もしもクレアを他人のもとにやってしまったら、どれほど恋しく寂しい思いをするのかに気づかされた。

★

クレア・リミエ・ランメ・フォースティンは三歳を迎えた日に、生まれて二日目から預けられて母の親戚とともに住んでいた山の村から、ノジアスのところに返されてきた。妻の死はあまりにも急だったので、子どもの小さな顔を見るのは、ノジアスには悲しいばかりではなく恐怖でさえあった。クレア・リミエ・ランメは、ほとんどの人の考えでは、ルヴナン、つまり母親がいままさにこの世を去ろうとしているときに生まれてきた子どもだった。このような子どもは、注意深く見守っていなければ、ややもすると簡単に母親についてあの世へ行ってしまう。こうした子どもを救う唯一の方法は、その子が生まれた場所から、たとえ短い間だけでも、すぐに引き離すことだ。そうしなければ、その子たちは、あまりにも多くの時を、決して手の届かない影を追って過ごすことになるだろう。出産時あるいは出産直後に、子どもが死ぬことはよくあった。子どもと母親がともに死ぬ例も、珍しくはなかった。しかし、母親がそれ以前に病の徴候を何も見せていなかったのに、母親が死んで子どもが生き延びた場合、人びとは、両者の間で闘いが起こり、より強い意志を持つほうが勝ったのだと考えた。けれどもノジアスは、こう考えるのを好んだ。それは、愛に満ちた放棄だったのだと。二人のうち生き残れるのは一人だけだったから、母が自分の可能性を放棄したのだと。

　それでも、妻の遺体が小屋から運び出されるとすぐ、もっとも差し迫った次の問題に直面した。赤子に乳を与えることだ。助産婦は赤ん坊のクレアに、ノジアスの妻が何か月も縫い続けて用意していた相当量の新生児用品の中から、刺繡（ししゅう）を施した黄色のジャンパードレスを着せていた。ノジアスは赤子を抱き上げ、妻が作ったおそろいの黄色いブランケットにくるんだ。やはり妻が新生児のために買った品物のひとつである哺乳瓶で赤子に砂糖水を飲ませてから、助産婦は赤子を彼に託し、粉ミルクか乳母を捜しに町へ飛び出していった。実に最初から、クレアはおとなしく扱いやすい子だった。まるで、自分にはえり好みをしたり要求をしたりするという選択肢はないのだと、始めから知っているかのようだった。

　赤子クレアとの最初の夜、ノジアスは、それがために自己嫌悪に苛まれるようなことを思い描いた。彼女を餓死させるという想像だ。それのみか、海に捨てることを空想しさえした。けれど、そんなことを考えたのは、自分に対してはそれができないからだった。心底そうしたいと願ったように、自分で毒を呷ることはできなかった。彼女をまったくの孤児にして、ゆくゆくは売春宿に行き着く街の女にすることは、彼にはできなかった。すでに彼は、蚊やスナバエが彼女を刺すかもしれない、マラリアかデング熱に感染するかもしれないと、心配だった。自分の身に起こるかもしれないことも心配だった。海で遭難するかもしれないし、車に撥ねられるかもしれない。あるいは、恐ろしい病気に罹って、娘と永遠に引き離されるかもしれない。

　妻の遺体が運び去られてから、一時間が経った。そしてまた一時間。まだ助産婦が戻らなかったので、彼は黄色のブランケットをより強く赤子クレアに巻きつけ、彼女を町へ連れていった。

　日はもう暮れていた。町のなかを歩きながら、ノジアスはこの町を初めて見るような気がしていた。空は曇っていた。そして、雨になりそうな気配はどこにもなかったのに、雷がごろごろと鳴っていた。海面は数フィート上がって、興奮しているように、前よりも大きな波を岸へ押し上げていた。町の人が数人、職場から、あるいは畑から家へと向かっていたが、大抵は背中で風を受け、よろめきながら用心深く進んでいた。すかし細工で飾ったポーチから、ロッキングチェアやプランターなど、持ち上げて動かせるものはとにかく何でも家のなかへ運んでいる人たちもいた。風に飛ばされた小枝が赤子のブランケットについたのを取っていると、彼の歩みも遅くなった。胸に抱いた赤子が、身をよじってもがくのを感じた。だから、この子がどんなに腹をすかしているかを考えずに済むように、妻のことを考えた。妻は、アルバート・ヴィンセントの葬儀屋で死者の身体を洗い清めて整える仕事に行く必要がない日でも、あるいは食料の買い出しに行く必要がない日でも、ときどき町に出るのだった。特に何かをするためというのではなく、人びとの姿や顔を眺めたり、市場のなかをぶらぶら歩いて小間物屋に立ち寄ったりするのだ。そして、何か品物を手にするのだったが、彼女自身にも売り手にも、それをまた元の場所に戻すことはわかっていた。

彼と妻との出会いは、町の屋根付き市場で商いをしている食料品店のうちの一軒の使いで、彼女が魚を買いにきたときのことだった。週に三日やってきて、市場のなかを歩いて回り、みんなの獲物を調べてから、小さなバスケットにフエダイとタラをいっぱい入れた。すぐに彼は、彼女のために、一番大きくていい魚を取っておくようになった。彼女が来るのを待っているのに海に出られなかった日や、少ししか獲れなかった日には、二倍も悲しく感じられた。

彼は彼女を「妻」と呼んだ。おれの妻、マダンム・ムウェン、と。本当は「女」と言うべきだったが、「ファンム・ムウェン」という言葉は嫌だった。「おれの女」では愛人のようで、なんだか不義を犯しているような気がした。彼らは正式に結婚はしなかった。それでも、おれのところに来て一緒に住んでくれと説得するのは、難しくはなかった。彼女は、市場内にいくつかある小屋の一つに寝泊まりしながら、毎日葬儀屋へ行き、手伝わせてくれないかと頼んでいた。町へ出てくる前に山でしていたように、死者を洗い清めて整える仕事をさせてもらえないかと。二人の出会いの話を漁師仲間にするとき、いつでも彼は、死んでいない男で彼女が好いたのはおれだけだったとつけ加えた。というわけで、ある日彼は、自分と一緒に住んでくれと頼み、彼女はそれを受け入れた。

彼女が引っ越してくる前の日に、彼は小屋を少し片づけた。壁を直して腐りかけた板を取り換え、ブリキの屋根にあいたいくつかの小さい穴を塞いだ。新品の発泡プラスチック製のマットレスと簡易ベッドを買いさえした。船の名前は、昔の恋人のものから彼女の名前に変えた。これ以降、彼の船はすべてクレアと名づけられた。

すべてはうまくいっていた。子どもを持とうという努力を始めるまでは。

町の病院——聖テレーズ病院（ロピタル・サント・テレーズ）——が入っている街角の白い建物を急いで通り過ぎるとき、ノジアスは、赤子クレアがまたもぞもぞと動くのを感じた。一緒に住み始めてから何か月も、山の葬儀屋兼送葬者の娘であったクレア・ナルシスは、妊娠を促すと信じられている薬草（ハーブ）やその他の葉を浸したラム酒を飲んだ。それは彼女を酔わせ、セックスの回数を増やした。だが、ただちに結果には結びつかなかった。一年間彼は、一緒に暮らし始める前に、彼女にとって子どもを持つことがどんなに大事なことなのかを知っておけばよかったと思い続けた。そうすれば少なくとも、自分がもう少しで受ける羽目になっていた手術について、彼女に話していただろう。

食べさせることのできない、手に余る数の我が子に縛られるのを恐れ、子どもを持ちたくないという思いをずっと恐ろしい秘密のように持っていた彼は、そのために自分には男らしさが足りないのだと感じていた。だがそれは、あるときまでのことだった。その日彼は、ちょうど今のように、聖テレーズ病院のそばを歩いていた。そこで彼が見たのは、いつもの早朝のような病人や死にかけた人びとの群れではなく、若くて健康な男たちの長蛇の列だった。興味をそそられた彼が男たちのところへ歩み寄ると、子どもを持たないようにする簡単な方法があるのだと教えられた。性行為がもとで病気にならないように気をつける必要は依然としてあるものの、父親になることは防げるというのだった。

病院の中庭で長い説明があり、男たちの感謝の証言を集めた短い映画を見せたあとで、二十代と思（おぼ）しい白人の医師が男たちに、家に帰って考えてみるようにと告げた。ノジアスだけが、その日のうちに手術を受けたいと申し出た。

血液検査をしたいと医師は言ったが、ノジアスは通訳のハイチ人看護婦を介して、それを断った。自分がしてほしいのは手術だけだと、彼は言い張った。医師はしぶしぶ承諾した。

手術の間じゅうずっと意識はあるだろうと告げられた。腰の部分に覆いがかけられていたので、医師のしていることは見えなかった。しかし、一方の睾丸に針の鋭い痛みを感じると、大きな金切り声を上げて、考えを変えたと叫んだ。ノジアスはテーブルから跳ね起きてズボンを穿き、病院から駆け出して、自分がいつか父親になりたいと思っていることを確信した。

赤子クレアを胸にしっかり抱きしめて町の大聖堂の前を急ぎながら、今自分にあのときと同じくらいの確信があればと願った。鐘がまるで警鐘を鳴らすかのように七時を告げ、人びとは夜のミサのために、そしてまた風からの避難所を求めて、教会の中へと駆け込んだ。大きくて重い木製の扉にはいった亀裂をとおして彼は、磔（はりつけ）にされたキリストとステンドグラスとろうそくの炎をちらりと見た。誕生の経緯と、この子のような子どもに対する人びとの考えを思えば、入っていって祝福してもらうべきではないだろうかと考えた。しかし、もうどれほど長時間乳を与えていないかを思い出して、立ち止まらないことにした。急いで通り過ぎようとしているちょうどそのとき、白髪の司祭が彼のために、教会の扉を開けて戸口に立った。それは、サント・ローズ・ド・リマの聖職者の長（おさ）である、マリグナン神父（ペ・マリグナン）だった。司祭は片手を上げ、遠くから急いで彼らを祝福した。ノジアスは頷いて感謝の意を伝え、そのまま教会を通り過ぎて町の織物屋、ラヴォーの店（シェ・ラヴォー）へと向かった。織物屋の主は、武装した制服姿の、がっしりした体つきの夜間警備員の傍に立っていた。警備員は、店の金属製の門にチェーンを掛け、南京錠をおろしていた。その横では、三歳の娘が、母親のスカートをぐいぐいと引っ張っていた。クレアが泣き始め、織物屋の主は、泣き声がどこから聞こえてくるのか確かめようと振り向いた。

「奥さん」とノジアスは、彼女のほうへ歩を進めながら言った。

　織物屋の主の顔を見ただけで、何が起こったのかを彼女がもう知っていることがわかった。どうして知らないでいられるだろう？　ヴィル・ローズほど、ニュースがすばやく広がる町はないのだ。町の女たちのほとんどは恐らく、彼の妻の心臓が、出産の終わり近くになって突然止まったことを聞いていただろう。それでも、母親の魂が子どもを奪いに戻ってくるのを恐れて、誰もまだ――そのようなことに慣れている助産婦以外は――彼と子どもを助けるために駆けつけてきてはいなかった。

ノジアスのほうでは、織物屋の主がまるまると太った三歳の娘にまだ授乳していることを聞いていた。それほど大きな子――その名前がローズであることも、彼は知っていた――をまだ乳離れさせていないという事実は、彼女ほど有能で名声もある女性としてはあまりに不自然だったので、誰もが知るところだった。彼女は、彼が思っていたよりも親切で勇敢な女性であることを証明する行動に出た。夜間警備員に表門を再び開けさせ、外で待つように言い、ノジアスには後について中に入るようにと合図をしたのだ。彼女はもう一つのドアを開け、電灯のスイッチをぱちんと押して、生地をいっぱいに並べた棚と布地の巻かれた背の高いスプールの上にぶら下がっている、いくつかの電球を点けた。ノジアスと織物屋の主とその眠そうな娘は、順番待ちの客のための長い木製のベンチに座った。織物屋の主はシルクのブラウスのボタンを外し、顔よりいくらか明るい色合いの大きな乳房を隠そうともしなかった。

クレアはすぐに吸いつき、まず右、そして左の乳房が空になるまで飲んだ。その間ローズは、恐れおののき打ちひしがれた表情でその様子を見続けた。その瞬間まで、まさか母親が自分以外の誰かのためにそんなことをするとは夢にも思っていなかったというかのように。

ノジアスは、クレアを毎日織物屋の主のもとへ連れてきてもよいと言ってもらえることを期待した。けれども彼女は、赤子に笑いかけ、あやした後で表情を引き締め、掛け買いを頼み込む客用にとってあるようなしかめ面を向けながら、娘を返した。そして、隣に座っている眠そうな三歳児を指さして言った。「私の乳はこの子用よ」と。

彼は、口には出さなかったものの、娘と彼女の子は、今では乳姉妹（ミルク・シスターズ）だと思った。織物屋の主は、クレアに自分の乳を吸わせてくれた。彼女に、娘の代母になってくれるように頼めないだろうか？ その資力があることは間違いない。彼女にはまた、この町で培（つちか）ってきた長く由緒ある経歴がある。祖父の一人は技術者だった。アンテールの丘に灯台を建てたし、ハリケーンで破壊された町の再建を助けたことも何度かあった。もう一人の祖父は薬剤師で、本職ではないが呪医でもあった。祖母の一人は、サトウキビビジネスの会社を経営していた。もう一人の祖母は、かつて高校（リセ）の教師だった。彼女の父親は以前は町の治安判事であったし、母親は陶芸家で、陶器の壺を作り、今はそれをポルトープランスにある自分の店で売っていた。

織物屋の主のことでノジアスが嫌った唯一のことは、尻軽だという評判、必死で男を漁（あさ）っているとうわさされていることだった。ノジアスは、妻が自分で刺繍したベビー用ブランケットを他の物と交換するために、しばしばこの織物屋に来ていたことを知っていた。二人が長く話したことはあったのだろうかと考えた。店主と客としてでない会話をしたことはあったのだろうか？ 例えば、母親になるかもしれない若い女性同士として。

店の入り口のドア近くに立ち、腕の中にいる温まって満足した様子の赤子を揺すってあやしながらノジアスは、このまま待ち続けていれば、織物屋の主が気を変えるかもしれないと考えた。娘をとてもかわいいと思って——あるいは哀れに思って——授乳のためにまたここに来させてくれないだろうか？ だが、彼女はスカートのポケットに手を入れ、数枚の紙幣を取り出して押しつけた。

「あなた、他に家族はいるの？」と彼女は、娘の完璧な髪をなでながら訊いた。「姉か妹は？」そして、答える間も与えずつけ加えた。「どちらもいないのなら、奥さんの身内のところへ遣るべきだわ」

「奥さんの遺体を埋葬する場所はあるの？」と、彼女は続けた。「なんだったら、我が家の墓地の地所の隅を使ってもいいわよ」

風はおさまっていた。彼は礼を言い、眠っている子を腕に抱いて、急いで家に戻った。助産婦が、戸口の踏み段で待っていた。

「日が暮れてからこの子を連れだしたの？」と、助産婦は咎めた。

瓶と粉ミルクと煮沸済みの水を持っていて、寝ている赤子に飲ませなければと躍起になっていた。

その瓶と粉ミルクと水は、葬儀の費用と合わせて、彼と妻が海から離れた場所に土地を買うために貯めていた金のほとんどを使い切ってしまうだろう。

次の日、織物屋の主は従業員の一人に、赤子クレアのための包みを一つ届けさせた。それは小さな枕くらいの大きさで、茶色の紙に包まれ、店の布地の束を結ぶのに使うベージュのサイザル麻の縄で縛られていた。中には、白いレースで縁取りされて刺繍を施された緑のブランケットと、手製の縫取りをした赤ん坊用のジャンパードレスが入っていた。それは、妻が好んで縫い、自分自身の子のためにいくつも作っていたのと同じような、新生児用品だった。

義姉が葬儀のためにやってきたとき、ノジアスは生後二日の赤子を引き渡し、妻が作った新生児用品と織物屋の主の包みと、手元に残っていたわずかな金も渡した。

しばらくは赤子クレアの心配をする必要がなくなって安堵したが、ヴィル・ローズを離れはしなかった。彼は、船と小屋とを維持しつづけた。娘の世話をするのに十分な金を送るために前より一層懸命に働き、より多くの時間を海に出て過ごした。けれど、娘を訪ねては行かなかったし、自分の元に連れてきてくれとも頼まなかった。

それからの月日のなかで、海に出て長い時間を過ごしている間に、彼はよく考えた。あの子は誰に似ているだろう、どんな姿をしているだろう、と。寄り目だろうか、O脚だろうか、太っているだろうか、痩せているだろうか？　落ち着いた子だろうか、生意気(デゾド)な子だろうか？　ひょっとしたら、自分の母親がもうこの世にいないことを知っただろうか？

娘の三回目の誕生日が近づいてくると彼は、自分にはもう再会する準備ができたと感じた。そこで義姉に、誕生日に娘を連れてきてくれるようにとことづてを送った。そして実際に会ってみると——胸の張り裂けるような思いをさせられたのだが——彼女は全体に締まりのないひょろひょろしいた体で、母親をそのまま小さくしたような子だった。彼はその日のために、ドレスを仕立てさせていた。そしてそれ以降は毎年、同じ女裁縫師に、前年よりも大きい、同じスタイルのドレスを仕立ててもらうつもりだった。妻が、初めての誕生日に娘がそれを着るところを想像して、これとまったく同じものを作っていたのだ。彼は、娘を手離したときに、その最初のドレスをとっておいた。そしてしばしば、寝るときに胸の上にそれを広げた。もしも娘が一緒にいれば、彼女をそうしたかもしれないように。

★

クレア・リミエ・ランメ・フォースティンの七歳の誕生日の正午、ノジアスは、年に一度の母親の墓参りのために、彼女を墓地へと急がせた。空は晴れて、藍青色に変わっていた。カレブが行方不明になってさえいなければ、その朝の狂暴な波は、すでに遠い記憶になっていただろう。

クレアは、これまでで一番大きなピンクの誕生日ドレスを着ていた。ノジアスは、彼女がドレスをつかみ、布地を肌から離そうと引っ張るのを見つめながら思った。おれがこのドレスを作らせるのは、今年が最後だろう、と。来年、この子の八回目の誕生日に、もしまだおれと一緒にいれば、着るものは自分で決めさせよう。思い切って町の商人のところまで連れていって、既製のドレスを選ばせてやってもいいかもしれない。

クレアを連れて、ラヴォー家の霊屋の前にある赤いラザニアの植わった大きなプランターを通り過ぎ、年々少しずつ大きくなるように見える白いバラの花束も通り過ぎて、娘と一緒に、母親の墓であるセメントの十字架の前に立った。クレアは両手で顔を覆い、まぶしい日差しに目を細めた。毎年決まってこの墓所を訪れているのに、ノジアスはここに立つたび、心臓を拳で殴られているような、激しい胸の痛みに襲われた。そして、娘も同じように感じているだろうか、と自分に問いかけた。

娘はつないでいた手を離して、二、三歩うしろのあたりにとどまっていた。彼女もまた、もの思いにふけっているようだった。ノジアスは、母親の墓を訪ねることに彼女が関心を持っていないのではないかと不安になった。少女は相変わらずドレスのへりを引っ張りながら、あたりを行ったり来たりした。顔を上げて、彼のほうを見た。そして目を覆っていた指をどけて、陽光が降り注ぐに任せた。

もう帰る時間よ、とその目は言っているようだった。クレアの帰りたいという気持ちがはっきりした今、彼もまた、早く海へ戻りたくなった。カレブのためにリレー形式の捜索隊が出されていたので、第二隊に参加したいと思っていたのだ。

その日の午後、ノジアスと数人の漁師仲間は、カヌーとヨットと帆船を海に出した。先頭に立って指揮をしたのは、古い広告用の旗で作ったカラフルな帆を張った、ノジアスのボートだった。陽気な帆が好きで、自分の手漕ぎ船を改造してから長年の間に、町の新聞の主幹でありパーティー興行者でもあるムシエ・ピエールから、音楽グループの古い旗広告をもらって集めていた。今ではその帆は、海辺のナイトクラブや町の広場で催されたショーに出演したバンド名や昔の日付のパッチワークになっていた。彼以外の漁師たちのものはみんな、退屈なイナゴの形で単色だったが、ノジアスの帆は珍しい蝶のようだった。もしもカレブがいれば、彼の船が先導していただろう。彼は漁師の最長老で、そのカッター船、フィフィン号が海では一番強く、大きかったから。

その日の午後、海は凪(な)いでいた。沖に出た船からノジアスは、クレア・リミエ・ランメが、一軒の小屋の前に集まって投げ網をぶら下げて干している男の子たちのわきに立っているのを見た。男の子たちは自分らの仕事に没頭して彼女に気づいてなかったし、彼女はノジアスの姿を見失うまいと一心に海を見ていて、男の子たちのことは気にしていなかった。結局、カレブを捜すよりも多くの時間、彼女を見つめて過ごしてしまった。海がカレブを返してくれることはないと、わかっていたから。

クレアはしばらくして、午後の日差しを浴びながら、のろのろした足取りで小屋に戻っていった。彼からは、もうその姿は見えなくなった。これだけ遠くまで海に出てから、やっと気づいた。その朝もっと早く起きていたら自分も死んでいたかもしれないと、クレアに言うべきではなかった。

夕暮れになり、彼と他の漁師たちが、捜索の甲斐(かい)なくカレブを見つけられなかったことに落胆して海から戻ってくると、まぶしいほどの満月が水平線にかかっていたにもかかわらず、漁師の何人かがかがり火を焚(た)いた。ときおり、火の粉をあげさせるために、誰かが一握りの岩塩を火の中に投げ入れた。カレブの魂を、海から引き戻せるようにと願って。カレブの妻のジョセフィーンが静かに泣き続けている間、ノジアスと他の漁師たちは、その傍の温かい砂の上に座り、正式な通夜でするのと同じようにクレレン〔サトウキビの蒸留酒〕を飲み、トランプをした。

遠くのほうに、ノジアスは娘の姿を見とめた。他の五人の女の子と手をつないで輪になって、互いをクルクル回してくらくらさせる輪(ウオン)というゲームをしていた。恐らく隣人の誰かが、彼女に食事を持ってくるか、家に呼んで食べさせるかしてくれたのだろう。彼が海に出ているときは、いつでも誰かがそうしてくれるように。彼女を見つめ、娘が自分を避けているとノジアスが感じている間、何人もの町民がやってきて、しきたり通りに少額の金をカレブの妻に渡した。

マリグナン神父は、漁の網を祝福し、新しい船に洗礼を施すためにしばしば呼ばれたが、今は、神への祈りを捧げるために来てくれていた。町の多くのプロテスタントの牧師の一人、エチエンヌ牧師（パステ・エチエンヌ）も来てくれた。頭からつま先まで白い衣に身を包んだ、年配の女性たちが随行していた。カレブの妻のジョセフィーンは、エチエンヌ牧師のカリスマ派の福音主義信徒団の一員だった。繋ぎあった手をジョセフィーンの頭に置く前に、エチエンヌ牧師と女性たちは、ジョセフィーンが跪（ひざまず）くのを手伝った。それを終えて再び立ち上がらせたとき、町長兼葬儀屋のアルバート・ヴィンセントがやってきた。アルバート・ヴィンセントがジョセフィーンと話していたのはほんの数分だけだったが、その間に、かがり火を囲んでいた漁師の一人が、皆に聞こえるような大声で言った。彼の中の町長としての部分は事故を調査しているが、葬儀屋としての部分は客を探し回っていると。事実、アルバート・ヴィンセントは周りを見回していたが、死体だけではなく亡霊をも捜しているかのようだった。

ノジアスは立ち上がり、アルバート・ヴィンセントの震える手を取って握手をした。これほどの年月が経っていてもまだ、アルバート・ヴィンセントが妻に、町へ出て来てすぐに、葬儀屋での仕事――それは彼女のすべてだった――を与えてくれたことに感謝していた。それにアルバート・ヴィンセントは、クレアの母親の思い出に敬意を表して、友人であるマックス・アーディンの学校で娘が奨学金を得て学べるように、便宜を図ってもくれたのだった。

「小さい（ティ）クレアは元気にしているかい？」と、アルバート・ヴィンセントは訊いた。彼はしばしば、ノジアスの娘をティ・クレアと呼んだ。

ノジアスは頷いて、元気だと伝えた。感謝の念を抱いているにも拘(かかわ)らず、アルバート・ヴィンセントと一緒にいるとノジアスはいつも、深い悲しみが大きなうねりのように押し寄せるのを感じないわけにはいかなかった。こんな日は特にそうだった。海風のなかでさえ、アルバート・ヴィンセントは、妻が彼のために働いていたときと同じにおいがした。彼のにおいは、妻と同じように、死のにおい、それをごまかすための芳香で覆われた死のにおいだった。

ノジアスはまた、請わずに与えられた親切に、気が落ち着かなかった。自分が施しを必要としていることがあまりにも明らかなのを恥じていた。ときどき魚を届けるか、出会ったときにはいつでも、謙虚で従順で控え目な感謝の意を最大限に込めた表情を見せる以外に恩に報いる手立てのない人に対しては、特にそうだった。

「ムシエ・アルバート、娘のためにしてくださったことに対して、何とお礼を言えばいいのかわかりません」とノジアスは、最初の挨拶のすぐ後に言った。

「もう礼を言う必要はないよ」とアルバート・ヴィンセントは答え、軽く肩をたたいた。「あの子の母親は、われわれパックス・ヴィンセント家の一員だったのだから」

その夜は特に、アルバート・ヴィンセントが家族の意味をあまりに拡大しすぎたので——そのつもりはなかったのだろうが——ノジアスは自分の家族が卑しめられていると感じた。おれの家族だ、と言いたかった。あんたのじゃない。葬儀屋のでもない。けれどそうは言わずに、こう返事をした。

「ええ(ウィ)、ムシエ・アルバート。大変ありがとうございます(メシ・アンピル)」

アルバート・ヴィンセントから離れながら、ノジアスはクレアを見失ったことに気づいた。かがり火の周りで回されたクレレンが、頭を少しぼんやりさせていた。それから、アルバート・ヴィンセントと話をするという、喉を締めつけられるような体験をした。その後では、出くわした人びとに、娘を見たかどうか訊くための言葉をきちんとつなぎ合わせることができなかった。

今では、最後に娘を目にしてからどのくらいの時が経ったのかもわからなくなっていた。だが、小屋に近づいていって、見つけた。一人の女性の隣に座っていた。知っている女性だった。ただ、これまでこういう姿では見たことはなかった。髪は黒いネットで覆われていて、その下にはピンク色をした巨大なスポンジのヘアカーラーが巻かれ、銀色に見える、長いイブニングガウンを着ていた。織物屋の主だった。そして彼女は、娘と話し込んでいた。

二人のところまで歩いていくのは怖かったから、そこに立ったまま、二人を見つめていればよかったのだろう。けれども織物屋の主が気づいたし、彼に手を振ったようにも見えた。

彼女とクレアは、それぞれ大きな石に座っていた。彼は二人の間の砂の上に座った。

なぜ人生は、まだこんなふうにおれを驚かせるのだろう、と考えた。たぶん、今日がその日なのだ。この最もあり得ないような日――この生と死の日。

でもこれが、おれが待ち続けてきたこと、望み続けてきたことじゃないのか？　資産家の女性――娘に乳を飲ませてくれた最初で最後の女性――が娘に興味を持ってくれることが。突然、満月が三人の真上に漂ってきたように思えた。まるで、みんなが自分たちに注目していて、織物屋の主がすることを見ようと、織物屋の主が言うことを聞こうと、待ちかまえているような気がした。

「ええ（ウイ）」と、織物屋の主は出し抜けに言った。とても長い会話の、最後の部分まで来たときのように。「ええ。この子を引き取るわ。今夜」

クレアはじっと砂を見つめていたが、ノジアスには、涙が彼女の頬を伝うのが見えた。彼が悲しんでいるときにクレアは、抱きついて自分の鼻を彼の頬に押し込んでくるのが好きだったが、今彼は、同じように手を伸ばして彼女を抱き、その頬に鼻を埋めたかった。

「なぜ今なんですか？　どうして今夜なんですか？」と、やっと口に出した。

「これが最初で最後の機会よ」織物屋の主はクレアの涙を拭こうと手を伸ばしたが、少女は顔を背けた。「今日という日を記憶する、もう一つ別の思い出がほしいの」織物屋の主は両手を組み、長くて薄いサテン地のガウンの両膝の間に入れた。「今が最後の機会よ」と、もう一度言った。それから両手を少女の背中にやり、さすろうとした。

クレアは、父の友人たちのぱちぱちと爆（は）ぜるかがり火に二つ目の流木の山が置かれているのをじっと見ていたが、その体は震えていた。

「クレア・リミエ・ランメ」と、ノジアスは呼びかけた。クレアは振り向かなかった。ノジアスは、彼女が自分のものではなくなる前にいくつかのことを話したいと願っていたが、そのなかで一番大事なのは、次のことだった。

妻が妊娠していると知った後のある夜、二人で夜釣りをするために海へ出た。その夜は、風が彼らの周りを巡っているようで、気がつくと帆船は、せまい範囲をぐるぐる回っていて、挙句に、まるで壁に突き当たったように止まった。暗礁に乗り上げてしまったのかもしれないと思ったが、彼はなんとか押し戻した。まだ、友人のカレブから借りてきたランタンを点けていなかった。そのとき突然妻がサンドレスを脱ぎ、パンティーだけの姿で座っていた。体を弓形に反らせ、矢で彼を狙っているかのような姿勢をして。

彼は、わずかに大きくなった彼女の腹部と胸に気づいた。そして、彼をそれに慣れさせようとしているのだとわかった。けれども、何も言えないうちに、彼女は両脚を船尾を越えてすべらせ、ほとんど船を転覆させそうにして、海のなかに滑り込んだ。その身体は、月光に照らされた海の表面を分け、頭を水中に沈めて、それからまた出してという動作で、前方へとすすんでいった。長く編んだ髪は顔と切り離されているかのように水面に浮かんでいて、身体は滑るように離れていきつつあった。彼は、追いつこうと、漕ぐ手を速めた。

「クレア、サメ、リーフサメ(レケン)だ」と叫んだ。「リーフサメがいるかもしれない!」

彼女は水から頭を出して、深い、息切れした笑い声をあげた。

「あなたがそうやって呼び続けたら、出てくるでしょうよ」と言った。「ここへ来て、見て」

そちらへ漕いでいくと、彼女がなんのためにそこまで泳いでいったのか、ようやく知ることができ、彼の表情は和(やわ)らいだ。彼女を取り囲んでいたのは、まばゆいばかりの輝きだった。彼女の周りの海が、下から照らされているかのようだった。完全な半円形の乳房から下は、ごく小さな銀色の魚の群れの中にあった。魚たちは彼女を無視して、海面できらきらと輝くごく小さな藻を食べていた。

彼は漕ぐのをやめ、両腕を休めて、彼女の新しい身体のこと、そして何が——誰が——そこから、ほんの数か月後に、現われ出てくるのかを考えた。海は凪いでいた。浮かぶために彼女が腕と脚を回しているところにだけ、小さな波が立っていた。彼は視線を水面に移した。と、にわかにパニックが戻り、また名前を叫んだ「クレア、もう戻れ、クレア！」

　彼女は魚から身を離し、水をかき、はね散らしながら、ちらちら光る魚の群れを真っ二つに引き裂いて、船のほうへ戻ってきた。その瞬間、彼女は彼のラシレーン、長い髪と長い身体をした、茶色い海の女神だった。青銅色の博愛の貴婦人(レイディ・オヴ・チャリティ)と同じ、天使のような顔立ちのラシレーンは、たいていの漁師たちが死ぬ前に最後に見るものだと――彼らの体は海面に触れさえしないうちに彼女の両腕に滑り込むのだと――信じられていた。知り合いのほとんどの漁師たちと同様、ノジアスも、ラシレーンの庇護を引き寄せるための鏡、櫛、ホラガイ、お守りを入れた黄麻布の袋を、船の中の仕掛け、網、釣り針、釣り糸、そして餌をいっぱいに入れたブリキ缶のわきに、いつも置いていた。

　なんでもない海のざわめきでさえ、スピードを上げて泳いでくる妻が船に着くまでは、恐ろしいもののように思えた。船から身を乗り出して手を差し伸べると、妻はその手を取り、身を引き上げて乗り込んだ。するとそのとき、きらきら輝いていた魚と藻は、幻覚に過ぎなかったかのように消えてしまい、海の面(おもて)はどこまでも続く灰色に戻った。

　帆船の中で、身体から水をしたたらせながら、妻は首をツルのように伸ばして、アンテールの丘とそこに建つ大きな家々を見上げた。遠くにある家々の光が、固まって輝いていた。その家々の上方、イニティル山の手前に、アンテール灯台があった。この石の塔は、普段は見向きもされなかったが、ときおり若者たちが冒険を求めて塔の下にある鋼鉄製のドアまで行き、らせん階段を昇って、展望室から、まるで灯台の壊れたランプを再現するかのように、懐中電灯を照らすのだった。その夜はどうも、そんな日であるらしかった。顔の塩水を拭きながらクレアは、アンテール灯台の明滅する光を見つめた。そして、ノジアスのほうへ身を乗り出した。

「女の子だったら」と、彼女は言った。「リミエ・ランメ。リミエ・ランメ」海の光。咳払いをして、より大きな声でつけ加えた。「クレア。私のように。それからリミエ・ランメ。海の光のクレア」

「男の子だったら?」と、彼は訊いた。

「そうしたらノジアス。あなたのように。それからリミエ・ランメ。海の光のノジアス」

彼は、そんな男の子の名前のばかばかしさに笑ってしまったが、女の子の名前は大いに気に入った。

今、クレアの七歳の誕生日に、丘の上の、古い灯台の展望室に、再び光があった。懐中電灯と、ハリケーンランプの灯りが混じっていた。だが、ノジアスにはわかっていた。そのすべては、若い漁師たちが、友人カレブへの弔いの意を込めて灯しているものだと。

光から目を離して、ノジアスは織物屋の主に訊いた。「この子の名前は変えませんよね?」

織物屋の主は、変えないと、頭を横に振った。

「この子をバイク・タクシーには乗せませんよね?」

「乗せないわ」女性はすぐに、両手を胸に当てた。そこを強打されたかのように。そして言った。

「もう二度と乗せない」

何年もクレアのために織物屋の主に言い寄り続けてきたものの、実現すると思ったことは一度もなかった。だが、もう引き返せない。これからは、彼のクレアは織物屋の主の娘になるのだ。

「ヴィル・ローズを離れる前に」と、織物屋の主は言った。「あなたには、書類にサインをしてもらわなくてはならないわ」

「おれは、娘への手紙をもう代書してもらっています」と、ノジアスは言った。「この子が大きくなったら、渡してください」

「いいわ」と、織物屋の主は同意した。

「ありがとうございます」とつけ加えて、妻の墓の傍に立っているとときどき感じる、あの仮借ない痛みを感じた。

ノジアスは後に、クレアはその瞬間に、痩せ細った腕を上げる勇気を、いったいどこから得てきたのだろうと考えることとなった。数少ない持ち物への彼女の愛着を過小評価していて、新しい生活にそれを持っていきたいとは言わないだろうと決めてかかっていた。だが、その瞬間彼女は片手を上げ、小屋を指さした。

「あの品物（バガイ・ヨ）」と、クレアは言った。「私の」ではなく、「あの」と。本当に自分のものと言える物は、この世界に何もないと知っているかのように。

ノジアスと織物屋の主は、クレアが小屋のほうへ歩いて行くのをじっと見ていた。違うグループの子どもたちの間を縫うように進み、さっきまで一緒に遊んでいた女の子たちのところも、彼女たちが注意を引こうとするのを無視して進んでいった。三歳のときに彼の元へ戻されて以来、ノジアスはいつでも、彼女の中に母親の姿を見ることができた。彼女らのしなやかで軽快な身体は、同じように動いた。歩くときは腕を脇腹にぴったりつけて、脚の動きは遅すぎるくらいで、一歩一歩けだるそうに運んだ。ノジアスは、少女が小屋のぐらつくドアを引き開けるのを確かめてから、目を離した。

クレアの持ち物はそれほど多くない、とノジアスは考えていた。学校へ着ていくネイビーブルーのスカートと白いブラウスが二枚ずつ、今着ているピンクのバースデードレスと、その前にあつらえたドレス、寝巻、ノートと初等読本、フォームラバーのマットレスと簡易ベッドに掛けているパッチワークのブランケット、これは、かつて母親のものだった。全部を一人では運べないだろう。織物屋の主は、それを自分の家に持ち込んでほしくないかもしれない。ガエル。織物屋の主の名前はガエルだ。彼は今、彼女をその名で考えることができる。今、それを口に出して言うこともできる。そうでなくとも、マダム・ガエルと呼ぶことはできる。マダム・ガエル・カデット・ラヴォー。彼の娘は、今ではもうマダム・ガエルの娘だ。

マダム・ガエルは、丸い身体の重心を、毛羽だったスリッパ履きの片足から、もう一方の足へと移していた。小屋へ続く二段の木製の踏段を見て、それから、ほの暗くなりつつあるかがり火のほうへ目をやった。そこでは、カレブの妻のジョセフィーンが、教会の友人たちに囲まれて座っていた。

空に浮かぶ星の位置から判断して、もう真夜中近くだった。丘からの光は消えてしまい、集まった人の数も減ってきていた。町の人びとは立ち去り、家路に着いていた。彼は、クレアに新しい生活を差し出してくれたこの婦人に、これから娘が母さんと呼ぶことになるこの婦人に、それ以上何も言うべきことがないのを悲しく思った。

「どれほど持ってくるつもりなのかしら？」と、マダム・ガエルは訊ねた。

「行って見てきます」と、ノジアスは答えた。

小屋のほうへ向かいながら、恐らくは批判的であろう彼女の視線を背中に感じた。ひっくり返らないようにと必死に歩を進めたが、足が砂に埋まるたびに、絶対に転ぶ、と思った。そして、小屋に入る前からすでに、クレアはそこにいないと感じていた。ドアを開けた。思ったとおりだった。簡易ベッドにはいつものブランケットが掛かっていて、その朝四隅を挟み込んだあと、触れた形跡はなかった。壁にかけた針金のハンガーには、学校の制服がかかっていた。枕の上には、ノートと初等読本がきちんと重ねて置いてあった。

足に力を入れ直して、ノジアスは海に向かって走り、クレアの名を呼んだ。それから回れ右をして、小屋の間の暗い路を、アンテールの丘に通じるオオミヤシの中の細道の入り口まで歩いていった。

マダム・ガエルは後からついてきて、一緒にクレアの名前を叫んだ。他の人びとも、それぞれ違った方向へ歩きながら、同じように名を呼んだ。ムシエ・シルヴァインとその子どもと孫たちの何人かも、彼らのパン屋で炎を上げている土のかまどを離れて、クレアを捜しにいった。船大工のムシエ・ザヴィエルは、工具を置き、みんなの後を追った。網織屋のマダム・ウィルダも捜索に加わった。他の数人のグループと一緒に海の水際まで行き、何か異常を知らせるものはないかと目を凝らした。

しばらく経ってもクレアが浮かび上がってこないことがわかると、隣人たちの多くはノジアスのところにやって来て、口々に――それぞれ多少の違いはあれ――彼女はたぶんどこかで眠ってしまったのだ、だからきっとまもなく帰ってくるだろうというような話をしていった。

カレブの妻のジョセフィーンも来て、彼を抱きしめた。何時間も泣いた後で顔は腫れ、ぼさぼさの黒髪に巻かれた喪中を示すスカーフは、首の後ろまでずれ落ちていた。ジョセフィーンは口が利けず、右脚は象皮病に罹っていて、左脚の倍の大きさにまで膨れ上がっていた。だからジョセフィーンはゆっくりと動き、手で話した。その手話を、ノジアスとその他数人のカレブと親しかった者たちは、長年の間に理解できるようになっていた。彼女は自分の唇を触り、無言で伝えた。「ありがとう」と。何に対してなのか、はっきりとはわからなかった。夫の死の事実を隣人たちに知らせたことに対して？　その死を目撃したことに対して？

両方の手で胸を叩いて、彼女は「勇気」と伝えた。おそらく、自分自身と彼の双方に、勇気が与えられるようにと祈りながら。

ジョセフィーンが重い脚を引きずりながら離れていくと、ノジアスは、町のほうに戻る人びとに、娘がいないか注意して見てくれと頼んだ。それでも、彼のなかには新たな落ち着きが生まれていた。クレアは戻ってくるという確信があった。そして、そのときには待っていてやりたいと思った。

マダム・ガエルは、自分のメルセデスを使いましょうと申し出た。一緒に車で町を回ってクレアを捜しましょう、と。けれど彼は、クレアがそれほど遠くへは行っていないことを確信していた。

そして、戻ってきたときに最初に見るのは、自分の顔であってほしかった。

「おれはここを離れられないです」マダム・ガエルは手を差し伸べて、彼の肩をきつくつかんだ。

「あの子は私のせいでどこかへ行ってしまったのだわ」

おそらく、そのとおりだろう。これまでクレアはこんなことを一度もしなかった。町へ出掛けて歩き回るくらいのことは、もちろんあった。母親がよく、そうしていたのと同じように。でも、だれかが――彼でなければ、いつも見守ってくれている女たちのうちの一人が――常に、どの方向へ行ったのか、どこへ行こうとしていたのか、いつ帰ってくるのかを知っていた。彼は今、クレアが戻るまでの時間がどのくらいかはわからないが、その間ずっとマダム・ガエルを浜に立たせておくわけにはいかないだろうと考えていた。彼女のほうでもその困惑を察して、小屋の中で待たせてもらいましょうと提案した。

「心配ないわ、ノジアス」と、彼女は言った。「私、前にもここに来たことがあるじゃない?」

マダム・ガエルの真珠のような光沢のガウンは、月の、光の当たっている側のように明るく輝いて見えた。彼女は、クチナシのような匂いがした。クレアの髪を梳かしてくれる漁師の妻たちが、頭皮を滑らかにするためにときどき塗るポマードの香りのようだ。マダム・ガエルは中に入ってきた。一年前に会いに来たときと同じように。けれど、今回は、彼の簡易ベッドに座った。彼女の目は二つの空洞のようで、その中にある喪失感の正体を彼はたやすく見て取ったが、和らげる術は彼にはなかった。自分の中にある喪失感についてさえそうだった。彼女はそこにいるのだが、そうとも言えなかった。ある瞬間、口が開き、そして閉じられたが、声は発せられなかった。言葉にできないことを思い出しているようだった。

けれども彼は、自分の質素な住居に意識を集中していた。ベッドの、彼女が座っているところのわずかにへこんでいる様子に。ランプが、影と光の間で揺らめいている様子に。部屋のなかは暑すぎるだろうか、と考えた。寒すぎる？　明るすぎる？　暗すぎる？　どうしてもここで待つと言われて、自分の生活に快適さがないことを、自分の世界が小さくて頼りないことを、恥ずかしく思った。

「あの子は戻ってきます、奥さん」と、彼は言った。「失礼します」

ノジアスは後ろ向きにドアを出た。まるで、彼女に自分の背中を向けるのは、無礼の極みであるかのように。それから、彼女を一人小屋に残し、クレアが消える前に二人がクレアと一緒に座っていた石の傍で待つために、そこへ歩いていった。

蛙

ノジアス・フォースティンの子どもを引き取るために現われた夜から十年前、ガエル・カデット・ラヴォーは自らの子を妊娠していた。その年ヴィル・ローズは非常な暑さで、多くの蛙が破裂した。こうした蛙に怯えたのは、夕暮れに川やクリークにそれを追い込んだ子どもたちや、我が子の指からぬめぬめした死骸をあわててもぎ取った親たちばかりではなく、二十五歳のガエルも同様だった。彼女は妊娠六か月を過ぎていて、このまま気温が上がり続ければ自分も破裂するかもしれないという不安に駆られたのだった。蛙が死ぬ現象はもうすでに数週間続いていたのだが、ガエルは最初気づいていなかった。蛙たちの死に方はあまりに静かで、一匹が消えると別の一匹が現われるし、みんな見た目がまったく同じなので、彼女の家の近くの峡谷では、みんな騙されていた。通常のサイクルが続いているのだ、若者が老人と入れ替わり、生が死と入れ替わっているのだ、時にはゆっくりと、そして時には素早く、と。他のすべての出来事と同じように。

あるとき、蛙の死骸がずるずると口の中へ入り込み、のどを下っていくという幻覚につきまとわれて眠れない夜を過ごしたあと、ガエルは、夫のローレンが部屋をそっと出て行ってからも、マホガニー製の四柱式寝台の上に吊るされた蚊帳(かや)の中から動かなかった。

ガエルがやっと目を開けたのは、ダイニングルームで銀器のたてる金属性の音と、家政婦のイネが作った目玉焼きとニシンのフライのことで夫がイネをおおげさに褒めている声とを聞いたあとだった。けれども、夫のプジョー・キャブリオレーのエンジンがかかり、彼が織物屋に向かうところだとわかるまで、ベッドから出なかった。

夫が行ってしまうと、すぐに起き上がった。寝間着を着たまま、ベッドの傍に置いてあるセラミックの尿瓶(しびん)をつかんだ。常に目を光らせているイネのいないうちに、ガエルは家を出て、アーモンドの並木道を辿(たど)った。この道は、野生のベチベルソウの野原を抜け、小川まで続いていた。

日が昇ってからまだそれほど経ってはいないのに、太陽はすでに空の真ん中にあって照りつけていた。それでも、小川のまわりの岩や小石は、ガエルの素足にはとても冷たく感じられた。土の川床か草の上を歩くようにそれを踏みながら、水の流れに沿って下流へと歩いていくと、ついに最初の蛙を見つけた。いちばん近くに浮かんだスイレンの葉からほんの七、八センチのところに、緑の触角を持つ、角の生えた葉っぱのような蛙がいた。その足はニワトリのようで、顔をしかめているふうに見えた。そのすぐあとに見つけたのは、小さな茶色のジャングル蛙で、後ろ足に長い中指のようなものがあったが、それを除けばこちらのほうが普通の蛙の姿をしていた。次に見つけたのはごく小さな深紅色のコキで、その旋律的なスタッカートの鳴き声は、赤ん坊をあやして寝かしつけると信じられていた。

ガエルは近寄って、じっと見つめた。三匹とも、死んでいるのがわかった。ただ、最近目にしていた皮の破れた死骸とは違って、自然な死のように思えた。三匹の死んだ蛙はそれぞれしゃがんだ姿勢で、ジャンプの途中で、あるいは這(は)っていく途中で凍結されたかのようだった。

彼女は腹部をさすりながら、しゃがんで蛙を摘(つま)み上げ、尿瓶の中に入れた。この一週間毎日彼女は、ある決まったアーモンドの木の根元で、何匹かの蛙のために沈黙の埋葬を執り行なってきたが、その場所へと歩いていく間じゅうずっと、彼女は尿瓶をお腹にあてて抱いていた。たいていの朝は小川に着くと、少なくとも一匹は生きた蛙を見つけたいと願っていたが、叶わなかった。それでも、死んだ蛙を集めるのは、他のだれもしようとしないしできもしない重大な任務を遂行しているかのようで、自分は役に立っているのだと感じさせてくれた。ときには、彼女と夫が子どものころに楽しんでいた遊びの延長のようにも思えた。トカゲをマッチ箱に入れて埋葬したことや、蝶や蛍をガラス瓶に閉じ込めたことなどの。彼女は毎朝、こうして蛙を捜すのはもう終わりにしようと誓ったが、やめられなかった。蛙たちは自分を必要としているし、自分も必要としているという、あまりに強い確信があったから。

朝露で柔らかくなっているアーモンドの木の根元の土を、十分な深さになるまで指で掘って蛙たちを埋め、それから家へ戻り、その日一日をベッドで過ごした。とても自由な気分で、お腹の子のことをほとんど思い出さない日もあった。けれど、今日のような日には、巣にいっぱい入った蛇を、お腹に抱えているような気がした。そんな日には、イネがベッドまで食事を運んできてくれたが、ほとんど何も食べなかった。茹でたプランテーン〔料理用のバナナ〕と目玉焼きの朝食、ご飯と豆と、赤ちやんを育たせるための焼き魚と肉のシチューの昼食はどれも、地中に埋めた死んだ蛙よりもさらにまずそうに映って、食欲をそそらなかった。

「この暑さと蛙騒ぎは絶対、何かもっと恐ろしいことが起こる前兆だね」とローレンは、その日の夕方町から戻ると言った。かがみこんで、彼女の頬にキスをした。顔は汗びっしょりだった。

ローレン・ラヴォー――親しい仲間たちはロロ、妻はロルと呼ぶ――は小柄な男で、ガエルよりも痩せており、靴を脱いだ彼女よりも背が低かった。髪はふさふさで、もじゃもじゃの縮れ毛で、歯をみせて大きくにっこり笑う笑顔は、怒っているときでさえそれを抑えられないかのようだった。仕立屋と織物屋の主の家族の出で、町にある自分の店に布地がたっぷりあるためにとてもよい身なりをしていて、最近はゆったりしたオーダーメイドのグワヤベラ〔キューバから伝わったといわれているリネンのシャツ〕と、ゆるいコットンパンツを好んで着ていた。

ベランダにある二つのロッキングチェアのうちの一方に滑り込みながら、ローレンがガエルに話したのは、ヴィル・ローズでただ一つのラジオ局ＷＺＯＲ（ラジオ・ゾレイ、つまり耳ラジオ）――彼は番組のスポンサーをしていて、ときどきスタジオのなかに入って放送を聞いた――を出るときに、局の入り口で若い不良連中がたむろしているのを見た、ということだった。もうくせになった仕草で、片手で腹をなで、もう一方の手に持った麦わら帽子で自分を扇ぎながら、ガエルは、聞いているふりをして答えた。「そのことは考えないで、ロル。食欲がなくなるわよ」

彼は頷いて、蛙の話に戻った。「生まれてこの方、生き物がこんなふうに死んでいくなんて話は聞いたことがないよ」

青年のころのローレンは、いつも手ずから巻いたタバコを吸っていた。ときどき、実際に何かの意見を表明するときには——というのも、彼の声はいつも何らかの意見を表明しているように聞こえるものだったので——息切れしているように聞こえた。

彼らの家は、悪名高い氾濫原の中央、いくつかの小川やクリークや川が合流して一つの支流となる地点の近くにあったので、ガエルは、何百匹もの蛙が腐敗していくなんてことは、明らかな大惨事だと考えた。だが、毎朝必ず朝の空気を吸い込んでいたけれど、死んだ蛙の臭いはまったくしなかった。つやつやした皮膚ととても小さな臓器が太陽の光に晒されるや否や、たいていの蛙は干からびてしまい、スイレンの葉の下で溶けてしまうか川床に消えてしまうのだと気づいた。

腐敗臭がないのは幸運だった。妊娠のこの時期にあっては、たいていのものは吐き気を催させたからだ。それでも、全然嫌ではないにおいが二つあった。死んだ蛙のねっとりした感じの臭いと、真新しい布のインクの香りで、こちらのほうは、ガエルがあまりにも喜ぶので、織物屋に来たときに密かに商品を少しずつかじっているのではないかと、夫が怪しむほどだった。

死に始めてから二、三週間後、蛙とその死骸はすっかり消え失せてしまった。初夏の雨が町のクリークや川を氾濫させ、生き残っていた蛙たち全部を溺れさせて、ガエルとローレンの家の近くに、砂をたっぷり含んだローム層をうず高く積もらせた。水の勢いは強烈で、家の近くに自生していたまだ若いベチベルソウの長い根は掘り返されてしまった。彼らは何年間か、野生のベチベルソウから利益を得ていた。ベチベルソウは土壌をよくするだけではなく、南部にある近くの都市レカイの香水原料販売会社二社が、大いに欲しがっていたのだ。ベチベルソウがよく咲いた年にローレンとガエルは、その臨時収入を使って、地所の外縁部の近くにさらに数列、アーモンドの木を植えた。ガエルは特にアーモンドが好きで、妊娠して嫌悪感を持つようになる前は、よくその繊維質の実を川の石で砕いて、仁を取り出したものだった。

ある夜、ローレンがまた店から遅く帰ってきたのに気づいて、イネ——胸が丸くて厚い出しゃばりな女で、夫妻の結婚以来ずっと家政婦をしていた——は銀のトレイに載せたレモネードの入ったグラスを持って出迎えた。

「旦那様、今夜はお食事をお召し上がりになりますか？」とイネは、ローレンと同じくらい太い、叱るような声で訊いた。

ローレンは首を横に振った。彼は夜に食べるのを好まなかったが、しばしば、妻がすでに食事を済ませた後の遅い時間に帰宅した。

ガエルの頭をこんな考えがよぎっていた——イネも同様だったのかもしれない——、ガエルは少女のころから夫を知っていて、結婚してわずか一か月で妊娠したから、もしかしたらもうすでに、町で他の女性と親しくなっているかもしれないと。また、ガエルは、夫がラジオに興味を持っていることも知っていた。コントロール・ブースから番組の司会者たちが仕事をするのを見ていたいという思いは、官能的な欲望と同じくらい強かった。だから、店を閉めた後、自分は町でそうしていたのだと言われると、それを信じた。

翌日の夜、ローレンは早くに帰宅した。ガエルのために、手にいっぱいの赤いアザレアを持って。ここ数か月の間にガエルにわかったことは、夫の過ちも彼がとりつかれた願望も、最後に赤いアザレアがあれば許せるということだった。赤いアザレアを贈られると、心が安らいだ。

暑さから逃れるために、二人はキャブリオレーに乗り込んだ。ローレンは幌屋根を下ろして町の最も古い地区へとドライブし、蔦(つた)で覆われた城の監視塔を通り過ぎた。ハイチがまだフランスの植民地だったころ、ナポレオン・ボナパルトの妹ポーリーヌへの贈り物として建設が始められた城だ。町の最も注目すべき遺跡のひとつであるこの城は、一八〇二年、ポーリーヌ・ボナパルトの夫が黄熱病で死に、彼女がその遺体とともにフランスに帰国したときに、未完成のままに残された。石壁の一部は、まだ形をとどめていた。ただ、その壁を使って何らかの公的な記念建造物を作ればよいとは、誰も考えなかった。ポーリーヌの応接室と居室ができるはずだった場所には、ジャガイモが植えられた。その周囲では、牛と山羊が草を食(は)んでいた。ポーリーヌ所有の、この地に固有の野生動物を集めた大動物園を建てるための公園だったであろう場所では、子どもたちが午後のサッカーに興じた。

ポーリーヌ屋敷(アビタシオン・ポーリース)と呼ばれているその城の廃墟を通り過ぎ、サトウキビ畑の裏手の古い道に沿ってローレンが車を走らせると、クレレン製造工場の傘形の屋根が見えてきた。生(き)の蒸留酒の匂いが、通り全体に満ちていた。この通りにずっと立っていれば、空気を嗅ぐだけで酔えるといわれていた。ローレンとガエルも何度か試したが、一度も成功したことはなかった。二人はその夜も、ぼんやりした幸福感と、頭のくらくらする感じを無理やりにでも吸い込もうとしてみたが、やはりうまくいかなかった。彼らは次に、角にある公立の高等学校へ行った。一階はコンクリートで、二階は木でできていた。町のそのあたりの建物のほとんどは、同じような造りだった。建築資材はいい加減に混ぜ合わされて、人びとがお爺ちゃん建築（アシテクティ・ペペ）と呼ぶ、ちぐはぐなものになっていた。

　このようなドライブは、彼女にとって、二人の過去への旅でもあった。彼らがこの学校の生徒だったころ、車を所有している人はほとんどいなかったから、自分の車を持つことを夢見るのは、自宅の前庭に飛行機があればと願うようなものだった。ロルが十七歳のときに父親が、今でも乗っている黒のプジョー・キャブリオレーを買ってくれて、群れのリーダー——仲間のプリンス——になった。そして、許婚（いいなずけ）であるガエルがドライブの予定を立てる役となり、旅行を計画し、親しい仲間に誰を入れて誰を入れないかを決めた。リマの聖ローサ（サント・ローズ・ド・リマ）の祝日には、バラは高価過ぎたしガエルはライラックを嫌ったので、車のフロントを赤いアザレアで飾り、運転する彼の横にガエルが座って、幌を下ろし式典の行列に加わった。

　今、彼らは丘をずっと登って、ガエルが少女期を過ごした場所の近くにある、古いアンテール灯台のほうへ向かっていった。そして、彼女の祖父母の家の、ブーゲンビリアに覆われた門扉の前に車を停めた。この家は、両親がポルトープランスへ移って以来、空き家になっていた。浜辺の向こうの暗い水平線を見下ろして、夫は、ダッシュボードの上の懐中電灯を取り、車から降りるときにそれを点けた。二人は、水際まで続くヤシの小道を辿っていった。手をつないで、カヌーや帆船の間を歩いた。それらには大抵、聖人や母親や恋人や妻たちの名前がつけられていた。漁師たちの小屋の窓の垂れ板の多くは、遅い時間にもかかわらず開いていた。少し歩くごとに、灯油ランプかハリケーン・ランタンの明かりに照らされた生活の情景が見えた。子どもが乳を与えられていたり、叩かれていたり。夫婦が言い争っていたり、別の夫婦は服を脱いでいたり。パンとお茶の遅い夕食を、家族でゆっくり味わっていたり。

ガエルとローレンが通りかかると、漁師の妻たちが挨拶してきた。これは、彼ら二人とその一族が代々ずっと住んできたこの町――本当のところ、村のようなものだったが――の祝福であり、同時に呪いでもあった。

「海の空気は赤ちゃんにいいのよ」と、女たちの多くが背後から声をかけた。

赤ちゃん？　あの人たちに赤ちゃんの何がわかるというの？　もちろんじきにみんながすべてを知ることになるだろうけれど、でも今はその赤ちゃんの物語は彼女だけの――ローレンと彼女だけの――ものだ。

ガエルは望まなかったが、聖テレーズ病院の産婦人科医は、胎児の発育が遅すぎると言って、超音波検査をすすめた。画像によって女児と判断された赤ん坊は、胸部と脊椎全体に嚢胞（のうほう）ができていることがわかった。もしも生命を保って誕生したとしても、と医師は言った。おそらくすぐに死亡するだろう。医師もローレンも、妊娠が進みすぎないうちに中絶すべきだと考えていた。けれどガエルは、出産予定日までもちこたえて、すべてを成し遂げたいと思った。

次の日ローレンは、自分は町で用事があるから、代わりに二、三時間織物屋の店番をしてくれないかとガエルに頼んだ。ガエルは喜んで引き受けた。カウンターの奥に立ち、客の応対をするのだと思うと、嬉しくなった。客たちはあれこれと口実をつけては、店の棚にぎっしり詰まった大きくて重いスプールから、綿モスリンやキャラコやオーガンザやギャバジンを引き出して見るだろう。そんなことのすべてが、赤ん坊のことから気持ちを遠ざけてくれれば、と願った。

その朝のガエルの最初の客は、クレア・ナルシスだった。若くてきれいな、コーンロウ型にきつく編んだ髪の女性で、ときどき子どものようにも見えた。

ガエルが妊娠してからクレア・ナルシスは、他のみんなと同じように、店に来るときにたまに、ちょっとしたプレゼントを持参した。たいていの場合それは食べ物で、しばしば獲れたての新鮮なフエダイだった。クレア・ナルシスの夫が獲ったもので、それを店でガエルに見せ、それから、新鮮なうちに調理してもらうために、イネのところへ持っていった。そうでないときには、マンゴーやアボカドやヤムイモだった。でも、ときにはクレア・ナルシスは、赤ん坊のためのものを持ってきた。ブランケットやロンパースなどで、ピンクでも青でもなく黄色か緑で、それによって、控えめにそっと子どもの性別を訊ねているようでもあった。この日クレア・ナルシスが持ってきたのは、刺繡を施した緑のブランケットで、優美なブライダル・レースの縁取りで飾られていた。このレースは、一週間前にガエルが、なににするつもりなのか知らずに売ったものだった。その朝、妊娠で嗅覚が鋭くなっていたガエルは、クレア・ナルシスの身体に、アルバート・ヴィンセントの葬儀屋でほぼ毎日洗い清め、整えていた死者たちのにおいを感じることさえできた。その防腐処理液とレモンの香りの消毒液のにおいを無視しようと努めながら、自分の店のベージュのひもをほどき、自分の店の茶色の包み紙を開けて、クレア・ナルシスの贈り物を見た。

「赤ちゃんが産まれる前にこのような物を差し上げるのは縁起が悪いと知ってはいるのですが」と、クレア・ナルシスは、身分の低い者たちに求められているように、視線を落としながら話し始めた。

ガエルはカウンター越しに手を差し伸べてクレア・ナルシスの顔を上げさせ、掌の中に収めたままその顔を優しく揺らした。それ以外のことをしたり、言葉をかけたりする時間はなかった。他の客たちが入ってきていて、手伝ってくれる店員も二人いたけれど、客から代金を受け取るのはローレンが信頼しているガエルだけだったからだ。

「いつもいろいろな物をくれて、ありがとう」とガエルは、相手の目をまっすぐに見つめながら言った。「でも、これでおしまいにして」

外では、ゆっくりと雨が降り始めた。太陽が霞み、空気が暗くなり、店のブリキの屋根を打つ雨音がどんどん大きくなっていくと、ずぶ濡れになった通行人たちが大勢、店に入ってきて、カウンターとドアの間に、体をくっつけ合いながらぎゅうぎゅう詰めになった。彼らは静かだった。奇妙に静かだった。雨が勢いを増し、塵に叩きつけて泥へと変えている間ずっと。

ガエルは心配でならなかった。家の近くの川がまた増水し、丘から泥流を運んでくるかもしれないと。川の近くに建っているのは、今では彼女とローレンの家だけだった。他の家々は、彼らの家よりも新しかったが粗末なものなので、毎年毎年鉄砲水で、その多くは中にいた家族ごと、下流へ引きずっていかれたのだった。婚約するとすぐに、ローレンは新居を建てる土地と場所を、ガエルを驚かせるための贈り物として選んだ。自分で見取り図を描き、夜、店の仕事が終わったあとは、地面から建ち上げられつつある家の細部を新しく加えたり、修正をしたりして過ごした。車で首都まで行き、自分で切妻屋根の破風（はふ）や鎧戸（よろいど）の羽板を購入もした（家が完成するまで結婚しなかった）。それだけのことをしたのだから、簡単に荷物をまとめてこの家を出ていくつもりはなかった。

ヴィル・ローズの周辺の村落に住む農民たちの多くも、同様に頑固だった。ローレンはしばしば自分の店で、自分より上流、あるいは下流域に住む農民たちと会合をもち、樹木が減少したために土地が浸食され、表土が失われてきているから川が増水し、氾濫しているのだと警告した。

「おれたちにどうしてほしいんです、ムシェ・ラヴォー?」と、彼らは訊きかえすのだった。「だったら、炭を作るのに必要な木の代わりになるものを見つけてくださいよ。そうしたらやめますから」

ときどきローレンは、村人に木の伐採をやめさせるために最も卑俗な比喩――メロドラマ的な嘆願――を使った。

「子どもを殺すようなものだ」と、ローレンは言うのだった。

「もしも自分の子どもを救うために木の子どもを殺す必要があるんなら」と、彼らは答えた。「おれはただちに（ス・デ・シエズ）そうしますよ」

そして今、町と村人たちが必要としているもののために、夫の夢の家は水の底に沈む危機に瀕していた。ガエルとローレンは、ある晩目が覚めたらベッドの中にいながら水に浮かんでいるかもしれない。屋根の上に登って、流れが収まるのを待たねばならないかもしれない。黙りこんでそんなことを考えながらガエルは、だんだん広がってきている臀部に両手を当てた。木の上で出産しなければならないなんてことにもなり得るかしら？
「恐ろしいことです」クレア・ナルシスは、他の人びとの話し声や打ちつける雨の音にかき消されまいと、雷のように響き渡る声で断言した。「今年のこの暑さと雨では、私たちは溶けてしまうか押し流されるか、どちらかでしょう」と、まるでガエルの顔に表われた心配事の一つひとつを読み取るかのように、つけ加えた。

　ガエルはクレアの注文した布を測り続け、感謝の気持ちから、おまけ（デージー）の数ヤールを足してやった。そして、おしゃべりは店で雨宿りしている人たちに任せた。

「今年の初めに蛙が死んでいたのも、いいしるしじゃなかったわね」スザンヌ・ボンシーは八十代の花屋の主人で、第二次世界大戦中のミス・ハイチだった。彼女だけが、クレオール語ではなくフランス語で会話に加わった。張り合おうとするあらゆる声が響き渡り、小さな店内は耳をつんざくようなけたたましさとなった。

「蛙が死んだのはまったく悪いことだったというわけでもないよ」と、町一番の自動車整備士のエリーがくちばしを入れてきた。「以前、狂った女がいたんだ。川のそばで、小さい蛙を捕まえては口に放り込んでいた。蛙というのは、小さくてカラフルなやつほど強い毒を持っているんだ。女はそれがもとで死んだのだと誰もが言ってたよ。子どもたちと狂った人間のためには、蛙はいないほうがいいのさ」

　マダム・ボンシーは、揺れ動くピンクのドレスのサイドポケットに手を入れて、一枚の紙の表裏に印刷されているだけの町の週刊新聞を折り畳んだものを取り出した。彼女は、死んだ蛙についての記事を指さし、文字を読めない人びとのために、エルペトロジー——爬虫類と蛙を含む両生類を研究する学問——の説明をした。この記事は、蛙が死んでいくことの原因を明らかにするために、はるばるパリからやってきた両生類学者によって書かれていた。マダム・ボンシーによると、この両生類学者が述べているのは、蛙の死骸及び蛙たちが生息していた場所から採集した土と水の検査結果を考えると、そしてまたこの夏のヴィル・ローズの気象状況と猛烈な気温を考慮に入れると、蛙たちは恐らく、通常よりも暑い天候によって引き起こされた、真菌に由来する病気で死んだのであろうということだった。

雨足は少しずつ弱まり、外ではまた陽が差してきた。雨を避けて織物屋に入ってきた人びとは、通りへ戻っていっていた。リマの聖ローサ教会の鐘が正午を告げ、乗合トラック(カミヨン)やその他の公共交通の乗り物が再び動きはじめて、泥水をあちこちに撥ね散らした。

「ありがとう(メシ)、クレア」と、ガエルは包みを渡しながら言った。

クレアは、また前のように視線を落とし、肩を丸めた。そして、「私たちは互いに助けあわなければなりません(フォク・ヌ・ヴォイ・エ・ジエ)」と言って店を出た。

次の数日はまばゆいばかりの朝で、家じゅうに満ちた日光のかけらが、マホガニー材の床の上を縦横に動き回った。太陽の光が静かに染み渡ったこんな朝には、生まれる赤ん坊の状態についてのガエルの心配も、危険な水の流れる道に住んでいることについての恐怖さえも、消え去ってしまった。

数週間後のそんなある朝、ガエルは一日店でローレンと一緒に働くつもりで、ローレンのほうは車でガエルを待っていた。彼女はムームーを着るのをひどく嫌っていたが、妊娠のこの段階ではどうしようもなかった。

　腹が大きくなっていたので、助手席は窮屈になっていた。ローレンはすでに車に乗っていて、広い道路へ通じる石の小道の方向を、ぼんやりと考え込んだふうに眺めていたが、助手席側のドアはロックされたままだった。妊娠する前だったら、ガエルは開けられたルーフ越しに飛び乗ってきたかもしれないが、今はもう無理だった。

　ローレンはドアのロックを外して、片手を差し伸べ、ガエルがシートに身体を押し込むのを助けた。それから、手を後ろに伸ばして彼女の膝に置き、もう習慣になっている動作で、心拍に合わせているかのように、優しくとんとんと叩いた。

　キーがまだ差し込まれないうちに、ガエルは言った。「赤ちゃんの名前は、ローズにしたいわ」

「ミス（ソ）・ローズの名を取って？」と、彼は訊いた。

　彼女は頷いた。

　ガエルの直系の祖先のソ・ローズは、自由の身である黒人女性で、裕福な解放奴隷（アフラーンシ）であり、ポーリーヌ・ボナパルトが去った後、この町を設立した人物だった。ソ・ローズ自身は、奴隷であった母親とフランス人の父親によって、南部地域の守護聖人であるリマの聖ローサ〔英語読みは「ローズ」〕に因（ちな）んで名づけられた。

　ガエルは夫に告げたかった。子どもが死んでいようと生きていようと、身体に障害があろうと五体満足であろうと、私は必ず愛すると。この子が時を越えて二人を繋ぐだろうということ、結婚のまさに最初の年のうちに産まれるのだということが、ガエルにはとても嬉しかった。どうしても離れねばならなくなるより前にこのローズと引き離されるなどと考えることに自分は耐えられないのだと、知ってほしかった。けれども、そうは伝えず、こう言った。「いい名前よ。ローズはいい名前だわ」

「けど、ありふれているな」と、ローレンは答えた。「同じ名前の子が大勢いることになる。それに、歴史上の人物だ」

「聖人、ヒロイン、町そのものよ。全然恥ずかしい名前じゃないわ」と、ガエルは答えた。「彼女にふさわしい名前になるわ。いい名前よ」

普通の状況であれば——特に最初の子どもの——名前を決めることは輝かしく心おどる務めだろう。家族が何年間も話題にするような、楽しい議論の機会であるだろう。彼はこの名前がいいと言ったの、と私たちはしばしば、母親が口にするのを聞く。でも私は、別の名前にしたかった。私が勝ったわ。あるいは、私たちは歩み寄ったのよ。でも、このとき、ローレンはどんな名前も欲しなかった。ガエルが何を提案しても、それでよかった。医者と同じように、こう確信していたからだ。子どもは、一日どころか一時間も生きられないだろうと。

「今夜はあまり遅くまで外にいないで」とガエルは言って、膝の上の彼の手を両手で包んだ。

「店には来ないのかい？」と、ローレンは訊ねた。

「ええ」と、ガエルは答えた。

ずっと、腰から脚にかけての筋肉の痛みを感じていて、車に乗り込んでからはそれがさらに強くなっていた。赤ん坊は頭でガエルの肺と脊椎を打ちつけていて、すぐにやめそうにはなかった。少なくとも、この子はまだ動いている、とガエルは考えた。

「医者を呼ぶかな？」とローレンは訊いた。

「まだよ」とガエルは答えた。

「ほんとうに？」

「それほど痛くはないわ」と言うと、ローレンは信じたようだった。

「店を閉めてからラジオ局に行くの？」とガエルは訊いた。

「明日は、給料の支払い日だ」とローレンは言った。「みんながぼくを待っているよ」

「誰かに届けさせたらどう？」とガエルは訊ねた。

「長居はしないよ」とローレンは言って、首の横にキスをした。その部分は、出産予定日が近づくにつれて分厚くなり、色も濃くなってきていて、早く元のように――うっすらとタルカムパウダーをはたいた、長く細い首に――戻ってほしいとガエルは熱望していた。

ガエルは、ローレンがもう少し長く首に顔を埋めていてくれるように、頭を彼の頭に押しつけた。

「早く帰ってくるには、もう行かなくては」とローレンは言って、顔を離した。

ガエルは、ドアを開けて外へ出た。ローレンも車から出て反対側へ急ぎ、赤ん坊の重みで前のめりになった彼女を助け起こした。家の中までつき添っていくという申し出を繰り返し断り、夫が車に乗り込んで運転していくのを送っている間、ずっと立っていられたことがありがたかった。その場所で、彼がアーモンドの木の向こうに消えていくのを見ていると、背中の筋肉が締まるのを感じた。注意してゆっくりと家に戻り、ベッドの中に這い込んだ。そして、疲れ切って深い眠りに落ち、イネがときおり無事を確かめるためにうるさい足音を響かせて入ってきても、目を覚まさなかった。

目覚めたのは昼下がりで、身体の痛みは消えていたので、ガエルは散歩に出ることにした。先日の泥流で運ばれてきた石が高く盛り上がっていて、小川は濃い茶色に変わっていた。アーモンドの木々の中には、成熟前の実を落としたものがあり、行く手はしばしば大きな枝で遮られていた。

ガエルは小川のほとりに立ち、以前のよき日々と同じようにこの川に透明な水が満ち、石の上を小さく波打ちながら流れるところを想像しようとした。その中では、夫と自分はティーンエージャーで、夏の午後に友だちと一緒に泳ぎに来て、たがいに飛沫(しぶき)をかけあい川のところどころを泥水にしていた。それから、いつもの午後の霧雨が降り始める。天気雨だ。夫と友人たちは――彼女より一、二歳年上だから、ずっと物知りなのだ――よく幽霊雨と呼んでいた。悪魔が妻を打ち据えて、自分の娘と結婚しているのだ、と彼らは言った。霧雨は、妻と娘の両方の涙。太陽は、彼女らの涙を乾かす神だった。

その午後もまた、天気雨が降りだしていた。そのときガエルは、ごく小さな赤いコキが、二つの石の間にはさまっているのを見た。赤ちゃんの蛙で、彼女の小指よりも小さく、横向きになって、アリに覆われていた。小さな四本の脚はこわばって空中に突き出され、アリたちから逃げようとがんばってはみたがだめだった、というふうだった。

彼女はしゃがんでそれを摘み上げ、アリを叩いて落とした。アリたちはものすごい速さで散っていったが、彼女の腕を上へ下へと這いまわり、刺したものもあった。アリがたかりだしてからまだそれほど長くは経っていなかったに違いない。コキはまだもとの姿のままで、内臓も、透けるほど薄い皮を通して見たところでは、無傷だった。彼女は顔にかかった温かい霧を拭って、何も考えずに、そのコキを口に押し込んだ。

蛙はかびと腐敗の臭いがして、舌に触れた感じはつるつるしていた。そして、コキは死んでいたけれど、頭をのけ反らせてそれを喉までもっていきながら、それがもがいているところを想像した。医者が不吉な判断をした後、彼女の妊娠については恐ろしい、困難なことが数多くあったが、その中の一つは、自分の身体のにおいを嫌悪するようになったことだった。大抵の日には、自分は便所のにおいがすると思った。自分の周りに浮かんでいる空気そのものが、吐き気を催させた。そして時には、体の中で育っている子どもも、守り抜くことを自分で決めたにもかかわらず、彼女を不快にさせた。

身体は喉の中のコキに抵抗し、食道がそれを上に押し戻したので、あやうく吐き出しそうになった。そこで、もう一度激しく呑み込み、さらに深くまで無理やり呑みくだすとついに、どこか身体の深いところにそれが着地するのを感じることができた。

さあこれでそろった、と頭の中に考えを引き出しながら思った。二つの動物が体内にいて、ともに危機に直面している。娘ローズと、そして今の蛙と。徹底的に戦わせて、どちらが勝つか見てみよう。

天気雨が上がり、家へ向かって歩いていると、太陽が前よりも一層明るく雲間から覗いた。ときおり立ち止まり、お腹の中のもぞもぞする動きと闘って、口の中の苦味を薄めようと懸命につばを飲み込んだ。家に戻ったときには、ガエルはもう何日も見られなかった笑顔になっていた。

「きみの後を追いかけようとしていたんだ」とローレンは、出迎えるために玄関に勢いよく走ってきて、言った。「イネが、きみの具合がよくなかったと言っているぞ。雨の中に出ろというのが彼女の処方箋だったのか？」

彼は、特有のゆがんだ笑みを浮かべていた。ガエルは、彼が笑っているので嬉しかったけれど、自分のお願いを聞いてくれたことも嬉しかった。頼んだとおりに早く帰宅してくれた。どこへ行っていたのかと訊かれて、こう答えた。「アヴェク・レ・グルヌイユ。パル・ル・リュイソ。ラ・ドゥシュ・ソレール」

蛙といたの、小川のほとりに、太陽の光が降り注ぎ始めたときに。これは、彼には十分な説明だった。歩く必要があるの、赤ちゃんが子宮のなかで下がるのを助けるために、これから先に——もしかするともう二、三日後に——控えているお産を軽くするために、とガエルは言った。だから毎朝、そして時には午後にも、小川まで歩くの。彼もそれは必要なことだと思った。

「でも雨の中はもうだめだ」とローレンは言った。

「雨じゃなかった。天気雨だったのよ」とガエルは答えた。けれど彼は、どちらでも違いはないと思っているようだった。

胃が落ち着いたので、ムームーを着替え、その日の夕食には、ここ何週間ものうちに口にした他の何よりも多くのコーンミール・ポリッジを食べた。妊娠期間の間ずっと感じていた自己憐憫のあとに、自分がこうして喜びの絶頂を迎えていることに驚いた。赤ん坊が死ぬなら自分とローレンも一緒に死ぬとしか思えないと訴えたときに医者から、そうした暗い気分は、将来についての漠然とした不安のようなもので、この状況を考えれば普通のことですよ、と言われていた。

ローレンは、「これを乗り越えたら、赤ん坊がどうなろうと、『ラ・ロゼット』紙に載るぼくらの死亡記事には、病気と長く勇敢に闘った後に死亡した、と書かれることになるよ」と言って慰めようとした。「ぼくらはこれからまだ、何人も子どもを授かれるさ」

翌日、ガエルとローレンの娘、ローズが産まれたのは、澄んだ明るい夜で、雲一つない空には満月がかかり、無数の星があった。ガエルのいる部屋の片側には巨大な鏡とランプがあり、ランプは、ブーンブーンとうるさい音をたてる家庭用発電機から電力を供給されていた。ベッドの足下に置かれた鏡に映る半裸の自分を見て、ガエルは、まるで傘を自らの上にうねらせているクラゲのようだと思った。鏡をそこに置こうと考えたのは、彼女だった。自分の身体から娘が産まれてきたら、すぐに見たいと思った。一瞬も無駄にせずに、わが子の顔を見たかった。けれど結局、息み始める直前に考えを変えて、イネに手振りで指示し、鏡にシートを掛けさせた。人が死んだ後にするように。そして、夫と医者を呼び入れることも拒んだ。

「あの人たちは、この子を私から取りあげるつもりだわ」と、ガエルは言い続けた。赤ん坊を押し出そうと身体を二つに折りながら、もうへとへとで力が出ないと思い、しかしその次の瞬間には自分は無敵だとも感じた。イネが両脚の間に手を差し入れて娘を引き出したあと、ガエルは、店から持ってきた真新しいハサミで自らへその緒を切った。

　子どもが短時間で産まれてくれたことに、ガエルもイネも涙を流して喜んだが、それよりも、予期に反して子どもの身体に一点の傷もないことに、素晴らしく五体満足であることに喜んだ。丸々と太って、すてきで、完璧に丸い頭には小さな巻き毛がいっぱい生えていた。お尻を叩かれると、長く泣き叫んだ。そして、両腕を元気いっぱいにばたつかせた。背中にも、それ以外のどの部分にも、嚢胞はなかった。

　完璧だった。完璧な小さいローズだった。それでも、父親似だった。背が高く、堂々とした女性へと成長することがないのは明らかだった。けれども、へその緒を固く縛られるとただちに黒い瞳を開け、母親の胸に抱え上げられるとすぐに、まだ薄く血の色がついた小さな口を開けて乳を吸い始めた。

　その素晴らしく星の煌（きら）めく夜、ローレン・ラヴォーが早めに帰宅して娘のローズに会うことはなかった。ラジオ・ゾレイで、襲撃事件が起こっていたからだ。妻の出産が始まったことを知らずにいた彼は、番組提供者としての援助金を渡しておこうと、そこにちょっと立ち寄った。そしてラジオ局を出ようとしたときに銃声が鳴り響き、ローレンは三発の銃弾に心臓を貫かれて即死した。遺体が冷たくなり、その下の血溜（ちだま）りが石灰石の粉で覆われる前にもうすでに人びとは、この狙撃事件はヴィル・ローズに新たに迫りくる災いと係わりがあるのだと断言しはじめていた。蛙などよりもさらに破壊的な災い、つまりギャングたちと。

幽霊

バーナード・ドリエンは、シテ・ペンデュに住んでいた。ヴィル・ローズの先にある土地で、おしなべて貧困で、危険が潜む地区だ。この地域で最初の地獄、と呼ぶ人もいた。

そんな薄気味悪い風評はあったが、シテ・ペンデュ——ポルトープランスから約四十五キロ、ヴィル・ローズの中心部からは十三キロ弱——は、実際にはごく普通のスラム街だった。何といっても、そこには二、三のプロテスタント教会と、多くのヴードゥー寺院と、何軒かのレストランとパン屋と、二軒のドライクリーニング店まであったのだから。

しばらくの間、ここではギャング同士の争いはなく、ギャング団は一つだけだった。その本部は以前食品保管倉庫だったところで、そこに住む十二、三人の男たちは、その場所をバズ・ベニンと呼んでいた（バズ・ベニンの男たちは、ヌビアの王族の名前を自らの別名として名乗った。そしてそれは偶然にも、クレオール語で脅迫的な行為を意味していた。例えば、ピエは「略奪する」、ティエは「殺す」という意味だった）。

バーナードの両親は、シテ・ペンデュでレストランを経営していた。彼らの家には、小石を敷き詰めた通りに面して、たいていの隣人たちのよりも大きな庭があったので、ここをトタン板で囲って、一晩に少なくとも三十人——回転がよければそれ以上——の客に食事を出していた。店の中央には長い木製のテーブルが四つ、ひとつながりのひもに吊るされ自家発電機で点灯している白熱電球の下に広げられていた。出していたのは、ライス・アンド・ビーンズ、プランテーン、コーンミールだったが、自慢の料理はハト肉のバーベキューだった。

店は「ベー」と呼ばれていた。バーナードの両親が、彼につけたニックネームだ。ベーは「バター」を意味してもいて、母親は、調子はどう？と誰かに訊かれると好んで、あたしは（ム・アプ・バト）水からバター（ドロ・プー・ム・フ）を作っているわ、と答えた。それは、自分はいつでも不可能なことに挑んでいる——ほぼ、あるいはまったくの無から、何か価値のあるものを作り出そうと努力している——という意味だった。

両親は、周囲の山々の中にある村の一つからシテ・ペンデュに出てきていた。それは、たいていの小百姓たちが、子どもらが小学校を終えるまでの一時的な居住地としてシテ・ペンデュに住んでいたころのことだった。けれども、彼らの地域や他の地域の木々が木炭に姿を変え、山々が弛（ゆる）んで崩れ、大事な表土を海へと洗い流してしまうと、隣人たちの多くもそうせざるを得なかったように、ドリエン一家はシテ・ペンデュに留まって息子を——そして何百羽ものハトを育てた。ハトは何年にもわたって、生きたままで、あるいは締めて、繁殖用か食用として販売された。

一時期、客のほとんどは、最初の性体験の前にシテ・ペンデュ特有の儀式を執り行ないたいという、落ち着かない気持ちを抱えた若い男たちだった。彼らはひなバトの喉を掻き切り、カーネーシヨン・コンデンスミルクとマルタという炭酸入り麦芽飲料をミックスしたものの中に、その血を注ぎ込んだ。ときには父親が一緒にやってきて、息子たちが鼻をつまんでこの飲み物を飲み下すと、声を立てて笑い、頭のないハトがまだ地面をのたうち回っているところで、こう言うのだった。

「あの娘が気の毒だよ」

バーナードの両親は、そんな儀式には反対だった。しかし、このように殺される一羽一羽の代金が、より多くのハトを繁殖させるための資金になった。二人は、人びとが競争のために、伝書バトとして訓練するために、小さい子たちのペットにするためにハトを買いに来ていた時代が過ぎ去ってしまったことを嘆いた。しかしやがて、父親とその息子たちがやってきていた日々を懐かしく思い始めた。なぜならば客たちが、最初は「大衆の組織」と呼ばれ、それからギャングと呼ばれるようになった、筋骨たくましい若者の群れに変わってしまったからだ。

ギャング団のメンバーはシメあるいはシメラ、つまり幽霊と呼ばれており、ほどんどが家に住んだ記憶を持たないストリートチルドレンで、両親が殺されたか病気で死んだかで孤児となった少年たちだった。やがてこれらの若者たちに、地域の年長の男たちが加わった。そしてこの年長の男たちは繋がっていた——つまり、野心的な企業主や地元の政治家が、彼らを使って政治的なデモの参加者を増やし、危機を演出する必要があれば銃を与えて発砲させ、平穏が必要となれば引き揚げさせたのだ。

ときどきこうしたデモの前に、ミルクとマルタとハトの血のミックスドリンクを飲むためにあまりに大勢の男たちが集まるので、両親はこのハト殺しの商売がすっかりいやになった。そしてとうとう、実際にやめてしまった。

それでも、ハトで儲けた金で、ドリエン一家はメニューを増やすことができた。隣にある、あのバズ・ベニン倉庫に繋がった家を買い、増えてきた顧客の注文に応じるためにテーブルをいくつか増やした。父親は小さなトラック(カミヨン)も買って、毎日シテ・ペンデュとヴィル・ローズの間を、満員の人を――ときには家畜も――乗せて往復した。けれど、レストランが一番忙しいときには、いつも店にいた。それは夜九時から朝一時までで、ギャング団のメンバー――その多くは、首都から麻薬を持ち込んでいた――がほぼ店を独占してしまうのだった。この少年たちが、彼らが好んで白人の粉(プード・ブラン)と呼ぶものの単なる売人から、いつの間にかいとも簡単にその常用者へと変わっていくのを見て、そして誰が誰だか仲間同士以外には見分けがつかなくなっていくのを見て、バーナードの両親は不快感と恐怖感を持った。しかし、それでも営業を続けた。それは、シテ・ペンデュを破壊しつつあるまさにその原因が自分たちに繁栄をもたらし、そのおかげで息子をヴィル・ローズのごく少数の中産階級家庭の跡取り息子や娘たちと同じ学校にやれているのだし、そこで息子が同級生と近づきになれば、将来のよい仕事や良家の娘との結婚につながるかもしれないからだった。

ギャングたちと関わらないですむように、バーナードは国家警察の(特殊部隊ではなく)正規部隊に入隊していた。まだ弱冠二十歳で、痩せており、この家族特有の身体に釣り合わない大きな頭をしていて、そのためにパンノキ頭(テト・ベリタブ)とあだ名されてもいたけれど、ポルトープランスの警察学校は彼を受け入れた。しかし結局バーナードにわかったのは、首都で訓練を受けていても、新任警官である自分には、シテ・ペンデュに住む両親を守ることはできないということだった。シテ・ペンデュでギャングのメンバーが逮捕されるたびにバーナードは、両親の命を危険に曝していると非難された。そして、それよりも両親は、彼が家を出たことで悲嘆に暮れていた。母親は電話で話すたびに、あんたが帰ってきてくれたらどんなに嬉しいかと口にしていた。そんなところへ、命にかかわりかねない喘息の発作が久しぶりに起こって――これには、子どもの頃から苦しめられていた――警察学校は、特に負担の大きい訓練期間中に、彼を退学させざるを得なかった。しかしバーナードはポルトープランスでタプタプや公共バスやタクシーに乗っての移動に延々と何時間も費やしている間に、ラジオに夢中になっていた。特に気に入っていたのはニュースや時事解説、視聴者参加番組やインタビュー番組で、それはあらゆる家、車、街角の商社や店から鳴り響いているように思えた。だから、現在バーナードは、両親のレストランを手伝っているとき以外はずっと、ヴィル・ローズで唯一のラジオ局ラジオ・ゾレイで、そこそこの給料をもらいながらニュース報道担当として働いていた。

シテ・ペンデュで育ち、その変化の多くをじかに見てきたので、バーナードは、彼が好んで「ゲットー」と呼んでいたものを内部から語るラジオジャーナリストになる自分を思い描いていた。ある夜、一つの考えが浮かんだ。両親の小さなコンクリートブロックのキッチン――美味しそうな匂いで通行人を誘うために、通りの近くに建てていた――から、ギャング団の片腕のリーダー、ティエがビールをゆっくりと大事そうに飲み、太い葉巻を味わっているテーブルへと歩いていく間のことだった。ティエは、ピーコックブルーの長袖シャツの下に、プラスチックと鋼を組み合わせて作られた義手をつけていて、そのぴかぴか光る金属フックで瓶をたくみにつかみ、口元まで上げ下げしていた。三人の熱心な「副官」に囲まれてティエは、まだ両方の腕があったころに、ある男に平手打ちをくらわしたやり方のことで——男の頭を両掌で挟んで、両耳をしたたか打ちつけてやったのだ——あまりに激しく笑っていたので、頬から涙を拭かなければならなかった。バーナードは立ち聞きしながら、ビデオカメラを、せめてテープレコーダーを持っていればと思った。シテ・ペンデュの人びとに、ヴィル・ローズの人びとに、この国の人びとに知らせたかった。いったい何が、自分と同じ年ごろの男たちを、自分と同じ場所に住んでいる男たちを、ティエのような男たちを、泣かせるのか。

ぼくたちは一つの隣組として、町として、あるいはまた国として前進することはできない——と彼は、ティエとその仲間たちに二杯目のビールを運びながら考えていた、何がこの男たちを泣かせるのかを知らなければ。彼らを永遠に、ぼくたちにとってのシメ、シメラ、怪人、あるいは幽霊のままでいさせるわけにはいかない。ラジオ・ゾレイでの時事解説番組は——もしもそんな番組を持たせてもらえるのなら——「幽霊たち(シメ)」というタイトルになるだろう。

ラジオ局でライバルになるのは、週一回の人気番組「私に話して(ディ・ムエン)」だろう。これは毎週放送されるインタビュー/ゴシップ・ショーで、司会者は、きしるように耳障りな声で話すルイーズ・ジョージという女性だった。「ディ・ムエン」が最初そうであったように、「シメ」も論争の的になるだろうが、すぐにヴィル・ローズじゅうの人びとが周波数を合わせて聴くようになるだろう。バーナードはそう確信していた。一種の病んだ覗き趣味が、人びとに聴き続けさせることだろう。毎週、毎月、どんな頻度で彼が登場しようと。人びとは、自分たちのスケジュールを番組に合わせるだろう。仲間うちで、その話をせずにはいられなくなるだろう。ゲトの男たちや女たちは、今はいったい何をたくらんでいるのだろう？　とリスナーは考えるはずだ。ギャングの問題を軽減する方策を考え出すようにと、促されることになるだろう。この番組には、心理学者や人間行動学の専門家や地域計画の立案者らにも出演してもらおう。

　マックス・アーディン・ジュニアは、バーナードの友人で局のラップミュージック番組の司会者だったが、バーナードの計画を気に入っていた。しかし、懐疑的でもあった。まだ十九歳で、この仕事は父親のコネで摑んだものだったが、マックス・ジュニアはそれでも、ラジオ局の運営については多くを知っていた。そして、バーナードは彼を信頼していた。

「ぼくもきみが言っているすべてのことに同感だ。でも、経営者側は乗らないね」とマックス・ジュニアは、ある日の午後、バーナードがニュース編集室の長い机の端で、古い電動タイプライターをばんばん打っているのにつきあいながら、言った。「誰がそんな番組のスポンサーになるんだ？」

「政府がなるべきだよ」とバーナードは、その日のニュースを電信文からアナウンサーが放送で読む会話体のクレオール語にタイプしなおしながら、答えた。「ぼくらは、社会に貢献することになるんだから」

「ボスに提案してみたらいいよ」とマックス・ジュニア。「でも、きっと怖くて採用できないよ」

　友人が予言したとおり、バーナードの企画は通らなかった。少なくとも、彼が関わる形では。だが、その数週間後、午後のニュースの原稿をタイプしていて、バーナードは「人から人へ（オム・ア・オム）」という番組の録音を聞いた。この番組は、と元軍人で大佐であった司会者は述べた。スタジオ内で、ギャング団のメンバーとシテ・ペンデュおよびヴィル・ローズのビジネスリーダーが話し合うものです。「彼らは、互いの違いについて徹底的に討議します」と、大佐は言った。「仲介するのは、熟練した調停者です」

第一回目の番組では、まさにそれが行なわれた。相対したのは、氷工場のオーナーとシテ・ペンデュのギャング団のもう一人のリーダーで、工場のオーナーのほうはこの一年間、少なくとも月に一回は賊に侵入されており、ギャング団のリーダーのほうはティエの強敵で、氷工場を破壊したと考えられている人物だった。

「当たり前だろ」と、ギャング団のリーダーは氷屋に言った。「おれたちが地獄で煮えてる間、あんたは大量の氷の中で涼んでるんだ」

すると、ポルトープランスから電話で参加していた仲裁人の女性心理学者が、しごくまっとうな解決策を提案した。経営者は氷を分け合う方法を考えて、工場周辺の住民には安い値段で売り、ギャング団は他人の所有物に手をつけない、というものだ。

さらに悪いことに、バーナードは、母親がときどきレストランでつけているラジオで、ティエとその一団の客に給仕をしている間に、このショーの始めから終わりまでを再び聴く羽目になった。ティエと仲間たちは、バーナードがショーを売り込んでいたことを知っていた——ゲスト候補として、ティエたちに話を持ちかけていた——のでビールが運ばれてくると、からかいの声をあげた。

「おい、なんと、奴らはお前のアイデアを盗んだぜ！」

瓶をテーブルに置くと、数人がその腕を摑もうとした。まるで、バーナードの中で煮えたぎっているに違いない怒りを絞り出そうとするかのように。ティエたちが声をたてて笑えば笑うほど、彼の怒りはいや増した。ティエは笑いながら言った。「バーナード、友よ、あのショーはひでえインチキだ。おれなら、奴ら全員を捜し出して、けつを蹴飛ばしてやるぜ」

「そうだ」と、ティエの第二副官ピエが口を挟んだ。

「バーナード」と、他の誰かが言った。「おまえは、ショーを盗んだ奴のけつを蹴飛ばしてやるべきだぞ」

　ちょうどそのとき、キッチンへ来るようにと母親が呼んだ。ビールの追加か、と思った。しかし実際は、飲み物を入れてある古い冷蔵庫の上の、母親が最も高い金を払って手に入れた品である古いダイヤル式電話機に、友人のマックス・ジュニアから電話がかかってきていたのだ。

　ショーのことでかけてきたのだろうと思ったが、そうではなかった。友人は言った。「さよならを言おうと思ってさ。いまいましい糞おやじが、ぼくをマイアミにやるんだ」

「本当に？」バーナードは、信じがたく悲しい思いで言った。「いつ戻ってくる？」

「わからない」と、友人は答えた。

「きみがいない間、ショーは誰がやるんだ？」バーナードは訊いた。

「わからないよ」

「多分、ぼくが代わってやれるよ」

「多分ね」とマックス・ジュニアは言い、それからつけ加えた。「なんと奴らは、きみのアイデアを盗んだじゃないか」

『『オム・ア・オム』は、ぼくがやりたかったショーじゃない」とバーナードは、去ってゆく友と彼のショーとの両方についての悲しみを抑えるように努めながら、言った。「ぼくがやりたかったのは、もっとじかに肌で感じられるものだ。もっと血の通ったものだ」

ティエと仲間たちは、まだテーブルで繰り返していた。「奴らのけつを蹴飛ばせ！　奴らのけつを蹴飛ばせ！」うるさすぎて、バーナードにはマックス・ジュニアの言っていることがほとんど聞こえなかった。

「マイアミから電話するよ」と、マックス・ジュニアは言った。

電話を切ってから、バーナードは頭をコンクリートの壁に押しつけた姿勢のまま、ティエとその一団が店を出るのを待ってからテーブルに戻った。母親と、彼女が雇った近所の女の子たちがその後すぐに入ってきて、汚れた食器を洗った。母親の険しい表情は、ずっとそのままだった。キッチンの熱がそれを溶かして、そのまま封じ込めたかのように。彼は惨めな気持ちで思った。たとえ彼女がこの先働くのをやめても、毎日多くの人のために料理をしてなどいなかった、若かりし日の美しさは、決してよみがえることはないだろうと。

バーナードは母親を説き伏せて、いつもより少し早い時間に、自分よりも早く寝させた。自分の部屋――ティーンエージャーのころに、壁と天井を明るい赤に塗っていた――で、マックス・ジュニアからの突然のさよならと、ショーを失ったことの両方を腹の奥底で感じた。今では、あのアイデアを首都の――あるいは別の場所の――別のラジオ局に売り込むのは、かなり難しいだろう。番組編成担当者たちは、きっとこう言うだろうからだ。『『オム・ア・オム』がもうすでに放送中だ。

われわれはギャングたちに、これ以上公開討論の場を与える気はない」と。アイデアを再検討し、違いをよりはっきりさせて、音楽も加えなければならないだろうと考えながら、眠りに落ちていった。マックス・ジュニアがマイアミから戻ってくれれば、手伝ってくれるだろう。ぼくらは、マックス・ジュニアがショーでかけていたようなレゲエ調のヒップホップをかけて、隣人たちには歌と歌の合間に話をさせよう。

翌朝、バーナードがまだ眠っている間に、バラクラバ帽で顔を覆った十人ぐらいの黒ずくめの特殊部隊の警官が、家の正面の門を壊し、部屋まで上がってきて、彼をベッドから引きずり出した。彼は、ピックアップトラックの後部に押し込まれた。母親は半狂乱で泣き叫び、父親は、これはとんでもない不当逮捕だと叫んでいた。

一番近い警察署に着くと、新聞、テレビ、ラジオのジャーナリストたちの小さな集団が待っていた。バーナードのボスもいた。前の晩にラジオ・ゾレイで射殺事件があった、とヴィル・ローズ警察の甲高い声を出すスポークスウーマンが説明した。M16自動小銃とマシンガンを持った四人の男が、SUV〔スポーツ用多目的車〕から飛び降りるのを目撃されていた。彼らは二階建てのビルの正面入口に向けて発砲し、ローレン・〝ロロ〟・ラヴォーを殺害した。ラヴォーは織物屋の主で、非常に気前のよいラジオ・ゾレイのスポンサーだった。警察は、バズ・ベニンのギャング団の札つきの首領、ティエを逮捕した。ティエはバーナードの名を挙げ、彼こそがこの犯罪のオートゥール・インテレクチュエル、つまり首謀者で、自分と手下たちを使って事件を起こさせた人物だと言ったのだ。バーナードには、弁解の機会は与えられなかった。連れてこられたのは、ただ恐ろしげな小道具としてそこにいるためだけだった。後ろ手に手錠をかけられ、覆面をした警察の面々に囲まれ、フラッシュに照らされて、ビデオカメラの光が目を刺し、質問は彼の告発者たちに向かってなされた。

それからバーナードが尋問されるために連れていかれた箱のような部屋は、狭くて暑く、まだ新しくて強烈な吐瀉物の臭気が漂っていた。キーキーときしる金属製の椅子——後ろ手に手錠をかけられたまま座らされた——の置かれた床はセメントで、天井につけられた箱の中の電球の明滅する光線が、警官の一人によって結ばれた目隠しの黒い布を通して入ってきた。

警察から尋問されている間、バーナードは繰り返し後頭部を殴られた。それは、ティエにまだ両腕があったころ、男たちに平手打ちを食らわせたという話を思い出させた。

「おまえはティエを知っているか？」目隠しの布が両耳も覆っていたので、声は遠く歪んで聞こえた。すぐに何人かの警官が、耳もとまで口を寄せて叫びだした。あまりにも大声だったので、鼓膜が破裂するかと思った。警官の一人が、たばこの煙を顔に吹きかけた。短かった警察の訓練のなかで、バーナードはまだ容疑者尋問法のクラスにまで至っていなかった。もしもクラスを受けていたら、こんなことを教えられたのだろうか？　と苦々しく思った。

「ああ」バーナードは、咳き込みながら答えた。「ティエは知ってる」肺が、これまで経験したことのない具合に閉じられていくようだった。もう二度と開くことはないかのように。締めつけられて、前夜の夕食の塊がパジャマの上に押し出された。それから、首を曲げるのを許されると、膝の上にも落ちた。

「ティエとはどんな知りあいなんだ？」質問は続き、ときどき二つか三つの口が、左右両方の耳もとでつんざくような大声で一斉に叫んだ。

「近所に住んでいる。……やってくる……ぼくの両親のレストランで食べる」と、口ごもった。

「おまえは大した男なんだなぁ、え？　親がスラムにレストランを持っているとは。おれは今腹ペコなんだ。食わせろ。食わせろ」と、警官の一人が叫んだ。

バーナードがしゃっくりをしているのに、他の連中は声をあげて笑っていた。火照ってひりひり痛む耳には、その笑いもののしりも、ティエの一団のものと変わらなかった。入れ替わっていても気づかなかっただろう。

「バズ・ベニンの一団に局を襲撃させるのに、いくら払ったんだ？」と、別の警官が叫んだ。

「何も……ぼくは……」

「じゃあ、奴らはただでやったのか？」

「いや……」

「金を払ったのか？」

「ちがう……」

「どっちだ？」

「関わっていない……」

「おまえは警察でしばらく訓練を受けたんだよな。それでたいそうな犯罪者になれたってわけか？」
彼らはバーナードの顔に氷水をぶっかけて、さらに笑った。パニックになり、彼は椅子から立ち上がろうとしたが、だれかに乱暴に押し戻された。煙と吐瀉物と冷水で、彼は溺れているような気がした。

尋問の後、バーナードは、じめじめした小さな部屋に一人残された。目隠しをされ、後ろ手に手錠をかけられたままだった。午後になると、母と父が会いに来た。彼らは許可を得て目隠しを取り、それから、少しでも近づこうと、跪いた。母親は、胎児のような姿勢で丸まっているその体に覆いかぶさるようにして、静かに泣いていた。

「バーナード、おまえは本当にそんなことをしたのか？」と、父親は訊いた。その声には心配と厳しさが同時にこもっていたが、それ以上に、息子を叱ることへのひどい動揺が表われていた。その顔には、昔のチック——せわしいまばたきと、口元の無意識のひきつり——が戻っていた。バーナードは本当に長い間それを目にしていなかったので、もうほとんど忘れていた。

バーナードは首を横に振った。

「ぼくは何もしていないよ、パパ」と、答えた。まだ口の中に残っている吐瀉物の塊の味で、喉が痛かった。父が全力で闘いを進めるために、自分の否定を必要としていることを、彼は知っていた。

母親はブラジャーの中に手を入れて、取り出した吸入器を渡した。「ベー」と、まるで彼女自身が発作を起こしているかのように息を切らして言った。「あんたに渡すためにこれを持ち込むのに、余計なお金を払わされたよ」

「奴らはぼくを、そんなにひどく殴ってはいないよ」と、バーナードは呟いた。「とにかく、今のところはまだね。血はついてないだろう」

母親は、吐瀉物と汗で汚れたパジャマの上着を持ち上げて、切り傷や打撲傷がないかと調べた。「おまえのために私たちが手配した弁護士だが」と、父親は言った。「彼女のいとこは治安判事だ。おまえの有利になるように、事を迅速に進めるつもりだと言ってくれている」そう言ったときの父親の口元は、抑制された輪郭線をなんとか保っていた。「おまえは、ポルトープランスの刑務所に行かなくてはならないかもしれない。私たちがおまえをそこから出すまでな」

数時間前にティエの第二副官のピエと話してきた、と父親は告げた。父親はピエに、バーナードがティエに誰かを殺してくれるように頼むなど、あり得ないことだと話した。ピエは両親に、落ち着け、と言った。この事件はラマヨート、つまり蒸気みたいなものだ、とつけ加えた。これ以上悪いことは何も起こらない。もうあと数時間待て。収まるのを待つんだ。

父親に支えられて、バーナードは立ち上がった。ぼくのラジオ局の同僚で友人のマックス・ジュニアに電話してみてくれた？　と訊いた。彼はマイアミへ向けて発つことになっているけれど、まだ町にいるかもしれない。彼にも、何か役に立つコネがあるかもしれない。

マックス・ジュニアに会うために、彼の家まで行った、と父親は言った、だが、マックスの父から、息子は国を出たと告げられた。

バーナードは両手で顔を覆って、むせび泣き始めた。両親のどちらも、彼がこんなふうに泣くのを——大人になってからは——見た覚えがなかった。その身体は震えて、絶望感がにじみ出ていた。

両親の腕に抱かれていたけれど、見捨てられて独りになったと感じていた。

しかし実際には、素早く解決に至る道が用意されていることがわかった。両親が帰ってから一時間ぐらい後に、黒い職服を着た治安判事が、バーナードのいる小さな部屋に入ってきた――刑務所に入れられてから裁判官の前に出るまでには何週間も何か月も、あるいはことによると何年もかかるという通例からすると、これは特別なことだった。そして、彼に対する告訴の内容を告げた。ラジオ局襲撃の首謀者と思われていたばかりではなく、裏切者の新任警察官だとされていた。バーナードは、自分は首都の刑務所内の超満員の監房で朽ち果ててしまうか、あるいはそこまで辿り着かないうちに消されてしまうのではないかと恐れた。自分の身に起こったことを外部に伝える計画を、ひそかに立て始めた。ラジオのために、ラジオ・ゾレイのために、何かを書こう。けれど、ラジオ・ゾレイの経営者たちは、そして聴取者たちは、彼の言い分を聴きたいと思うだろうか?

その同じ夜、尋問室で夕食も食べずにずっと寝て過ごしたバーナードが、床の特にひんやりするくぼんだ溝に顔を押しつけて横たわっていると、黒く光るブーツの列がやってくるのが見えた。また目隠しをされ、それから車の後部座席のような場所に投げ込まれた。そして、目隠しされたまま両親のレストランの前の道路に放り捨てられた。夜の十時ごろだった。

自分自身が逮捕された後、ティエは取引をした。バズ・ベニンの首領として、ティエは、シテ・ペンデュの下っ端の警官から何人かの判事にいたるまで、あらゆる人物に関する麻薬関係の秘密の情報を集めていた。そして警察に交渉を持ちかけ、自分の持つ大量の証拠――それに賄賂のための銀行預金も含めて――と引き換えに、自分とバーナードの自由を手に入れたのだった。

その夜遅く、風呂に入ってさっぱりして、バーナードは赤い自室のベッドに横になり、深紅の天井を見つめていた。それより前に、マックス・ジュニアの家に電話をかけて、話をしたいと告げたのだが、名乗るとすぐ、マックス・ジュニアの父親――マックス・シニア――は、受話器をガシャンと置いて電話を切った。そのときに、彼は書き始めた。

そうだ、ぼくはラジオのために書こう。ぼくが今経験したばかりのことについて、細大漏らさず書き記すのだ。きびきびした、テンポの速い文章にしよう。息を切らして話しているみたいに。でも、ぼくはもう自分の番組を持てないだろうから――マックス・ジュニアの代理を務めることさえできないだろうから――、誰か他の人に代わりに語り手を務めてもらわなければならないだろう。もし説得できれば、「ディ・ムエン」の司会者ルイーズ・ジョージに、ぼくの話を番組で読んでもらおう。バーナードは、それが読まれる週には、彼女が他の誰にもインタビューしないだろうと想像できた。その物語は、スローテンポだけれども情熱的にかすれた特徴的な声で読まれて、彼女だけが獲得できる多くのスポンサースポットやコマーシャルとともに、ショーのすべての時間を独占するだろう。ボスである局のオーナーとしては、恐らくそういうことはしてほしくないだろうが、彼女は半端じゃなく度胸が据わっているから、阻止するなら自分は辞めると脅すだろう。そして、このショーはラジオ・ゾレイの最大の人気番組だから、彼女の意見が通るだろう。その夜彼女は、いつもと同じように番組を始めるだろう。まるでラジオ局――そこから彼はもう確実に閉め出されているのだが――のスタジオで、バーナードが彼女の向かい側に座っているかのように。

「聞かせて、バーナード・ドリエン」と、誰もいないスタジオの椅子に向かって語りかけるだろう。

「私たちは、あなたの話を聞かなければいけないの」そしてそれから、彼の書いたものを読んで、なぜその場で直接自らの経験を語ることができないのか、説明するだろう。

けれどすぐに両親が、執筆と空想の邪魔をした。彼らはバーナードのそばを離れず、母親は、神経を静めるための熱いバーベナのカップを手渡すときには、身を乗り出して彼を見つめた。

母親は、常連客が来ないよう料理をするのをやめていたが、それでも人びとは立ち寄って、飲み物を注文したり、彼が釈放されて安心したと述べたり、おめでとうと言ったりしていた。両親がここへ来たのは、ムシエ・ティエがやってきてバーナードに会いたがっていると伝えるためでもあった。

バーナードは、まだいっぱい入ったままのティーカップを母親に返し、それからマットレスの端を持ち上げて、ノートをその下の金属のスプリングの上に置いた。

「すぐに行くよ」とバーナードは言った。

「遅れないでね」と母親は答えた。学校に遅刻しそうになっているかのように。

両親は前後に並んでおとなしく出ていったが、二人ともまた新たな心配で身をこわばらせていた。

庭では、ティエと副官たちがすでに飲み物の置かれたテーブルについていた。

「今日は払う必要はないよ」と言ってから父親は、母親のいるキッチンへ向かった。

ティエは護衛として、数人の男たちをいつもより多く連れてきていた。この男らは、ティエが今経験してきたばかりのことについて話すのを、うっとりと夢中になって聞いた。「おれはこっぴどく締め上げられると思ったぜ」とティエは言った。「こっぴどくな」

ティエのテーブルへと歩いていくバーナードの耳に入るそのゆっくりした情け容赦ない声がだんだんと大きくなり、頭の奥深くで、警察官たちの声のように鳴り響いた。

ティエは言った。「何しろ奴らは、捕らえた連中をポルトープランスへ連れていくからな。すると、その連中との連絡はぷっつり途絶える。奴らが、捕えた連中をどれほど徹底的に痛めつけるか知っているだろう。だからおれは、もうおしまい（フィーニー）だと思ったぜ」

彼はすべてをさりげなく、ほとんど感情を交えず、面白がってさえいるような様子でしゃべった。それによって、もし実際にポルトープランスに送られたとしても、大したことではないのだとほのめかしていた。これが、避けられない事態に向きあうときのティエとその仲間の姿勢なのだ、とバーナードは思った。

震える脚で庭を横切りながらバーナードは、ティエにとってこれはすべてゲームなのだと気づいた。バーナードを警察に突き出し、それから救い出し、そして今、笑いながらビールを飲んでいた。それは不愉快だがよくあること、珍しくもないこと、というわけだった。それでもバーナードは、いつか彼ら全員が撃ち殺されることになるだろうという思いを振り払うことができなかった。織物屋の主ローレン・ラヴォーのように、そしてスラムに住むほとんどすべての若い男たちのように。

いつの日か、怒りに燃え、力のある、そして狂気を帯びた誰か——警察署長かギャング団のリーダーか、あるいは国家の指導者か——が、ふと思いつくかもしれない。彼らとその近くに住む者たち、彼らのような者たちは、死んだほうがよいのだと。

バーナードはティエのテーブルまで行き、片手を差し出した。挨拶代わりにこぶしで自分の胸——心臓の近く——を叩きながら、ティエは言った。「恨んでないよな?」そのときバーナードは、ティエの歯茎が自分の部屋の壁と同じくらい赤いのに気づいた。ずっと感染症に罹っているかのように、あるいは生肉を食べていたかのように。

「おまえ、奴らにこっぴどく締め上げられたか?」と、ティエはバーナードに訊いた。

「それほどひどくはなかったよ」と、バーナードは答えた。

ティエは義手をつけていなかったので、シャツの袖はだらりと垂れていた。残ったほうの手で、ティエは隣にいた男に、バーナードを座らせるためにどくように合図をした。

バーナードは、ティエのなくなった腕があったであろう空間をじっくりと見つめた。彼は、何か白い物を見たような気がした。まばらに傷跡のついた皮膚の下から、一本の磨かれた骨が突き出しているかのようだった。もっとよく見ようと頭を傾けたが、あからさまにそう見えないように気をつけた。ほんの一瞬、バーナードは、自分も身体のどこかが欠けていやしないかと思い、身体全体を見直した。

レストランは、この時間にしてはいつになく混んでいた。飲み物を注文する声がうるさく響くなかで、バーナードには、人びとが両親に、彼が釈放されたというのは本当かと訊いているのが聞こえた。その人たちはそれから、自分の目で確かめるために、バーナードがティエと一緒に座っているテーブルの傍までやってきた。なかには握手をする者もいたし、数人の女性は頬にキスまでしていった。

　バーナードは地獄の深部を見て生還した人物であり、今や普通人のなかのヒーローのようなものになっていた。

　彼は、自分のラジオ番組を、失われた四肢についての話から始めるところを想像していた。ティエのだけではなく、他の人びとのそれについても。彼は「シメ」を、いかに多くのシテ・ペンデュの人びとが腕を、脚を、手を失くしたかの説明から始めるだろう。そして、四肢から精神へと話を進めよう——きょうだいを、両親を、子どもたちを、友人たちを失った人びとがどれほどいたか。これこそが本当の幽霊（シメ）たちなのだと言おう。つきまとって彼らを苦しめる幽霊の四肢、幽霊の心、幽霊の愛しい人びと。なぜならそれらは／彼らは利用され、そして捨てられたのだから。選択肢を奪われていたのだから。貧しかったのだから。

　閉店時刻が迫っていた。母親が、最後のビールをテーブルに運んできた。トレイから瓶をテーブルに下ろすとき、彼女はティエたちと目を合わせるのを避けていた。バーナードは、母親がキッチンへ戻るのを待ってから、瓶をティエのほうへ差し出し、その上部を彼の瓶にチンと触れさせた。ティエの瓶は勢いよくぶつかってきた。バーナードの目に一瞬火花が映り、瓶の上部が割れ、ガラスがギザギザになった。かけらが一つ、ビールの飛沫とともにテーブルに落ちた。もう一つは土の床に落ちた。

ティエは声をあげて笑った。太い、まとわりつくような笑いは、バーナードに刑務所の警官らを思い出させた。ビール瓶をバーナードのほうへ突きつけている彼の口から、深紅の歯茎が見えた。「もしもおまえがラジオでちょっとしたやつをやるんなら」と、ティエは言った。「あの『オム・ア・オム』みたいなホモ野郎のたわ言じゃだめだぞ。本物じゃやなくちゃやな」

ティエは笑うのをやめ、ビールを口いっぱいに含み、まるでうがいをしているかのように、大きな音をたててガラガラといわせた。

「心配するな」とティエはバーナードに言ったが、自分に向けても言っているようだった。「おれがここにいる限り、今夜はおれたちの身に何も起こらない」

翌朝、赤い部屋のベッドで、バーナード・ドリエンが死んでいるのが発見された。織物屋の主のローレン・ラヴォーと同じように殺されていた。手なれた狙撃者による三発の銃弾で――バーナードの場合は音のない静寂の中で――心臓を射抜かれて。

両親が彼を見つけたとき、レストランはすでに開店していたので、近所の手伝いの少女たちは、シテ・ペンデュの治安判事と対ギャング検察官がやってきて報告書を書いている間も、調理されていた料理を客に出し続けた。

「目には目を。またもう一人の無法者が地上から消されました」と、ラジオ・ゾレイの朝のニュース速報は始まった。それは、もしもまだ生きていてラジオ・ゾレイで働いていれば、バーナード・ドリエンが書かされたかもしれない原稿だった。

第一部

故国

マックス・アーディン・ジュニアのガールフレンドが行方不明になった。彼の父親のとても広い円形のリビンググルームには、百人あまりの客がいた。十年ぶりに故国へ戻った彼に、帰還の最初の晩に挨拶をしようと集まってきた人びとだった。

マイアミからかけた電話でマックス・ジュニアは、父親のマックス・シニアに、女の子を連れて戻ると伝えていた。

「どんな娘(こ)かな?」と、マックス・シニアは訊いた。

「普通の娘だよ」マックス・ジュニアは答えた。

「どういう家の?」とマックス・シニアは食い下がった。息子が同じ階層の、マイアミか首都か他のどこか立派な町の一門の家名を言ってほしいと期待しつつ。しかしマックス・ジュニアはその期待に応えることなく、冗談めかして言った。「人間の家(ヒューマン・ファミリー)だよ」と。すると父親は、マックス・ジュニアが貧乏な外国人を連れてくるのではないかと心配なのだと告げた。

「ハイチ人で、ヴィル・ローズがどこにあるかも知っているよ」とマックス・ジュニアは、父親を慰めようと、言った。

「なんとまあ（モン・デュ）」マックス・シニアは息を呑むふりをして、それから声をあげて笑った。「ハイチ人で、ヴィル・ローズの場所も知っている貧乏白人ねえ」

　マックス・ジュニアは、古い紫檀材の階段――それはこの特別な夜のために磨き上げられ、元の光沢を取り戻していた――の一番下の段から、壁面の本棚に取り囲まれた父親のリビングルームを見回して、知った顔を捜した。父親のいちばん古くからの友人のうちの二人を見つけた。老いを知らぬ美人コンテストの女王スザンヌ・ボンシイと、町の葬儀屋であり今は町長でもあるアルバート・ヴィンセントだった。スザンヌ・ボンシイの周りにいたのは、他の多くの年老いつつある美女たち――ほぼ全員が濃すぎる頬紅をひいていた――だった。父親の友人の他のグループを代表する人物も、一人か二人いた。今のマックスにとっていちばん我慢できそうなのは、この人たちだ。それに、彼らの子どもで、カナダやフランスやメキシコや合衆国で教育を受けた息子や娘たち。彼らは首都にいるほうを好むが、両親の様子を見るために、ときおりヴィル・ローズにほんの短期間帰ってきた。

　十年前にヴィル・ローズを去る以前マックス・ジュニアは、今より痩せていて魅力的だった彼らと、数えきれないほどの午後と夜を過ごした。誕生会や結婚式や葬儀に出席し、サッカーの試合を観戦し、数えきれないほどの日曜日のディナーのあとで、大々的にトランプやドミノをした。同じ学校の子どもたちと、ガールフレンドだとときおり噂された女の子たちを除けば、父親がつき合うのを喜んだのは、彼らのような人びとだけだった。

　マックス・ジュニアがもっと若かったころは違っていた。母親が離婚してマイアミに行ってしまう前は、マックス・シニアは時間を作って、母親とマックス・ジュニアを連れて、ポルトープランスのアリアンス・フランセーズや外国の大使館での会議や講義に出ていた。マックス・ジュニアが十九歳になるまでに母親は去っており、彼はすでに初等・中等学校での勉強を修了して、通信教育で合衆国の教育学学士号も取得していた。彼は初等教育(プリメール)をアーディン校で受けた。学校に通うには大きすぎる年齢になると、父親がただ一人の教師となった。

　息子に学校の経営を手伝わせることは、マックス・シニアがずっと抱いていた夢だった。けれども十九歳のマックス・ジュニアは、ラジオのＤＪになりたいと言いだした。そこでマックス・シニアはコネを使い、息子がラジオ・ゾレイで番組をもてるように取りはからった。マックス・シニアは息子に、マイアミで勉学を続けるようにも勧めた。マックス・ジュニアがいつの日か戻ってきてアーディン校を継いでくれるという望みを、ずっと持ち続けていたのだ。けれどマックス・ジュニアは父の願いに反してフロリダに留まり、母親がマイアミのリトルハイチ地区で開店したサンドイッチ店を経営する道を選択した。

　マックス・ジュニアは、このサンドイッチ店でジェサミンに会った。彼女がそこに、アルバイトの面接に来たのだった。彼は当時今よりも太っていて、でかくて、ぼさぼさのアフロヘアでだらしない十九歳だったが、それでも彼女は好意を持ったようだった。彼は面接を、全部クレオール語で行なった。それが彼女の心をつかんだ。ジェサミンは大学四年生で、看護の勉強を続けながら自活する方法を探していた。快活で自信に満ちていたが、彼に最も強い印象を与えたのは、両頬につけていた二つの金色の鋲（びょう）だった。学校を終えて小児科の看護師としてフルタイムで働き始めるまで、彼にとって最良の雇用人だったし、母親にとってもお気に入りの従業員だった。そして、今でも彼の親友だった。

けれど、ジェサミンは今どこにいるのだろう？　父の友人たちのなかに入り、儀礼的な挨拶を交わしながら考えた。道に迷ったのだろうか？　曲がりくねった窪みだらけの国道二号線（ルート・ナショナル・ニュメロ・ドゥ）で渋滞に巻き込まれているのだろうか？　強盗に襲われたのか？　ポルトープランスを出るところで誘拐されたのか？

二人は空港で、父親が彼女に会うはずだった時刻のずっと前に別れた。彼女は、おばさんに会いに行かなければならないと言っていた。それから、空港まで迎えに来てくれたいとこが、パーティーに必ず間に合うように父親の家まで送ってくれると。そのいとこの電話番号を訊いておかなかった。午後中ずっとおばさんの家に電話をかけていたが、誰も出なかった。おばさんの家の電話は故障しているのかもしれない。ジェサミンがマイアミから持ってきた携帯電話も調子が悪いのか？

マックス・シニアの硬い手が、息子の肩に押しつけられていた。マックス・ジュニアがうわの空で、父の最も親しい友人のアルバートとの雑談を続けようと努力していたときのことだった。この二人の男性は、あまりに親しいので、ときどき同じ人生を生きているかのように――同じ経歴とまではいかなくとも、同じ感情の経路を辿っているかのように――思われた。

「きみはあまりにも長く離れていすぎたな」とアルバートは、マックス・ジュニアに言った。その両手は――マックス・ジュニアの子どものころからすでにそうだったが――いつものように震えていた。アルバートおじさん（オンクル・アルバート）――マックス・ジュニアは彼を思い出すとき、今でも好んでそう呼んでいた――がいつも持ち歩いている中折れ帽は、震える手を覆い隠すためだったが、かえって注意を引くだけだった。特にそれを取り落として、かがんで拾い上げねばならないときには。

噂では、この震えが理由でアルバートの妻は、マサチューセッツにある十五歳の双子の息子と娘の寄宿舎の近くに住んでおり、彼がひとりで四世代にわたっての家業である葬儀屋を経営しているということだった。

「おまえのガールフレンドはどこにいるんだ？」と、マックス・シニアは息子に訊いた。

「ぼくのガールフレンドかい？」とアルバートが、声をたてて笑いながら横槍を入れた。「妻とうまくいってないんで、連れてこなかったよ」

マックス・ジュニアは、この二人のいつも通りの冗談の応酬にはついていけないと感じて、黙っていた。

アルバートの、背がすらりと高くエレガントな二十歳年下の妻は、実際に今はこの町にいた。リビングルームの後方の本棚の傍に立って、幾人かの国外在住の妻たちと集まっておしゃべりをしていた。「国外在住の妻たち」というのは、マックス・シニアが好んで使う呼び名だった。彼女らは、夫とは違う国に住んでいて、しばしの滞在のために戻ってきたときにも、心からくつろぐことはなかった。そのうえ、五月に革のブーツを履くとか、十二月に――あるいは一年中いつでも――ショートパンツを穿くという具合で、その季節にふさわしい服装をしていることもなかった。カチャ・ヴィンセントは、十年以上前にマックス・ジュニアが会ったときからほんの二、三ポンドしか太っていないように見えた。けれど彼は、父親がいわゆる国外在住の妻たちについて言っていたことを思い出した。戻って来るたびに前より太っていて、シトロネラ油〔香水・除虫用〕の強烈な臭いをぷんぷんさせている。蚊とサラダと殺菌処理されていない水は、すべて彼女らの不倶戴天の敵なのだ、と。

マックス・ジュニアは、カチャとアルバート・ヴィンセントの結婚式で指輪を持つ役を務めたことを思い出した。両親が、ふたりの婚約パーティーのひとつを主催していた。父親は、新郎の付添人を務めた。それは彼がときどき、できることならば戻ってみたいと思う人生のなかの瞬間だった。でも、後に彼にもわかってくるように、母親は——そして多分カチャ・ヴィンセントも——この土地で幸せだったことは一度もなかった。母親は特に、常に他の場所——ハイチに大使館を置き、文化協力団体を派遣しているような国々——での生活を考えていた。そしてカチャ・ヴィンセントとは違って母親は、ヴィル・ローズから逃れておきながら、なお夫にしがみついていることはできなかった。

「町を運営するっていうのは、どんなものですか?」と、マックス・ジュニアはアルバートに訊いた。

「暗殺者の中には、ひき金を引く前に、十字を切る者もいるそうだ」と、アルバートは答えた。その声は優しく旋律的で、マックス・ジュニアの耳には慰撫されているかのように聞こえた。マックス・ジュニアはずっと、彼の声が好きだった。どもりを抑えようとしているように聞こえる父親と違って、アルバートは歌手のように、ボレロか恋歌の魅惑的な歌手のように話した。それは、彼の新しい政治的なキャリアには素晴らしい利点になるだろう、とマックス・ジュニアは思った。「私に投票する前に十字を切る投票者たちを見たかったよ」とアルバートは続けた。「何かがうまくいくと、中央政府の手柄になる。何かがうまくいかなければ、私が責められる」

「それが政治じゃないですか？」と、マックス・ジュニアは言った。

「それが人生さ」と、父がつけ加えた。

「だが、結局最後には、私にはすべてが見えるね」とアルバートは言った。「犠牲者も、暗殺者も」

「だからきみには、こうして死の話をあらゆる会話に折り込んでくる権利があるというわけか？」とマックス・シニアは訊いた。

「ぼくは、妻やガールフレンドの話をしたかったのに、きみがさせてくれなかったからだよ」とアルバートは、もう一度彼特有の鷹揚で旋律的な声で笑った。

「あなたは今、ボディーガードをつけているのですか？」と、マックス・ジュニアがアルバートに訊いた。「警備を」

「どうして私が？」と、アルバートは答えた。「もし誰かが私を殺したいなら、まずボディーガードを撃って、それから私を撃つだろう。私は町に金を、犯人たちに銃弾を節約させているのだよ」

アルバートはそう言ってから、部屋を横切るように歩き始め、妻のところへ向かった。マックス・ジュニアは、父親の友人が一人の女性の身体に両腕を回すのを見つめた。多くの人が、金だけが目的で彼と結婚したと信じている女性だ。それだけじゃない、彼女は子どもたちさえ彼から取り上げた、と父親は好んで言った。そして、あの寄宿舎に閉じ込めた。そこで、あの二人はほぼずっと自分たちの国を憎みながら暮らしているに違いない。確かに、双子はヴィル・ローズには帰りたがらず、父親に会いに来るよりも、友人たちとの冬の小旅行やフランスでのサマーキャンプを選んだ。彼らからすれば、いつでも父親のほうに、会いに来る義務があるのだった。いつか彼らは帰ってくるだろうという確信が、マックス・ジュニアにはあった。葬儀屋を現金化するか、引き継ぐかする時がくれば。

「おまえはなぜ、運転手にガールフレンドを迎えに行かせなかったんだ?」と、マックス・シニアが不意に息子に訊いた。

「運転手だのガールフレンドだのと言われても、何のことだかさっぱりわからないね」とマックス・ジュニアは軽口を叩いた。そして、オンクル・アルバートの口から落ちが出てくるところを想像した。「私はそうやって、ずいぶん多くのいい奴を失ったよ。つまり、多くのいい運転手をね」

その晩、さらに遅くなってから、父親が階段のいちばん上に立ち、部屋いっぱいの友人たちの前で簡単な歓迎の挨拶を述べ、マックス・ジュニアは感動を覚えた。

「息子が戻ってきてくれて嬉しいです」と、父はシャンパングラスを高く掲げながら言った。「これほど長く、彼のいない日々をどうやって生き延びてこられたのか、自分でも不思議です」

彼は生涯の大部分を、学校の経営をして生きてきたけれど、公の席で話すのはあまり得意ではなかった。それだけに、彼がしてくれたことは、マックス・ジュニアには一層意味のあるものになった。自分が話す番になったときには、父親に倣って短く挨拶をした。父の横にぎこちなく立って、言った。「故国に戻ってこられて嬉しいです。たとえほんの束の間だとしても」

「ほんの束の間だと？」と父親は、シャンパングラスを合わせる音が部屋のあちこちで響く中、驚いたふりをして叫んだ。

しかし、父親や客たちとの会話の間にマックス・ジュニアの頭を占めていたのは、そもそも始めにヴィル・ローズとハイチを離れなければならなかった理由と、またジェサミンに会えるのかどうかという疑問だった。

その夜、客が一人残らず去り、父親が床についてから、マックス・ジュニアはジェサミンのマイアミの携帯電話にかけ続けたが、通話中を示す音が鳴るばかりだった。たとえどんなに遅い時刻でも、できることなら彼女を捜しに出かけたかったが、おばさんがポルトープランスのどこに住んでいるのか、皆目わからなかった。前もって訊いておかなかったとは、何と馬鹿だったのだろう！

彼はこの帰省にあまりにも神経過敏になっていて、細かいことを考える余裕がなかった。しかし、この不注意は、どうしたことか？　じつは、自分で思っているほどジェサミンを必要としていないということなのか？　マイアミでは、すべてを隠さずに話せる相手は彼女だけだった。自分自身があまりにも傷つきすぎたために、簡単に他人の善悪を決めつけなくなった彼女は、その告白のすべてを、何の表情も見せずに聞いた。彼女だけには話すことができた。十年前に子どもをもうけたが、その子の名前も知らず、会ったこともないと。

少年のころから寝ていた部屋で仰向けに寝て、マックス・ジュニアはジェサミンの携帯電話にリダイヤルで何度もかけた。寝室は耐え難いほど暑く感じられたので、起き上がって、鎧戸のついたテラスの戸を開けた。そこからは、ピーナッツの形をしたプールと、虫よけ用の金網のついた東屋(あずまや)と、父親の家と隣家それぞれのメイド用の住居が見渡せた。空を見上げて、星の群れが放つ輝きをじっと見つめた。マイアミでは決して見ることのできないものだった。

ぼくはポルトープランス中を車で回って、ジェサミンを捜すべきだ、と考えた。それが、ぼくがすべきことじゃないのか？　空を見ながら五分おきに電話をするのではなく。ぼくは彼女を捜すべきだ。十年前に、バーナード・ドリエンを捜すべきだったように。ぼくは少なくとも、バーナードの葬儀に出るために戻るべきだった。バーナードの両親は恐らく、遺体を山に運んで、そこに埋葬したのだろう。バーナードがどこかの山腹の墓穴の中で宙に浮いているのだと思うと、心が苛(さいな)まれ、苦しかった。町に住むために必死で闘い、そして山腹の墓に戻っていく？　一つの場所を離れるためにとてつもなく多くのものを犠牲にしながら、結局は出発した地で終わるのなら、その犠牲にいったい何の意味があるというのだろう？　けれど、自分も今、同じことをしているのではないだろうか。家に戻り、前を向いて進むべきときに後ろを振り返って。

気持ちを静めるために、深夜の水泳に行こうと思った。だが結局、その考えは捨てた。代わりに、ベッドへ戻ってジェサミンに電話をした。けれども、話し中の音が鳴るばかりだった。その夜、発電機はすでに止められていた。町のこの地域に振り分けられた電気の割当量はなくなっていた。だから、暗闇の中、水泳パンツを穿いたまま、横になっているほかはなかった。麻痺したように目を見開いて。

翌日の朝遅くに起き、ジェサミンに電話をかけて最初に通話中の音を聞いたとき、父親のジープを借りてポルトープランスへ行こうと考えた。その瞬間、寝室のドアがノックされた。

気持ちを落ち着ける間も与えず、父親が入ってきた。ガンメタル・グレイ〔紫または青味がかった暗灰色〕のスウエットを着ていた。毎朝この格好で、庭のゴレンシの木を相手に一人で柔道の練習をするのだ。

「おまえに客だ」と父は言った。

「ジェサミン?」と、近くの椅子の背からカーキ色のズボンを掴み取り、急いで穿きながら訊いた。

「だれだって?」と父親は、歩み寄ってきて彼がズボンを穿くのを手伝いながら、訊き返した。

「客はジェサミン?」

「昨日の晩来なかった娘か?」

「下にいるの?」

マックス・ジュニアは、随分前にジェサミンからもらった赤いTシャツを急いでひっかけた。リトルハイチのサンドイッチ店に雇ったことへのお礼だった。これはハイチの国旗の半分を占める色だから、帰ったときに着ると約束していたのだった。

カーキのズボンもTシャツも少ししわが寄っていたけれども、気にしなかった。ドアから飛び出そうとすると、父親が肘をつかみ、引き止めた。父の胡麻塩頭(ごましおあたま)は白髪が増え、マイアミにいる息子に会いにくるたびによりずんぐりした体型になり、動きも緩慢になっていたけれど――そしてときどき肩や腰の痛みを訴えていたけれど――、まだかなりパワフルだった。もしも激しい取っ組み合いになったら、父は難なく自分を投げ飛ばすだろう、とマックス・ジュニアは思った。

「私の話を聞け」と、父親は言った。「じっとしろ。落ち着け。おまえはその人物と――何という名前だった？――、そのデサミンとかいう女と、恋仲だということなのか？」

「ジェサミン」

「とにかく、彼女と恋仲なのか？」

「パパ」と彼は、嘆願と抗議の意を込めて言った。「何が言いたいの？」

「お前はフローレのことも好きだった。そうだな？」と父は訊いた。

上腕を掴んでいた父親が、その手にぐっと力を込めた。父を押しのけねば部屋から出られないだろう。このことについてあれこれ考えるのにふさわしい精神状態ではなかった。「パパ、今はそんな場合じゃないよ」と、声を荒らげまいと懸命に努力しながら、言った。

「いや、そんな場合なんだ」と父親は答えた。「今まさに、フローレが下に来ているからだ。お前の息子を連れて」

「フローレ？」

「本人だ」と父は言って、腕を離した。「本人（アン・シエール・エ・ア・ノス）が、おまえの息子と一緒だ」

マックスには、階段を降りた記憶がなかった。ただ自分の足が、一番下まで、一度に二段ずつ跳ぶように降りていくのを感じただけだった。立っているところから、部屋の向こう側に最初に見えたのは、肩が出る形のマンゴー色のドレスを着た女性の背中だった。髪は短かったけれど、凝ったカールが施されていて、ひと房ずつ別々にパーマをかけたかのようだった。長く待ったあげくにやっと振り向いた彼女は、唇をサクランボのように赤く見せる口紅をつけていた。

それはフローレだった。けれど、ほんとうにフローレだとは言いきれなかった。それはフローレだった。けれど、いつも同じベージュの制服を着て、ときどき父親の家の台所や浴室で食べ物や汚れの染みをつけていた、痩せっぽちの十代の少女ではもはやなかった。それはフローレだった。けれどほんとうにフローレだとは言いきれず、今は、恐ろしげな年嵩（としかさ）に見える黄褐色（シエナ）の女性だった。一連の出来事——セックスをしたこと、妊娠したこと——のすべてが、今二、三フィート離れたところに立っている、この女性の中にあった。

「フローレ？」と、挨拶というより、確かめさせてくれと懇願するように訊いた。

彼女はマックス・ジュニアのほうを向いて頭を上下に振ったが、何も言わなかった。

「どうしてた？」と、引き続き彼女の変身のすべてをよく観察しながら、訊いた。「ここで何をしているんだい？」

非難がましく言うつもりはなかった。ただ純粋に知りたかった。興味があった。どうやってここに来たのか、どうやって父の家に、父の家のリビングルームに、昼日中に戻ってきたのか。

「フローレは、ポルトープランスに美容院を持っている」と、父親が代わりに答えた。「来てくれるように、私が頼んだのだ」

どうすれば息子のことについて訊けるだろうかとマックス・ジュニアが思い巡らせていると、フローレが歩いていったソファーの背後から、子どもの大きな声が聞こえた。

「今?」と、少年の声が訊いた。
「そう」と、フローレは答えた。

フローレが以前そうだったように（以前、これほど劇的に——顔も身体も、そしてまた態度も、と思えた。というのも、その視線は彼を見据えたままぴくりとも動かなかったし、その表情は一瞬も和らぐことはなかったから——変わる前に、そうだったように）内気そうな少年は、大きなぶどう色の棒つきのキャンディーを口に出し入れしながら、ずっとマックス・ジュニアを見ていた。少年は無地の白いTシャツを着て、ジーンズを穿いていた。そして、皆の注目が自分に注がれているのを明らかに知っていたけれど、ゆっくりと部屋を見回し、古い革張りのカウチの後ろにあるプランターに植えられた竹や、壁に掛かったいくつかの巨大な抽象画を仔細に眺めた。少年は抽象画にしかめ面をした。描かれているのは大きな蛍光色のしみのような図柄で、マックス・ジュニアにも意味不明なものだった。少年はがっしりしていて、丈夫そうに見えた。とはいえ、マックス・ジュニアはこの年頃の子どもを数多く知っているわけではなかったので、確信はなかった。マックス・ジュニアもその父親も、痩せてはいなかった。二人とも平均的な身長で、腹が出てよく太っていた。この子も、成長したらいつかはそうなるかもしれないと思われた。実際、少年は彼らと瓜二つに見えたし、この家の代々の男たちと完璧に調和するのかもしれないと思われた。

「それで、ポルトープランスでの子どもの学校はどうするのだね?」と、階段の手すりの後ろに立っていたマックス・シニアは訊いた。「いい学校教育を受けているのか? フローレ、きみもよく知っているとおり、われわれはここに学校を持っている。いい学校だ」

小さな麦わら編みのバッグを一方の肩から反対の肩へ移しながら、フローレは、自分を支えてくれるものを捜しているかのように強い視線で部屋を見回した。「大丈夫です。見てのとおり」と、彼女は答えた。

マックス・ジュニアは息子の真ん前に立っていて、息子は彼を見上げ、彼は息子を見下ろしていた。自分の顔を息子の顔の高さに合わせるように膝をついて、呼びかけた。「やあ」

「やあ」と少年は、キャンディーを一方の頬に含んだまま、おうむ返しに言った。一瞬マックス・ジュニアは、この子が、父親が階段の手すりの向こうから見つめているその前で、飛びかかってきて自分を組み伏せるかもしれないと心配した。「ぼくの名前はマクシム・アーディン・ジュニアだよ」と、彼は言った。

マックス・ジュニアは、猫背で、率直で正直そうな顔に愛想のよい笑みを浮かべた少年を、ハンサムだと思った。マックス・ジュニア自身も、子どものころはそんな少年だった。子どもが自分の名前を言うのを待った。一瞬、答えないのかもしれないと思った。少年は、どうすればよいのか教えてほしいというように母親を見た。彼女は頭を傾け、少年の口からどんな言葉が出てくるのか、マックス・ジュニアと同じくらい聞きたがっているように見えた。

「ぼくの名前はパマクシム・ヴォルテール」と、子どもは言った。

マックス・ジュニアは法的に少年を認知していなかったので、子どもにはフローレの姓のヴォルテールが与えられていた。そして、「パ」はクレオール語の接頭辞で「彼の」と「彼のではない」の両方の意味を持つので、子どもの名は「マクシムの」とも「マクシムのではない」とも取れた。

その意味をしかと知っているのは、母親だけだった。

「パマクシム」とマックスは、ためらうような子どもの声を真似て、繰り返した。

　フローレが子どもにこんなふうに名づけたことが、驚きだった。

「女の子だったら、ともかくパムと呼べるのだがな」とマックス・シニアが言うと、フローレは険しく憎しみを露わにした表情を見せた。パマクシムがフローレを見返すと、名前の発音は完璧だったわと褒めるようにちょっと頷いてみせたので、子どもはキャンディーを口の中に入れたまま、練習してきたかのような少しこびを含んだ声で訊いた。「あなたがぼくのパパなの（ウ・セ・パパ・ム）？」

「そう（ウィ）」とマックス・ジュニアは答えた。この返事が自分の口から素早く出てきたことに驚いた。パマクシムに自分の姓を与えてはいなかったけれど、子どもの顔を見ていると、同じ姓を名乗ることを認めたか否かに拘らず——あるいはそのために、より一層——、この少年は自分の子だと確信した。

　息子の傍に跪いて、マックス・ジュニアは、故国（くに）に帰ろうと考えていると告白したときにジェサミンが聞かせてくれた話を思い出した。ジェサミンの両親はマイアミで、二人ともあるホテルで清掃員として働いているときに出会った。結婚してすぐに、父親はハイチに帰ることを決めた。母親はマイアミに残った。二、三週間後に彼のもとへ行くと約束をしていた。その間にジェサミンを身ごもっていることを知った母親は、ハイチへ行くのをやめて、離婚を申請した。父親は、ジェサミンが高校一年になった年に、何かの病に罹って死にそうになって治療のためにマイアミに戻ってくるまで、娘のことを知らなかった。一方その間ジェサミンは母親から、父親は自分を見捨てたのだと聞かされていた。ジェサミンはそれまで、生きている父を見たことがなかったし、父が死ぬところを見たいのかどうかもわからなかった。だがともかく、母親と一緒に父に会いに病院へ行った。彼女たちが着く寸前に、父は息を引き取っていた。二人が部屋にいるのを許されたのは、シーツで覆われた父親が台車付きの担架で階下の遺体安置室へと運び出されるまでの、ほんの数分間だけだった。

ジェサミンが父親の話をマックス・ジュニアにして以来、彼は心の中でその病院での場面を、ジェサミンの役に自分の息子を、そして運び出される台車付きの担架の上の死んだ父親に自分をあてはめて、繰り返し再生した。報われない愛の最悪のケースは、親に捨てられたと思い込むことだ、とジェサミンは言っていた。

マックス・ジュニアもその息子も、今、自分の目を相手の目に釘付けにして、軽い呆然自失状態にあった。われに返ったのは、フローレが指を鳴らして口笛を吹き、少年に自分のところまで歩いてくるように合図をしたときだった。以前に知っていたフローレならば、そんながさつな真似は決してしなかっただろう。

パマクシムはそれでもまだ、マックス・ジュニアの前に立っていた。手を伸ばして息子を両腕に抱きしめたかったが、子どもを困惑させるのを恐れた。少年の注意を引こうとして、フローレは何度も何度も手を叩いたが、それでも子どもは動かなかった。マックス・ジュニアとフローレを交互に見ながら、二人の間で引き裂かれているように見えた。少年は、祖父のマックス・シニアを見た。

すると彼は人差し指でパマクシムに、フローレのところへ行くようにと合図をした。

「何をそんなに急いでいるのだね?」と、マックス・シニアは言った。「一日か二日、ここにいさせなさい。この子のことをもっと知りたい。ここで遊ぶこともできるし、プールで私たちと一緒に泳いでもいい」

子どもは振り向いて、マックス・シニアを見た。マックス・シニアは、特別の恩寵を神々に懇願するかのように、空中に両手を上げていた。

「この子をここに滞在させはしません」と、フローレは言った。口の中にしっかりと嵌め込まれた鉄格子の向こうから話しているような声だった。

そう言ってから、フローレは猛然と歩み寄り、パマクシムの手を摑んだ。けれど、パマクシムは動かなかった。マックス・ジュニアは少年のもう一方の手に——フローレと反対側の手に——手を伸ばした。さするためでもキスするためでもなく、ただ触れて、さよならの意を伝えるために。でも、それができないうちに、少年は母親に連れていかれた。手をぐっと下げて、フローレは少年にキャンディーの残りを渡すように合図し、自分のバッグに入れた。

息子が歩き去っていくとき、マックス・ジュニアはまだそこに膝をついてしゃがんでいた。子どもは振り向かなかった。彼は跪いたままでいた。そして期待した。少年は、駆け戻ってくるかもしれない。抱きしめるために、あるいはキスするために。最初の「やあ」の後の最初の「さよなら」を言うために。でも、それに値する何を、自分はこれまでにしてきただろう?

隣にある、表玄関を入ってすぐの部屋から、数人の話し声が聞こえてきた。フローレが、ある年長の女に話しているのだった。その女はもう何年も父親に仕えていたのだが、マックス・ジュニアにとってはただ、新しい女中に過ぎなかった。どうも、パマクシムが彼に何かを渡したがっていて、フローレが、子どもが戻る必要のないよう、その新しい女中にそれを持っていくようにと頼んでいるらしかった。マックス・ジュニアは走っていってそれを受け取ろうかと思ったが、自制した。すべての決定を下す権利を持っているのは、フローレだ。

表玄関のドアが、バタンと閉まる音がした。

「お子様からです」と新しい女中が、畳まれた白い紙を差し出した。

父親がじっと、自分を見つめているのが感じられた。ラジオ・ゾレイで音楽番組を持っていたころは、局にも自宅にも始終、短い手紙が届けられていた。少女たちの多くは、玄関先でフローレに、香水のついた手紙を渡した。

息子が持ってきていた紙を開いた。そこに書かれていたのは「パパ」という小さな傾いた文字で、一人の男の絵が添えられていたが、その顔はアルファベットのOの形をしており、中は空白で何も描かれていなかった。彼は、決して聞くことはできないとわかっている説明を切望した。その紙を畳み、ズボンのポケットに入れ、立ち上がってドアから飛び出した。父親も続いた。まるで、二人が同時に同じ結論に達したかのように。

タイル舗装の車道が、マックス・シニアの家のポーチから表門まで続く、熱帯性植物のみずみずしく茂る庭園を二分していた。

「待って(タ)くれ(ン)」とマックス・ジュニアは、フローレの背後から大声で呼びかけた。

フローレは、くるりと向き直った。子どもも母親を真似て振り返った。マックス・ジュニアは、低い鉄門の傍の父親の車が停められた場所の近くで、彼女らに追いついた。

「どこへでも、きみらの目的地まで送らせてくれ」と、マックス・ジュニアは言った。

彼女たちはシテ・ペンデュにあるフローレの母親の家へ戻るのだろうと思っていた。息子の短く刈り込んだ髪をなでながら、つけ加えた。「ぼくは今、ここに住んでいる(ムエン・ラ・クンイエア)」

少年はもがいて、父親と母親を同時に見ようと、首を伸ばした。マックス・ジュニアは、正面ポーチにある木製ベンチから父親が見つめる中、自分が公共の広場にいるかのように感じられた。でも、そんなことは構わなかった。自分は十九歳の少年ではないのだ。今はもう大人で、この女性との間に子どもをもうけた男なのだ。

父親がベンチから歩いてきて、少年の横に立った。

「二人を家まで送るのに、車を借りてもいいかな?」とマックス・ジュニアは父に訊いた。

フローレは驚いて眉を上げた。

「道はわかっているのか?」と、マックス・シニアは訊いた。

マックス・ジュニアは頷いた。

マックス・シニアは家の中へ戻り、テト・べフ〔牛の頭〕――牛の角の形のマークのついたこのトヨタ・ジープに誰もがつけるニックネームだ――のキーを持ってきた。キーを息子に渡し、それから表門まで歩いていって、門扉を引いて開け、車が通れるようにした。そしてまた正面ポーチまで戻り、家の中に入る前に大声で「さようなら」と孫息子に叫んだ。けれども、少年はちらりともそちらを見なかった。父親に注意を払うことだけに集中していて、聞こえていなかったのだ。

まず最初にマックス・ジュニアは、少年に手を貸して車に乗せた。だから、その両手を取って後部座席に座らせたときに、もう一度息子に触れることができた。シートベルトを引き出して、少年の胸に回そうとした。けれども、ストラップが子どもの首にまで上がってきたので、ベルトはせずにおこうと決めた。ドアを閉め、フローレのために助手席側を開け、それから最後に自分が運転席に入った。フローレは、席に座るとドレスの裾が膝のずっと上まで上がったので、すぐにそれを引き下げた。彼女は、子どもと一緒に後部席に座って、マックス・ジュニアに二人の運転手役を務めているような気分を味わわせることもできたのに、そうはしなかった。

彼は、シテ・ペンデュのずっと奥まで入ったことは一度もなかった。両親と一緒にさらに南のほうへ向かう途中に車で通っただけで、そのときは、この町を取り囲んでいる主要道路の海側の道を行った。それでも彼は、すでにそこへ行ったことがあるような気がしていた。友人のバーナード・ドリエンが、両親の経営するレストランについて話してくれたことがあったから。そのレストランは、バーナードによれば、かつてはバズ・ベニンの男たちがねぐらにしていた聖者通り（リュ・デ・サン）の倉庫に、事実上隣接して建っていた。マックス・ジュニアは、彼らの音楽を介してそこへ行ったのだった。バズ・ベニンの男たちが作って、CDやカセットテープに録音し、ラジオ番組で流してもらおうと持ってきたもので、ゲットー（ゲト）の不安定で危険な生活と避けがたい死についての音楽だった。

「どう行けばいいかな？」と彼は、父親の家の門の前に立ち並ぶヒョウタンノキのほうへジープのハンドルを切りながら、フローレに訊いた。十年前ならば、海沿いの道を行くのがベストだっただろうが、もう自信がなかったので、今でもそれでいいのか、確かめたかったのだ。彼女は、気乗りしないふうに頷いて同意した。

十年が経っても、海沿いの道路はまだ、ほぼ全域にわたってタール舗装されていた。車は以前より増えており、それぞれ反対に向かう二本の広い車線を這うように進んでいた。若い男女が何人か、車の窓をトントンと叩いて、揚げ物や肉、プランテーンのチップ、瓶入りの水などを売ろうとした。他にも、携帯電話の充電器やバッテリーを売る連中が続いた。

前方と対向車線を走る車や乗合トラック(カミヨン)の中を見ると、運転者も乗客も、その多くが携帯電話で話しながら時を過ごしていた。十年前、彼がこの国を離れたころには見られなかった光景だ。対向車線では、霊柩車を先頭にした葬送の車の列が渋滞に巻き込まれて動けなくなっており、バイク・タクシーがその間を縫って走っていた。

車が走り出すと、ヴィル・ローズが今でもとても美しいことに気づかされた。片側には、記憶にある昔と同じ一面コケに覆われた湿地があり、遠くには漏斗(ろうと)の形をした山々があった。

それからすぐに、新しく建ち並んだ低級な売春窟の傍らを通り過ぎた。女たちが、自分のあばら家で春を鬻(ひさ)いでいるのだ。フローレのバッグの中で大きなベルの音が響き、彼女は携帯電話を取り出して、その音を消した。そして振り向いて、電話を少年に渡した。ときおりマックス・ジュニアがバックミラーを見ると、何かのゲームをやっているらしい少年が、キーを強く速く押しているのが目に入った。自分の携帯電話を部屋に忘れてきたことに気づいた。

ときどきフローレの横顔を見ると、ほとんど彫像のようで、凍りついてしまったかのような冷たい表情を保っていて、かつての二人の会話を思い出そうとしてみたけれど、難しかった。大事な話をしたことはなく、深刻な話など全然しなかった。ある特定の日に作ってほしい料理についてのいつもの話のほかには、たとえば彼に恋して夢中になっていてせっせと手紙を書き送ってくる女の子たちを話題にして笑わせようとしたけれど、全然笑わなかった。父親主催のディナー――彼女が給仕をしていた――に招かれ、妻と一緒にやってきたら愛人と鉢合せしてしまった父の友人についても話題にした。そのときも彼女は、からかいや批判めいた言葉には、決して乗ってこなかった。

あのころ、彼女は雑誌に興味があるようだった。特に、父親の女友達が置いていった美容関係の雑誌に。ときどき、そうした雑誌に載っている女性たちを、口をぽかんと開け、目を見開いて畏敬の念で見つめている彼女を目にした。そういう雑誌を、ラジオ局からできるだけ多く持ち帰るように努めた。そして、自分がいないときに手に取って見られるように、家のあちこちに置いておくようにした。彼女はよく、市場でつけ毛を売る商人から縮れ毛緩和剤を買って、髪の縮れを伸ばしていたけれど、二人の間でそれが話題になることはまったくなかった。どうして十六になるかならないかのころに父親の家に来たのかについて――年を取り過ぎて働けなくなるまで父の家にいたおばさんの仕事を代わりにするために学校をやめさせられたのだが――、二人で話したことは一度もなかった。

　子どもはまだ携帯ゲームに熱中していて、前よりもさらに強くキーを押していた。何かものすごく恐ろしいことがそれにかかっているかのように。

「なんであんな名前をつけたの？」と、マックス・ジュニアは静かに訊いた。

「何？」と彼女は、振り向きもせず、かみつくような口調で答えた。

「どうしてあんな名前をつけたのかな？」子どもの注意を自分たちの会話に引きつけないために、本当はこういう遠回しの訊き方さえ、したくはなかった。

「つけたかったからよ」とフローレは言った。

　でも、本当に訊きたかったのは、この名前をどちらの意味でつけたのかということだった。彼のではない？　それとも、彼の？　だが、二人が何について話しているのかを子どもにはっきり悟らせずに訊く方法を思いつけなかった。バックミラーで後ろを見た。少年は閉じた携帯電話を膝の上に置き、親指を口の中に突っ込んでいた。

「それはもっと小さい子のすることじゃない？」と、マックス・ジュニアは少年に言った。

　子どもは指を口から出して、両手をシートの上に――自分の太腿の下に――置いた。

「いろんな方法を試してみたわ」とフローレは、彼にというより子どもに向かって言った。「トウガラシをこすりつけさえした」

「トウガラシ？」マックス・ジュニアは顔をしかめた。「ひどいなあ」

　車の中がまた静かになると、マックス・ジュニアはラジオをつけた。ニュースキャスターが、ポルトープランスの食料品価格の高騰に対するデモについてだらだらと話していた。ジェサミンはそれに巻き込まれているのだろうか？　彼女がヴィル・ローズに到着するのを昨夜から今朝にかけて妨げているのは、もしかしてこれなのだろうか？　彼女と会えなくなってから、もうすでに何週間も経っているように感じられた。実際にはまだたったの二十四時間なのに。

「ラジオ・ゾレイには、昔は子ども向けの番組があったけど、今でもあるかい？」と、子どもを楽しませる他の方法を見つけようとして、訊いた。

フローレは肩をすくめた。知らないということか、関心がないということか、そのどちらかだった。

マックス・ジュニアがもう一度バックミラーを覗くと、少年は眠っていた。両脚をしっかり曲げて、後部座席に横になっていた。本当に美しい少年だ、とマックス・ジュニアは思った。ハンサムというだけではなく、美しい、と。この美しさには誰もが感嘆することだろう、と思った。この子が眠っている姿を見れば――目をしっかり閉じて、胸を上下させ、顔はリラックスしていてまったく無防備に見える――この子を見れば、と考えた。誰だって、この子が非難とも恥辱とも無縁だとわかるだろう。

十三キロ弱走るのに九十分近くもかかっていたが、ようやくシテ・ペンデュに入った。道路に沿った海が緑青から茶色へ、さらに灰色がかった黒へと変わっていったので、それとわかった。通りは狭くなり、登り坂になっていった。丘陵地帯は、セメントとシンダーブロックで造られた家々やブリキの小屋がひしめき、市場は疲れ切った表情の女たちとしおれた食材でいっぱいだった。「うちはそんなに奥のほうじゃないわ」フローレは道を教えた。「通りから遠くないところに、っていうのが母の希望だったの」

彼は、車が通ることなど全然想定されていなかったような狭い角を曲がり、あちこちで交差している細い道を進んでいき、やっとその家を見つけた。

それは彼の予測とは違っていて、かなりきれいなものだった。箱形で、前面はピンクの格子の金属細工で覆われていた。車をできるだけ表玄関の近くに停めて、狭い路地に人が歩いて通れるだけのすき間を空けるようにした。

少年は後ろでまだ眠っていた。マックス・ジュニアは息子を抱え上げ、腕に抱いた。赤ん坊のときに抱いたらこんな感じだったに違いない、と思った。すごく重い赤ん坊だ。子どもは深い息をしていた。その身体を胸に抱きしめると、子どもはあがき、身をよじって元の体勢に戻ろうとした。

「どこに下ろせばいい？」フローレが玄関を開けると、マックス・ジュニアは訊いた。

中に入ると、圧倒的なバニラエッセンスの匂いが家中に漂っていた。レモネードやケーキに加えるような、リキッドタイプのものだ。リビングルームには家具はあまりなく、奥の壁にぴったりつけられた幅の狭いテーブルを挟んで、プラスチックのカバーのついた椅子が四脚、向かい合わせに置かれていた。白熱電球が一つ、天井からケーブルで吊るされていて、壁には、美人コンテストの女王にビールと美白用石鹸とクリームの広告をあしらったカレンダーがかかっていた。

竹のカーテンの向こうには寝室が隠れていて、そこには部屋のスペースをほぼ占領する大きなべッドが一つと、中身がいっぱいに詰まっているように見える大きなスーツケースが二つ置かれていた。彼がパマクシムをベッドに下ろすと、フローレは床に置いてある扇風機をつけて、眠っている子どものほうに向けた。フローレは扇風機が回ったことに――電気が来ていることに――驚いたようだった。

「きみのお母さんはどこ？」二人で前の部屋へ戻ると、マックス・ジュニアは訊いた。

「市場よ」と彼女は答えた。

バニラエッセンスを鼻いっぱいに嗅いで――そのせいで涙が出そうになって――、彼は後悔の念でいっぱいになった。けれども、その思いをどうやって彼女に伝えればいいのかわからなかった。このような環境にも拘らず、彼女はともかくも勝利したのだと思えた。彼女は今、ひとつにはマックス・ジュニアを息子に会わせたことで、自分がもはや彼を恐れてはいないことを証明したのだ。そして彼は何をしたのか？　一人の子どもを生ませ、その子を無視したのだ。家を、国を、何年も離れていたのだ。その上、それを秘密にしてきた。

「すまない、フローレ。ぼくは為されたことをすまないと思っている」と、天井と同じように凹凸のあるセメントの床を行ったり来たりしながら言った。

「何が為されたですって？　あなたがしたことを、でしょう？」彼女は、この話が切り出されるのを待っていた――あるいは、切り出すのではないかと恐れていた――ようだった。プラスチックカバーのついた椅子のほこりを掌で払おうとする腕が震え始めた。両手をこすり合わせ、それから両拳を丸めた。まるで、パンチをくらわす準備をしているかのように。彼には、彼女の怒りが、今日だけのものではなく、これまでの十年間ずっと、ぐつぐつと煮えたぎっていたことがわかった。そして、自分の地元に——母親の家に——いる彼女は、今それを爆発させることができる。

「あたしが今日行ったのは」と、彼女は言った。「あんたの父親がポルトープランスにいるあたしたちを見つけて、来てくれって頼んだからよ。でも、今さら？　いいえ、とんでもない。あたしはあんたには二度と会いたくない」

部屋を見回して——それは、父の家の彼の部屋の五分の一ほどの広さだった——、彼は窓が一つ欲しいと思った。それがあれば、このひどいバニラエッセンスの匂いをいくらか逃してくれるだろう。もっと光が入ってくるかもしれない。少年が眠りから覚めたときに、空を見られるかもしれない。窓が一つあれば、家全体がもっと大きく感じられるかもしれない。もっと自由になるかもしれない。一つの窓と、父の庭にあるような、いくらかの植物、この家に必要なのはそれだ、と考えた。しかし、窓があってもよいと思える部分は、隣人の家の壁として必要な部分だった。それに、窓があると危険が増すかもしれない。誰かが入ってきて、危害を加えるかもしれない。

「あの子はどうだい？」と、マックス・ジュニアは訊いた。すべての中心に、今ではこの少年がいたからだ。少年がすべてだった。「あの子はぼくの絵を描いた」と、彼は言った。ぼくがどういう顔をしているか、どうしてあの少年にわかり得ただろう？　もしあの少年の絵を描くように求められたら、ぼくはどんな絵を描いていただろう？　「あの子は顔のないぼくを描いた。ただの円、何も描いてない円だ」

「あんた、自分の顔をロバみたいに描いてほしかったの？」と、彼女は言った。口許には、勝ち誇ったような笑みが浮かんだ。押し殺そうとしていたけれども、それは、彼女の個人的な勝利の証のように口許に浮かび続けていた。

十年前、マックス・ジュニアは、彼女を愛せるかもしれないと、彼女と共に人生を築き上げていきたくなるかもしれないと、自らに思い込ませようとした。これがベストなのだと、自分に信じさせようとした。でもそれは、大事に胸に抱いていた多くの偽りの夢のひとつだった。その夢は例えば、ついに百パーセント満足させてくれる女性とセックスできて、毎朝目覚めると思い焦がれてその女性への会いたさがつのる、というようなものだった。

「何かをさせてほしい」と、頭を上げて、平らなピンクの天井をじっと見ながら言った。「ポルトープランスのいい学校に行かせてやりたい。パパの学校のようなところに」

「あんたの父親は、あたしにお金をくれた」と、彼女は言った。「あんたの母親も送ってくれた。知っているはずよ」

実のところ、マックス・ジュニアは知らなかった。母親がマイアミから電報為替で金を送るというのはまだありえそうに思ったが、父親がフローレに金を渡したという話は、信じ難かった。両親がともにそうしたというのも、腑に落ちなかった。

フローレはドアまで歩いていき、ぐらつく金属製のノブを摑んで開け、荒っぽく頭を動かして、出ていくようにと彼に促した。それでもマックス・ジュニアは、財布を取ろうとポケットに手を入れた。けれど、あまりに急いで出てきたので、携帯電話と一緒に財布も置いてきてしまっていた。彼女に手を差し出したけれど、その空っぽの両手を押しのけて、彼女は言った。「行ってちょうだ（アレ・タンプ）

い」

彼女は、後について外へ出てきた。マックス・ジュニアはジープに乗り込みながら、セメントのポーチに座っている彼女の隣人たちに、こんにちは、と呟いた。

「聖者通りにはどう行けばいいのかな？」と、運転席に座り、前かがみになって訊いた。

フローレは、一番近くにいた人たちを見やった。年配者と若い二人の女性と、年配の女性の孫らしい十代の男の子だった。彼女と隣人たちは、奇妙な表情を交わした。フローレは話したのだろうか——みんなに話したのだろうか——マックス・ジュニアのしたことを？

「聖者通りがもう聖者通りと呼ばれていないことは知っている」と、若者に言った。「ぼくは、そこへの行き方を知りたいだけなんだ」

マックス・ジュニアはマイアミでそのことを聞いていた。ヴィル・ローズを去った日の朝、バーナード・ドリエンが逮捕された。そして次の日、殺されているのが発見された。それから何者かが、バズ・ベニンに火を放った。この火はバズ・ベニンを焼き尽くしたばかりでなく、延焼して、バーナードの両親のレストランをも全焼させた。マックス・ジュニアは、バーナードの両親がその後どこで生活しているのか知らなかった（山に戻ったのだろうか？　どこか他の場所でレストランを再開したのだろうか？）。マイアミで読んだハイチの新聞によれば、この火事で死亡したのはティエとその副官のピエだけだったらしい。

この続けざまの事件のニュースはマックス・ジュニアを打ちのめしたが、マイアミにいる彼にできることは何もなかった。あるいは、あったのだろうか？　たとえハイチへ戻っていても、バーナードはやはりいなくなっていたし、その両親の店もなくなっていただろう。為し得たであろうことは、何もなかった。

「今でも聖者通りに行けるのかな？」と、マックス・ジュニアは訊いた。

若者は説明するために、マックス・ジュニアの掌の生命線を架空の地図上の道路として使った。マックス・ジュニアはその指示どおりに、ブリキ造りの小屋の間を縫う未舗装道路を半時間あまり運転して、聖者通りに着いた。

かつて聖者通りだったところは、今ではその大部分が、油の筋が浮いた雨水排水管の端でくすぶりながら強い悪臭を放つ埋め立て式ごみ処理場に隣接して、木造小屋が建ち並ぶ場所になっていた。マックス・ジュニアは車を停めた。両側には、大量のゴミとタイヤと何千というペットボトルや発泡スチロールの食品容器の山があった。数人の人が立ち止まり、マックス・ジュニアをじろじろ見て、それからまた歩きだした。市場から戻る途中の二人の老女と、サッカーの試合を終えて家へ帰る道すがら順番にボールを取りあっている汗まみれの少年の一団だった。この人たちがいなければ、ここにはかつて人が住んでいたのだと——友人のバーナードが住んでいたのだと——想像することさえできなかっただろう。

車中に座ったまま、マックス・ジュニアは最後にバーナードと会ったときのことを思った。バーナードはラジオ局でニュース原稿をタイプしていたが、一瞬目を上げて、マックス・ジュニアを両親のレストランでの食事に誘った。マックスはあまりに困惑して、そこへ行くのが怖いとバーナードに言えなかった。

車の窓は閉め切っていた。それでも、腐敗したゴミの強烈な悪臭で窒息しそうだった。マックス・ジュニアはエンジンをかけ、再び海が見えるところまで運転し続けた。シテ・ペンデュを出て、海沿いにずっと車を走らせ、海の色がコマドリの卵の殻のような薄緑がかった明るい青に変わるところまで行った。それは、マイアミにいたころに最も思い焦がれた、ヴィル・ローズの色だった。

窓を開けた。そして、熱い風を顔にまともに受けながら、家に帰りつくまでに午後いっぱいの時間を使った。交通渋滞に巻き込まれてもとりたてて気にせず流れに任せていて、ふとジェサミンのことをしばらく考えていなかったのに気づいた。運転席のクッションと背もたれの間のきつい楔形の隙間を覗いて、父親がもしものときのためにいつもそこに置いてある、五百グルド紙幣の入った白い封筒を見つけた。街角で停めて、揚げたプランテーンとヤギ肉と豚肉を買い、ジュージューと音を立てている屋台の油鍋の前でくぼみのついた金属皿からそれを食べ、鮮やかな色をした輸入品のボトル入りジュースで飲み下した。食べ物売りの屋台を後にして、またゆっくりと進んでいった。わざと違う道を行ったり、車を停めて細い道や奥まった小道の道端に座ったりしてから、交通量の多い海沿いの主要道路に戻っていった。

父親の家の前に車を停めて、明るく照らされた玄関のポーチにジェサミンが父親と一緒に座っているのを目にしたときには、ほとんど日は暮れていた。彼女は黒いレギンスを穿き、無地の白いチュニックを着ていたけれども、まるでこれから舞踏会に向かうかのように、エレガントに見えた。ジェサミンも父も、開いた門越しにジープを見つめた。マックス・ジュニアは下を向いた。降りる前に、まだ車の中ですべきことがあるようなふうを装って。近くの家々のうちの一軒からラジオ番組が大音量で鳴り響いていて、そこからフローレの声が聞こえたと思った。けれど、それはあり得ないことだった。シテ・ペンデュでフローレと別れてから、まだそれほど経っていないのだから。

　軽快なリズムの調子のいいコマーシャルソングが、幻聴に違いないフローレの声を遮った。その後には大声の宣伝が続いて、健康シェイクを、タバコを、ビールを、息切れしたような声でうるさく勧めた。マックス・ジュニアはそれに注意を払うのをやめた。その代わり、ジェサミンが自分の名前を大きな声で呼びもしなければ、駆け寄ってきもしなかったことについて思いをめぐらした。

　彼女と父が何かを啜（すす）っているのを見て、ジェサミンは看護師だと父が知り、柔道をしていたときの古傷について治療上のアドバイスを求めているのではないかと想像した。父の絵のこと、父の庭と花のことについて話しているのではないかと想像した。一方で、ジェサミンが、自分が本当はガールフレンドではなく、ガールフレンドがいると父親に思わせるために一緒に来ることに同意し、二人で指輪を買って、彼女をフィアンセと呼ぶべきではないかと話し合いさえしたことを、父親にすでに話したと想像もできた。たぶん彼女は父親に告げているだろう、一緒に来ることに同意したのは、忠実なよき友として、彼が自分の息子に会うためにここに戻ってこられるよう、協力しただけだと。

　父は立ち上がって手を振った。マックス・ジュニアは運転席から動かなかったけれど、手を振り返して、今行くよという意を伝えた。ジェサミンがすでに父親を籠絡しているのは明らかだった。きっと町を褒め、家を褒めたのだろう。あるいは、彼女はマイアミで生まれたのに、訛（なま）りがあるとはいえクレオール語を話せることに、父が度を越した感銘を受けたのかもしれない。マックス・ジュニアという人間をある程度まで形作った場所を見てジェサミンが喜んでいることも、わかった。

　隣家のラジオは、調子のよいコマーシャルトークを続けていた。今は、二人の人気コメディアンによる、競合する二つの携帯電話会社についての台本どおりの会話が流れていた。マックス・ジュニアは、もしもまだこの町に——父の家にではなく、自分の家に——住んでいたとしたら、毎日午後に車でここに立ち寄って、父の無事を確かめるだけの恩義があると感じているだろうか、と考えた。やはり外で車の中に座って、この家とその痛ましい記憶を逃れられたことをありがたく思っているだろうか？　彼は実際に、現実にはあり得ないその瞬間に身を置いていると仮想した。そして、ジェサミンと父が自分から目を離して互いに向き合った瞬間に、車を発進させてそこから走り去った。ぐんぐんと飛ばし、ピエ・ローズ大通りを浜辺へ向かって走った。

　バーナードから、シテ・ペンデュにある両親のレストランに誘われたとき、招待に応じるのを遅らせる方法の一つは、バーナードを浜辺へ誘うことだった。彼らは潟へ行き、それから海に潜って、珊瑚礁（さんごしょう）の間に繰り返し入ったり出たりした。ときには大きなトビウオやウミガメを見つけることもあったが、これらはとても珍しく、ユウレイガニと同じくらい神話的な生き物だった。夜になるとアンテール灯台まで歩いていき、らせん階段を昇って、星がよく見えるように暗闇の中で展望室の床に寝そべった。

　マックス・ジュニアは、バーナードが殺される前日にヴィル・ローズを出ていた。フローレが父親にマックス・ジュニアの子を宿していることを告げ、父は息子をマイアミにいる母親の許へやったのだ。マックス・ジュニアは十九歳で、友人が死につつあるまさにそのとき、ひとつの生命を造ったことで故国から追放された。この皮肉が、今でもまだ重くのしかかっていた。

その夜、マックス・ジュニアは浜辺に着いたとき、片方の脚が大きく腫れていて、両手を使って皆に話している女の周りに、大勢の人が集まっているのを見た。彼女は黒いスカーフを頭に巻いていて、それがほぼ顔全体を覆っていた。

その隣には一人の漁師がいて――みんながノジアスと呼んでいた――、彼女のほうにかがみこんでいた。ノジアスは、女の手の動きを通訳していた。彼女は、両手を群衆に差し出していた。片方の掌は夕方の空のほの暗い光に向けられ、もう一方は砂に向けられていた。それから彼女はそれを反対にし、砂のほうの掌を空に向け、空のほうの掌を砂に向けた。

「ムーリー」彼女の傍の男が言った。「死んだ。彼女は、夫が死んだと思っている」

死んだ。この一語は、マックス・ジュニアのこの一日の終わりにふさわしいものに思えた。

マックス・ジュニアはその夜の残りの時間を、からまった根を砂の上に這わせながら生い茂る湾曲したヤシの木立の下で過ごした。プレステージ・ビールをひと瓶買い、それを飲んでから、三日月形のヤシの根元で眠りに落ちていった。

目覚めたときにはかがり火が焚かれていて、死んだ漁師の妻がその明かりのなかで、低いサイザル麻製の椅子に座り、悔やみを述べる人びとを迎えていた。長く白いスカートでも覆いきれずにいた重いほうの脚は、火にくべられるのを待っている一本の流木のように見えた。

死んだ漁師の妻をじっと見ていて、マックス・ジュニアは、子どものころに父親が教えてくれたグリム童話を思い出した。彼が覚えている話はこうだった。ある日一人の漁師が、言葉を話すカレイを釣り上げた。カレイが、自分は魔法にかけられた王子だと主張して、海に帰してくれと懇願するので、漁師は放してやった。漁師は家に帰って、そのことを妻に話した。すると妻は、魔法にかけられたカレイに見返りを何も要求しなかったことで、夫を叱った。漁師の妻は、海へ戻り、カレイを見つけ、その魚に頼んで自分たちが今住んでいる掘っ立て小屋の代わりに小さな家を貰うようにと夫を説得した。カレイは妻の望みを叶え、じきに彼らは小さな家を手に入れた。妻はこれに満足せず、夫を何度か海にやって、カレイにまず城を求めさせた。それから自分を皇帝に、次には教皇に、さらには神にするように要求させた。

マックス・ジュニアが一番よく覚えているのは——なぜならそれが、その物語の中で父親が最も不満であるらしい部分だったから——、妻が太陽を昇らせる力を欲しがるというくだりだった。それを望んで何が悪いのだろう？　とマックス・ジュニアはいつも思っていた。いったい誰が、太陽を自分の意のままに昇らせる力を望まずにいられるだろう？

マックス・ジュニアは今、金持ちの息子だが文無しという、それほど珍しくはない苦境にあった。頭が痛んだ。空腹にもなってきた。ぼくのための魔法にかけられたカレイはどこにいるのだろう？と考えた。

家に戻ろうかと思ったが、突然走り去ったことをどう説明しよう？　父は腹を立てているだろう。恐らくジェサミンも怒っているだろう。それでも、二人とも捜しに来てはいない。二人とも、行きそうなところはわかっているだろうに。

　マックス・ジュニアは立ち上がって、まだ浜辺に残っている人びとの小さな群れの間を歩いていった。すると、ちょうどその漁師の通夜が終わろうとしていたときに、一人の父親が娘の名前を叫び出し、人びとは一緒に彼女を捜し始めた。いなくなった娘の父親は漁師のノジアスで、あの漁師の妻の手の動きを他の人びとに通訳していた男だった。

　マックス・ジュニアは人びとの群れのあちらこちらの塊に入ったり出たりしながら、皆と同じように、「クレア！」と大声で行方不明の少女の名前を叫んだ。

　その名前は、その音の響きと同じくらい軽やかだった。それは、愛を込めて口にするための名前、愛する女の耳に自分の子が生まれる前の晩に囁くための名前だった。楽々と夢の中に持ち込み、口の中で転がせるような名前、大勢の人の口から叫ばれているのを聞くと思わず両手を胸に当てて固く握り締めてしまうような名前だった。それは、詩や恋文や歌の中にも現われるような名前だった。愛の名前であり、復讐の名前ではなかった。希望を持って大きな声で呼べる名前だった。それは、太陽を昇らせる力を持っているような名前だった。

　けれどもやがて、みんな少女の名前を呼ぶのをやめて、立ち去り始めた。顔を上げて丘を見ると、灯台の展望室で明かりを点滅させていた人たちまでいなくなっていた。

　この町の暗黙の了解について、長くこの地を離れていたマックス・ジュニアは明るくなかった。誰と誰がスキャンダルを引き起こすことなく寝ているのか、あるいは寝るのを許されているのか、もうわからなかった。そしてちょうどそのとき、父親の古い友人のガエル・ラヴォーが、漁師の小屋の一つに入っていくのを見たような気がした。マイアミに戻る前に、父と自分は彼女の家で食事をすることになっていると、父親が言っていたのをぼんやりと思い出した。あれは本当に彼女だったのか？　彼女は今は父の愛人なのか、あるいは漁師ノジアスの愛人なのか？　それともその両方なのか？

結局、ガエル・ラヴォーと漁師ノジアスは別々に寝るようだった。それがわかったのは、一緒に入っていったすぐ後に、漁師が小屋から出てきて、二つの大石の間の砂の上に横になったからだった。ノジアスは、娘はすぐに戻ると確信しているように見えた。マックス・ジュニアの父もまた、息子がすぐに帰ってくると確信しているであろうように。

第二部

ヒトデ

「私に話して（ディ・ムエン）」というラジオ番組の司会者であるルイーズ・ジョージは、十三歳で生理が始まって以来、生理期間中には必ず喀血（かっけつ）してきた。長年にわたって多くの専門医の診察を受け、多くの検査を受けてきたが、どの医者も、子宮の血がどうして肺に上り、それが口から吐き出されるのか、納得のいく説明をすることはできなかった。さらに悪いことに、なぜ彼女が五十五歳になってもまだ閉経しないのか、この状態はいつまで続くのか、誰も答えられなかった。そしてヴィル・ローズでは、説明のつかないことは何でも精霊の世界に原因があるとされたので、ルイーズは、ラジオ番組の録音をしているとき以外はできる限り人と交わらないようにした。

それは難しいことではなかった。なぜなら、血のついた歯やハンカチを見た数少ない人たちは、ルイーズは結核（プワトリンヌ）に罹っているのかもしれないと不安がり、近づかなかったからだ。すなわち、マックス・アーディン・シニア以外はみな。彼は、ときおりルイーズと寝ていただけでなく、ときどき自分の学校に彼女を招いて、生徒たちに物語の読み聞かせをしてもらっていた。

ルイーズとはかなり長い知り合いで、それゆえマックス・シニアは、彼女の症状はめずらしいものであり、けれども肺の手術かホルモン療法で治療可能かもしれず、ただしホルモンは非常に高価であるうえにハイチでは手に入らないが、手術は死を招くこともあり得るということを知っていた。だからルイーズは自分の血を味わうことに慣れ、すべての物事とすべての人びとから完全に遠ざからなければならない月の三、四日の間はこのために悶（もだ）え苦しんだ。

　そうやって一人で家に籠（こ）もっている間に、ルイーズは書いた。彼女が書いたのは、ヴィル・ローズの人びとのことや、うわさ話製造所（テレディヨル）から拾い集めた面白い話の断片や、長年の間に自身のラジオショーでのインタビューで集めた情報についてだった。彼女の本はショーの延長として刊行され始めたのだが、次第に両者は共鳴するようになっていった。彼女はそれを密かに、鍵のコラージュ（コラージュ・ア・クレ）と呼んでいた。

　ルイーズが学校の年少クラスのうちの一つに読み聞かせに行ってから数日後の夜、マックス・シニアは彼女に電話をかけ、これは特別の頼みごとなのだが、大人の識字教室の一つを指導してくれないだろうかと尋ねた。マックス・シニアは、読み書きのできない一部の親たちにそれを教えることが、子どもたちのためになると考えついたのだ。アーディン校の高い授業料を払うことのできる子どもたちのほとんどは、親が専門職に就いている――政府機関の役人や企業経営者など――か、資金を提供してくれる親戚が海外にいるかのどちらかだった。でもなかには、少数ではあるが、親が極貧でも、あるいはそれに近いような窮状にあっても、頭のよい子どもたちがいた。マックス・シニアは、そうした子どもたちが成功への人生を歩めるよう、奨学金を与えていた。

ルイーズは、そのときが来てもまだ、奨学生の親との最初の対面を恐れていた。子どもとは違って、親たちは、彼女のお気に入りの物語や詩を読んでやっても、単純に彼女を尊敬したりはしないだろう。でも、この大人たちを指導することは、若き日にポルトープランスの教育大学（ファキュルテ・デデュカシオン）で受けた訓練の実践であるのみならず、ラジオショーで使える素材を集める好機でもあった。

このショーは、ラジオ・ゾレイの最大のスポンサーの一人であったローレン・ラヴォーが局のすぐ外で射殺される六か月前に始まっていた。ルイーズは、彼をよくは知らなかったけれども、その生きている姿を見た最後の人びとの一人だった。彼は、ラジオ局の経営者に封筒を渡すためにコントロールルームに入ってきたのだが、ルイーズは、番組がコマーシャルで中断している間に、ガラス越しにその姿を目にした。

その翌日、局の若いニュース記者がローレン・ラヴォー殺害容疑で逮捕され、それからすぐに殺された。ルイーズは捜査を（あるいはその不足を）綿密に追った。それは、ハイチの警察による他のすべての捜査と同じだった。最初は誰もがそのことについて語っていたのに、突然口にしなくなり、それから後は何年も、その話が持ち上がるたび、警察本部長からジャーナリズム専攻の学生まで、誰もが言うのだった、「捜査は継続中だ（ランケート・ス・プルスユイ）」と。実際には継続されていなかったとしても。

彼らやその他の人たちの死を経て、ルイーズは番組の構成を、人びとの個人的な不平不満を放送でぶちまけさせるものから、正義を追求するものへと変えようと試みた。番組のタイトルを、「シリーズ」のラテン語、「シアリエイティム」に変更しようとした。「言葉どおりに（ヴァーベイティム）」か「文字どおりに（ワード・フォー・ワード）」に、あるいはその両方を合わせた法律用語にしようかとも考えたが、局の中心的な聴取者である、平凡で普通の人びとを不愉快にさせたくはなかった。ミサで週に一度か二度ラテン語を耳にするのが、恐らく彼らの我慢の限界だろう。それで結局、ルイーズが今放送しているのは、人びとに告白をさせる――ときには非難の意を含んだ――インタビューだった。ショーの大多数の聴取者は、深刻な犯罪よりもゴシップたっぷりの話題を好んだ。犯罪にゴシップの要素があれば別だったが。ルイーズは、ゲストたちを「ディ・ムエン」という言葉で迎え、その時間を始めるのを好んだ。「私に話して」と、彼女は言うのだった。「私たちは喜んで、あなたのお話を聞きますよ」

その夜、マックス・シニアの学校に慈善の施しを受けている親たちが現われる前、ルイーズは突然怖気づいた。何年もの間に痩せこけた身体はさらに痩せてきて、色合いはさまざまに違うけれどもいつも紫のドレスを着ているルイーズは、人気のラジオパーソナリティーというよりは修道女のように見えた。町のほとんどの人にとって不可解で不思議な人物だったので、以前一度、町のカテドラルでのミサに出席しているとき、後ろに座っていた男性が、うわさでは彼女は猫を食べるらしい、と言うのを聞いた。つまり、彼女はアル中で、担当のショーを録音するためにだけなんとか自制している孤独な大酒飲みだ、ということになっていたのだった。

識字教室に最初にやってきたのは、はげ頭の若い漁師、ノジアス・フォースティンだった。教会で着るのに相応しいような、古着の茶色いスーツに開襟の白シャツ姿だった。クレア・リミエ・ランメ・フォースティンの父親だった。クレアは、アーディン校の小学生クラスに通う勉強熱心な女の子だ。クレア・リミエ・ランメ・フォースティンの髪はいつも、百本もの編み糸のようなお下げ髪に編まれていて、編んだ髪の一本一本は違う色の蝶結びの形のプラスチック製バレッタで留められていた。バレッタ――ありがたいことに、それはルイーズの少女時代には流行っていなかった――を別にすれば、ルイーズが読み聞かせをしているいくつかのクラスの中で、よく少女時代の彼女自身を思い出させる、ただ一人の子どもだった。クレアはあまりにもおとなしく物静かな子だったので、ルイーズは、この子にはもしかしたら、自分と結びつく恐ろしいことが他にもあるのではないかと気になった。この子は、ルイーズと同じように、まったく無一物の状態で、まったく無一物の人びとの子として生まれたのだろうか？　誕生のときに姉妹を亡くして生き残った双子の一人なのだろうか？　両方の手に六本目の指を持って生まれ、その周りをきつく糸で縛られて無理矢理壊死させられたのだろうか？　クモの形のあざが生まれつき腹部にあったのだろうか？

もう一人のオディル・デジルは、がっしりした体格のしかめ面をした女性で、現われたときはまだ、町のレストランの給仕の仕事で着る黄土色の制服とエプロン姿のままだった。ルイーズはそのしかめ面を以前、オディル以外の顔にも見ていた。ある種の大人たちの近くにいると、必ずその表情を目にした。それは恐怖の――あるいは哀れみの――しかめ面なのだろうか？　そして結局のところ、それはなぜ問題なのだろう？　一体全体、なぜ気にしなければならないのだろう？　でも、こうして自問していて気づかされたのは、明らかに自分自身が気にしているということだった。ルイーズが気にしているのはなぜか。毎週インタビューしている人びとと同じように、彼女もまた人生のなかをあてもなく漂い、自分が何者であるのかを説明してくれる何かを探し求めているから。そして、人びとの顔に浮かぶしかめ面や、口にするうわさのなかにしばしば――たとえ歪んだもののであったとしても――その何かの片鱗を認めるからだった。しかし、その夜の三人での識字教室では、オディル・デジルにとってルイーズが何者なのかは非常にはっきりしていた。ルイーズは彼女の公然の敵なのだった。

オディルの息子アンリは、マックス・シニアの学校でルイーズが読み聞かせをしてきたすべてのクラスのなかで、素行の断然最悪な生徒だった。内気で物静かなクレアでさえ、アンリになぶられ、髪を引っ張られる被害を免れなかった。落ち着きのない乱暴な少年で、学校に入ってまもなく前の二本の乳歯が抜け、それが未だに大人の歯に生え変わる気配はなく、この隙間を使ってしょっちゅう他の生徒に唾を吐きかけた。

「なぜ私に？」と、夜のクラスを教えるよう、マックス・シニアが最初に提案したたとき、ルイーズは訊いた。「あなたのところの専任教師の誰かにできるはずでしょう？」

「盲人の目を開く奇跡の人（ミラクル・ワーカー）になる満足感を得たくはないのかい？」と、マックス・シニアは答えた。微笑（ほほえ）んで、これだけの年月が経ったあとでもまだルイーズを魅了する和（やわ）らいだ表情で。

大学（ファキュルテ）で――ルイーズは奨学生だった――出会って以来ずっと、とルイーズは思い出した。マックス・シニアは常に教育法を研究していたが、それは周りの者たちに多くを要求するものだった。そうした実験的な試みに、わくわくしたこともあった。好きな物語を子どもたちに読み聞かせてくれるよう頼まれたときのように。でもときには、いらいらさせられることもあった。夜の識字教室のように。断っておけばよかった、とルイーズは今さらながらに思った。ときどき、優しい顔に微笑みを浮かべて、彼流の教育学的説法を延々と聞かされると、マックス・シニアを殴ってやりたいとさえ思った。激しくではなく、何回もでもなく、一回だけ、素早い平手打ちを。しかし、感謝の念を抱くことも何度もあった。それはなぜかといえば、自分の教育学上の達成計画を周到に準備し、キャリアを積み、結婚して離婚しながらも、その間決してルイーズを忘れなかったからだ。

その日の夕方やってきた二人は、互いに頷きあっただけだった。肉体的にきつい仕事を長時間続ける日々を過ごし、両人とも同じように疲れ果てているように見えた。

「どうして文字を読めるようになりたいの?」とルイーズは、二人に順番に訊いた。

アンリの母親のオディルは肩をすくめ、「人に低能だと思われたくないんですよ」と、表情をこわばらせて答えた。

「クレアのためです」と、クレアの父親のノジアスは率直に言った。「あの子の勉強を助けてやりたいのです」

「それは両方とも、とてもよい動機だわ」とルイーズは、ロッキングチェアに深くもたれて言った。このロッキングチェアは、子どもたちに読み聞かせをするときのために準備してくれるよう、彼女がマックス・シニアに要求したものだった。生徒たちへの読み聞かせを、生徒の親たちが子ども時代にベランダでしてもらっていた、お話しの時間に結びつけたいという意図もあってのことだった。「私はお二人に、自分を恥じてほしくありません」と、つけ加えた。「あなた方には、お子さんたちが得ている機会がなかっただけなのですから」

ルイーズはこのちょっとしたスピーチを前もって、誰が来るのかも知らされていない段階から準備していた。この親たちに、古代文明について教える準備もしていた。かの時代の土着の民は、読み書きの方法は知らなかったけれど、象形文字を使っていて、それで簡単に水は波形の線で、人や鳥はそれを示す線画で、認識することができたのだと。そしてルイーズは彼ら二人に、よく知られた諺(ことわざ)、「文盲は馬鹿ではない(アナルファベ・パ・ベート)」を思い出させた。けれどもそこまでで、これらのすべてと自分自身に嫌気がさして、二人を帰らせた。

出ていくときに二人は、マックス・シニアの部屋に立ち寄り、文句を言った。そしてそれぞれがこうつけ加えた。自分はマックス・シニアに頼まれて、大変な苦労をしてここに来た。なのにマダム・ルイーズは、きちんと対応してくれなかった、と。

「残念だわね(タン・ピ)」と、その夜ベッドのなかでマックス・シニアが二人の苦情を伝えると、ルイーズは言った。

ルイーズとマックス・シニアは、大学以来断続的に寝ていた。マックス・シニアが結婚している間はやめていたが、離婚のあと再開した。ルイーズは、彼に恋してはいなかった。相手が誰であれ、自分は恋に落ちることはないと思っていた。一人でいるほうが楽だ。いっしょに生活するのはあまりに混乱を引き起こすし、あまりに面倒だ。それはルイーズにとって、毎週ラジオショーで確認されている事実だった。

その夜、リマの聖ローサ大聖堂の向かい側にあるルイーズの家のベッドのなかで、マックス・シニアはシーツの下の彼女の片手を握っていた。ルイーズはもう一方の手をベッドの端から出していたが、突然指先に血液が流れて、痺れていくのを感じた。横になったまま、彼女は、いつかの夜、寝室の天井を暗闇で光を放つ蛍光色の緑に塗るようマックス・シニアが提案したときに、同意していればよかったと後悔した。マックス・シニアは以前、ルイーズにこう告白していた。子どものころ、光のない夜が死ぬほど怖かったと。電気がなく、星も月もない夜。彼が「きみはだれ？（キ・ムン・サ・ア）」と名付けた夜。だれかがいても、それがだれだか見分けられなかったから。すごく暗いから、目を開けていても、見えるのは目をつむっているときと同じインクのような暗闇なんだ、と彼は言った。あのとき、ルイーズは笑って答えた。嫌だわ、私の部屋が幼稚園の壁みたいになるのは、と。でも今は、暗闇で光を放つ色に塗ってみてもいいかもしれないと思った。今夜みたいな夜に、見上げれば光がちょっとだけでも見えるなら、どこか外にいて、草の葉に頬をくすぐられているようなふりをするのも容易（たやす）いだろうか？

「ジュ・ヴドレ……」というマックス・シニアの言葉が、ルイーズの想いを遮った。「きみに話したいことがある」と、彼は言っていた。

　握っていたルイーズの指を放して、手を彼女の腹部に這わせ、暗闇の中で、生まれつきそこにあった赤ちゃん蜘蛛の形のあざが、腹部が膨らむ生理期間の間、十分に成長した黒後家蜘蛛になっているところをなぞった。

「なに？」と、ルイーズは訊いた。

「学校だよ」とマックス・シニアは答え、暗闇の中でルイーズに顔を寄せた。彼女は顔を背けたかったけれど、その代わりに目を閉じた。あまりにきつく閉じすぎて、もう一つの空が――ホタルと微小のたいまつが無数に浮かんでいる空が――現われた。

「きみはこの前、読み聞かせに来てくれたときに、私の生徒の一人に平手打ちをくらわせた」と、マックス・シニアは言った。「今夜のクラスに来た親の子どもの一人だ」

あの親たちを来させて、それから全体を教訓に仕立て、ルイーズを嵌(は)めるとは、いかにもマックス・シニアのやりそうなことだった。大学時代からそうだった。いつでも、回りくどい方法で人に思い知らせるのだ。

「わが校の子どもたちが学校内で殴られることは決してない」というのが、しばしば、二人の学校関連の寝物語のテーマだった。それに、優れた教師がきわめて少ない国にあってルイーズは素晴らしい教師であり、本来ならもう何十年も教えているべきだったし、今でもまだ教えることができるはずだという主張も、話題の一つだった。そして、あのショーできみは時間を無駄にしている、という主張も。私はショーを通じて「指導している」のだとルイーズがいくら言い続けても、無駄だった。

マックス・シニアの学校は、この地域に少数しかない、生徒を殴らないという方針を持つ学校の一つで、この方針を喜んでいる保護者と強い不快感を持っている保護者の両方がいた。他の学校はたいてい、定規で手を軽く叩くことから、両脚を牛皮のむちで叩いたり、尻を平らな板で叩くなどまで、何らかの体罰を行なっていた。けれどもマックス・シニアは、体罰は原始的であり野蛮でさえあると考えていて、自分の学校では決して行なわれないようにと全員に――特に虐待的な傾向があると非難されている教師たちに――目を光らせていた。

「アンリの母親が、明日の放課後きみと私に会いたがっている」その声はうわずって、遠かった。

そして、黙り込んで背中を向けたので、二人はそれぞれ部屋の反対側を見ていた。
「私も行かなくてはならないの？」と、ルイーズは訊いた。自分の声は、町でいちばんよく聞かれている声のうちに入るはずなのに、今はまるで、校長先生の部屋へ遣られた子どものように響いているのがわかった。「私はこの学校の教師でさえないのに」
「この件は解決しなければならない」と、マックス・シニアは言った。「きみにはそのために、私とこの生徒とその母親の願いを聞き入れるだけの誠意を示してほしい」

それは平手打ちのつもりではなかった。ただ、手をパタパタ振っただけだった。同じゴールを目指しているけれど、それぞれが異なる楽器を持っているオーケストラの団員を、指揮者が導くように。マゾラ・アンリ――別名は歯無しのアンリで、自らも、同じように歯がない他の生徒たちもそう呼んでいた――は、長い両脚を始終打ち合わせていて、神経質な太い笑い声をあげる子どもだった。

ルイーズがこれまでに読み聞かせをしたすべての子どもたちの中で、最も頻繁にそれを妨害したのがこの子で、けたたましい笑い声をあげたり、彼女が生徒たちに背を向けると、すぐに他の生徒たちを摑んだりつねったり突いたりした。アンリをじっとさせようと、教室の後ろに一人で立たせると必ず、耳に入るくらいの小声で延々と、呪いの言葉をつぶやいた。この事態について最初からマックス・シニアと話しあうべきだったが、彼女は自分でなんとか制御できると考えたのだった。

あの平手打ちの朝、ルイーズは、フランスの寓話作家ジャン・ド・ラ・フォンテーヌの「太(ル・)

陽と蛙（ソレイユ・エ・レ・グルヌイユ）」という詩を朗読していた。他の多くの海岸沿いの町と同じように、この町にはもう蛙がいないので――フランスの爬虫類学者たちはこれを、地震活動や異常波の危険性が増したことと結びつけて考えた――、そして子供たちはすでに、親たちや年上の兄や姉の話から、十年前に蛙が消えたことを知っていたので、ルイーズは、自分の好きなこの詩を読み聞かせて一緒に味わうことはよい教育になるだろうと考えた。

朗読している間にルイーズは、ラジオのときと同じように、自分自身の太くしゃがれた声の響きに完全に魅了されてしまった。ロッキングチェアから立ち上がって、等間隔に並んだ長腰掛けの間を行き来し、ときどき立ち止まっては、詩の特定の箇所を特定の列の子どもたちに、あるいは特定の子どもに聴かせるように声を強めて読んだ。

オシト・オ・ヌイ・デュヌ・コミュヌ・ヴォワ
ス・プランドル・ド・ルール・デスティネ
レ・シトワイエンヌ・デゼタン
……突然、叫び声
その地のすべての蛙から、
自らの定めに耐えられずに。
太陽に子どもらがいたら、私たちはどうすればよいのだ？
私たちは、ひとつの太陽にさえ耐えて生き延びることはできない。

それがもしも半ダースもやってきたら、
そうしたら海は干あがるだろう、そのなかに住むすべてのものも丸ごと。
さようなら、沼地よ、湿地よ。吾らの種は滅ぼされてしまった……

アンリは、ルイーズの表情と口の動きをまね、他の生徒たちの気を逸らそうと顔をゆがめていた。しばらくの間、ルイーズはアンリを無視した。ところがアンリは、無視されればされるほど、ますますものまねをエスカレートさせていき、とうとうほとんどの子どもたちは朗読を聴くのをやめてそのものまねを笑い始めた。いや、そうではない、実はルイーズを笑っていたのだ。

ルイーズには、それがいつ始まったのかはっきりわからなかったが、背中を向けている間のどこかで、アンリは一人の少女の髪からリボンを引き抜いた。それから次の列へ歩いていき（あるいは跳び移り）、クレア・フォースティンの髪からバレッタを片手で鷲づかみにして引き抜いた。感情を見せずに堪（こら）えているクレアの顔と、その足下にたくさんのアリマキの死骸のように散らばっているバレッタを見て、ルイーズは激怒した。本を置き、ゆっくりとアンリのほうへ歩いていった。

ルイーズが近づいてくると、アンリは体を伸ばして前を見た。すぐ傍に立っても、まだどうするか決めていなかった。教室の後ろに立たせようか？　家に帰そうか？

どんな命令を与えるにせよ、その効果を強めるために、眼前にあるノートを掌（てのひら）で叩くつもりだった。ところが、ルイーズが前に立つと、アンリは歯のない顔ににやにや笑いを浮かべた。ルイーズはそれを消してしまいたかった。黒板から、言葉や数字を消すように。

他の子どもたちが驚いて息を呑むのを聞いて初めて、自分がアンリをぶったことに気づいた。アンリは顔の横側をこすった。見たところ指の跡はついていなかったし、唇に血も流れてはいなかった。アンリは泣かなかった。それどころか笑みを浮かべたままで、歯のない口をますます大きく開けた。ルイーズは自分の机に戻り、朗読を続けた。

その夜、マックス・シニアは無言でルイーズの家を後にした。ルイーズが少年の母親と面会してこの件がすっかり解決しない限り、言葉を交わすことは二度となさそうだった。

次の日の朝は、ベッドで書き物をして過ごした。あの少年を叩いたのが間違いだったことはわかっている。けれども、大騒ぎするほどのことではない。あの子には罰が必要だった。実際、アンリは罰を受けて当然のことをしたのだ。そう母親には言うつもりだった。あるいは、言わないかもしれない。マックス・シニアが何を心配しているのかはわかっていた。ルイーズがまったく反省の色を見せないかもしれないということだ。

マックス・シニアはとうとう、彼女と縁を切ろうとしていた。ルイーズはそれを感じ取った。声に出してそう言いはしなかったけれど。彼女にはもう、読み聞かせをする子どもたちはいなくなるだろう。あの悪魔のような小僧アンリも含めて。そして、あの光り輝く子クレアも。彼女は、マックス・シニアさえも失うだろう。ルイーズにはもう久しく、マックス・シニアが自分の手から滑り落ちていっている感覚があった。マックス・シニアの興味をかき立てるルイーズの聖書的苦難が、彼女が中年期へと老いていくにつれて次第に弱まってきていることに、それは関係しているようだった。

最初のうち、マックス・シニアはルイーズの口の中の血の味を気に入っていた。そして、まるで自分の舌があるのは彼女の口の中ではないかのように、その様子を詳細に描写した。「しょっぱい」と、マックス・シニアは言った。それからさらに言うのだった、「甘い」と。彼は、その味はルイーズの気分次第で決まると確信していて、彼がそれについて、同じ考えを違う言葉で延々としゃべるのを、彼女は聞き流した。そしてその間、他の空想に耽(ふけ)っていた。この苦しみがなければ、どんなに自由を感じるだろうと夢想し、世の中には——吐血している数日の間は家から出られず、そうでないときのことを思い出すのも難しい事態のように——人の生活を破壊するほどのものがあるという事実に驚嘆した。すると突然、過去は安息の地であり、自分が最も自由を感じていたのは、身体のことを少しもわかっていなかった、アンリ・デジルのお気に入りの犠牲者たちのような幼い女の子だったころだと気づいた。そしてこれが、アンリ・デジルをなんとしても止めなければならない理由の一つだった。なぜなら、アンリのような少年は人に耐え難い苦痛を与える男に——自分には思うままに破壊し、暴行して傷つける権利があるのだと考えるような男に——なるからだ。だから、アンリを叩いたことを後悔するつもりはなかった。もう一度ひっぱたきもするだろう。今度はより決然と。もしもその機会があれば。

オディルと息子はその日の午後、マックス・シニアの言ったとおり、彼の執務室にいた。ときどきルイーズはそのような場所——古い物がいっぱい詰まった場所、ほこりをかぶった原簿と教育の手引書、古くてがたがたの机と椅子、すぐにも修理するか取り換えるか捨てるかできそうなのに、過去への郷愁に満ちた敬意から保存された物であふれている場所——へ入っていくと、自分もまた過去の遺物のひとつであるかのように感じられた。その部屋のなかにあるすべてが古かった。少年アンリを除いては。

　マックス・シニアは、ひびの入った机の向こうに座っていた。ルイーズを見てほっとした様子で、大きなため息をついた。その日もオディルは、制服を着てエプロンをつけていた。自分は仕事を持っているのだと町中に示したがっているかのようだった。彼女と息子は、マックス・シニアの向かい側に置かれた背の高い枝編み細工の椅子に座っていて、少年は片足をその端から垂らしていた。もう一つの椅子がルイーズのために持ち込まれていて、両者の中間に置いてあった。

　マックス・シニアは、自分の二つの役目の間で引き裂かれているようで、目を忙(せわ)しく動かして双方を交互に見ていた。ルイーズには、マックス・シニアが注意深く言葉を選んでいるのがわかった。結局、彼は「さあ(アロ)。始めよう」とだけ言った。

　オディルは急に立ち上がり、自分の尻を手で揉んだ。そこには、椅子に座っている間に汗で濡れたしわができていた。ルイーズも立ち上がり、それからマックス・シニアも立った。

　アンリ以外は全員が立っていた。アンリは、椅子の両脇をつかんだ両手を握り締め、足掛けの一つに音をたてずに両足のスニーカーを打ちつけていた。

「マダム？」オディルはためらいがちに二、三歩ルイーズのほうへ歩いた。「あなたがあたしの息子を叩いたという話ですが」

オディルは近づき続けた。そしてついにルイーズは、自分の顔にかかるオディルの温かい息を感じ、嗅ぐことになり、もし訊ねられれば、彼女が昼食に何を食べたかまで答えられそうなほどだった。


オディルはアンリの椅子に手を伸ばし、ルイーズから目を離さずにアンリの両肩を摑んで、自分とルイーズの間に息子をどんと置いた。ルイーズは、アンリのいつもとはまったく違う従順でふにゃふにゃした様子を、冷めた無関心をもって観察した。その腕は、だらりと両脇に下がっていた。

「あたしの息子は、ずっとあたしに話してきましたよ」と、オディルは言った。「あなたがどんなにいい人かってね。この子はあたしに言いました。あなたは、ここの他のどの先生とも違うって。たとえあたしたちが貧乏でも、この子を他の生徒たちと同じように扱ってくれるって。そしてこの子に、たくさんの素晴らしい話を読んでくれたって。あたしは思いましたよ。『あたしの息子はこの方から、この有名な大物の女性から、うんと学べる』って。あたしは嘘をついているかい、おまえ？」オディルは息子の顎を摑んでその顔を前へ——自分とルイーズのほうへ——押し出した。アンリは首を横に振った。口は閉じていたけれども、唇は震えていた。ルイーズはアンリと接するようになって初めて、彼が泣き出すかもしれないと思った。

「みんな座ろうじゃないか」とマックス・シニアは、指で机をトントン打ちながら言った。

「いいですか、ムシェ」オディルは、マックス・シニアに向けて言った。「あなたの学校では生徒を殴らないってことを、あたしは知っています。あなたがこの子を受け入れてくだすった最初の日にそう言われました。あたしは貧しい女です。それでもあなたは、この子を受け入れてくださいました。あたしはそれを感謝しています。でもその他のことには感謝できません。あたしの息子が何か悪いことをしたのなら、あたしはあなたに許可します。必要なら、あなたにこの子を正しく罰してもらうために、あたしは書類に×印〔文字の書けない人がサインのかわりに書く〕を書きもしますよ。けど、だれにだって息子の顔をひっぱたくなんてことは、決してさせませんよ。この子がシメかごろつきか犯罪者みたいにはね。いえ、いえ。それは矯正じゃありません。屈辱です」

そう言ってオディルは優しくアンリの手をとり、彼を脇にどかした。解放されて、彼は椅子の後ろに顔を沈めた。一歩退き、オディルは深く息を吸い込んで、それからルイーズにねらいを定めた。ぶたれるとわかったときにはもう、頰に平手打ちが飛んでいた。その瞬間、頭が猛烈な勢いで振られた。両方の耳がそれぞれの側の肩に当たるほど。打たれた頰はずきずきした。最初熱い感じがして、次に温かくなり、それから感覚がなくなった。だから、オディルがもう一度ルイーズをひっぱたいたとしても、恐らく何も感じなかっただろう。それでも、いちばん辛かったのは、この一撃がマックス・シニアからのもののように感じられたことだった。まるで、マックス・シニアがルイーズを殴ったかのようだった。

「終わり」とオディルは、ルイーズとマックス・シニアの両方に言った。「これ以上、殴る話はなし。あたしの息子に勉強を教えて、それだけ。そして忘れないで。矯正ですよ、屈辱ではなくてね」

オディルはアンリの手を摑み、ぐいぐいとドアのほうへ引っ張っていった。出ていくとき、アンリはルイーズに顔を向け、復讐を果たした者特有の満足げな表情を浮かべ、口を開けて歯と歯の間に空いた隙間を見せた。彼式の慶賀の笑みであった。

ルイーズは、頬の感覚を取り戻そうとさすりながら、自分の荒い息遣いを聞いた。オディルとアンリが庭へ出ていくと、彼らの背後で校長室の古びたドアがきしんだ。

マックス・シニアは時代がかった椅子に滑り込むように座り、ルイーズにも座るようにと合図した。ルイーズから目を離さなかった。まるでこの人は、子どもの頃の日々にあの「きみはだれ？（キ・ムン・サ・ア）」の夜を過ごした暗い部屋の一つに今私たち二人だけでいると思っていて、私の正体をなんとか突き止めようとしているかのようだ、と彼女は考えた。

私はルイーズ・ジョージ。それが私。これまでずっと、今回のような侮辱や不当な仕打ちから身を守ろうと最善を尽くしてきた。ただこの人のために、ここの子どもたちに対しては警戒をゆるめていた。そのお蔭でどんな目に遭ったか、見て。私自身が真っ暗闇の瞬間に陥ってしまった。

耳の中でぶんぶんいう音が響いていたが、マックス・シニアの訊ねる声が聞こえたような気がした。「大丈夫かい？（テ・ビエン）」

「どうしてあんなことをさせたの？」ルイーズは掌を頬に押し当てて、円を描くようにゆっくりとさすり続けた。

「私たちは長年の友人だ」と、マックス・シニアは言った。「私がオディルに、きみにあんなことをするように言うと思うかい？」それでもマックス・シニアは、ショックを受けたようでも憤慨しているようでもなかったし、椅子から立ち上がってきてルイーズを慰めることもしなかった。

口では何と言おうと、あの女がルイーズをひっぱたくことをマックス・シニアはよしとしていなかったとは、どうしても思えなかった。オディルも、それを感じ取ったのに違いない。でなければ、あの女は決してそれを実行したりなどしなかっただろう。自分の子が放校になるような――あるいはもっとひどい目に遭うような――危険は決して冒さなかっただろう。

ルイーズはわずかに眩暈（めまい）を感じていた。ギーギーときしむマックス・シニアの椅子の音が頭の中でこだまして、彼の声が耳に流れ込んだり、流れ出たりしていた。この人はどうして自分で私をぶたなかったのだろう？　とルイーズは考えた。

彼はもうこれ以上、自分の人生にも、自分の学校にも、私がいることを望んでいない。ルイーズはもうかなり長い間そう感じていたけれど、完全に確信していたわけではなかった。マックス・シニアは、古い木製整理棚の一つに視線を移した。そこには生徒関係の書類と記録が何年分も、はみ出さんばかりにいっぱいに詰まっていた。「この学校が、今では私の人生のすべてだ」と、彼は言った。「だから、正しく運営しなくてはならない」

ルイーズは以前にも、彼がそのことについて延々と話すのを聞いていた。この学校であれば、彼は児童たちを、その結果に全責任を負うことなく、はぐくみ、指導することができた。子どもたちは、彼の子どもたちではなかった。子どもたちに落ち着きがなくても、わがままでも失敗しても、進んで自分の生活と他人の生活の両方をめちゃくちゃにしても、彼が全面的にその責めを負うわけにはいかなかった。しかし、少なくとも子どもたちがまだ幼くて彼の庇護の下にある間は、子どもたちを守ることができた。

「ここは私の学校だが」と、マックス・シニアは言った。「私の息子は、アンリと同年齢のころには、ここの教師たちから始終誤解されていた。彼らはあの子に実際に平手打ちをくらわしたことはなかったが、しょっちゅう言葉でひっぱたいた。だから私は、きみがしたようなことを決して許さないのだ」

「私たちが話しているのは、あなたの息子のことじゃないわ！」と、ルイーズは叫んだ。

「それなら、社会契約というものがある」と、マックス・シニアは答えた。

「私がぶたれたのは不当な仕打ちだわ」と、ルイーズは言った。

「あの子だって同じだ」マックス・シニアは椅子をルイーズのほうへ押した。キーキーという音が大きくなった。

「あなたは、あの子の母親に説明さえしなかった」と、ルイーズは言った。「彼女が私の言い分を理解するよう、手助けをしようともしなかった」

「ここではきみに言い分はない」と、マックス・シニアは言った。「それに、私が彼女と接していた際に、いつもきみがいたわけじゃない」

「それじゃあ、昨日の夜はなぜもう一人あの男がいたの、あのフォースティンという男が？」

「それは」と、マックス・シニアは言った。「他の子たちから聞いたところでは、アンリが彼の娘をぶったということだったからだ。私は、きみが勇気を持ってあの二人に、この学校では子どもたちは今も変わらず安全なのだと、改めて保証してくれることを期待していた」

「それなら、昨夜はクラス全体を呼ぶべきだったわ」と、ルイーズは言った。「あの子は、これまでクラスの子たち全員をぶってきたんだから」

「それはそうかもしれない」と、マックス・シニアは言った。「だが……」

「それじゃあ、これは陰謀(コンプロ)だったのね」とルイーズは、それを遮って言った。「私を辱めるための策略だったわけ？」

「そう大げさにしないでくれ、ルイーズ」と、マックス・シニアは言った。「私たちはここできみのショーに出ているわけじゃないんだから」口をゆがめて唇を巻き上げる様子を見て、マックス・シニアがどんなに自分のショーを嫌っているかを思い出した。

　これは手の込んだ別れ話なのかもしれない、とルイーズは思った。自分だったら、もっと簡単な方法を選んで別れを告げただろう。でも、ここでの話の主人公は、マクシム・アーディンなのだ。マクシム・アーディン・父(ペール)、一世(ル・プルミエ)、シニア。息子は息子(フィス)、二世(ドゥ)、ジュニア。マクシム・アーディン・シニアは、簡潔にさよならを言う方法を知らない。それで、誰かを離縁もできないときには——その誰かが自分の生徒でなければ——どうやら他の人物にその誰かをぶたせるらしい。

「やったのがもしも私だったら」と、マックス・シニアは言った。見るからにいらついていて、下唇を少しずつ齧(かじ)っていた。「私は辞職するだろう。私だったら、ここで働き続けることはできない」

　彼は立ち上がり、座り、また立ち上がって、それからまた座ったけれど、ルイーズのほうへ近づこうとはしなかった。幾度となく味わったあの忌まわしい孤独感が戻ってきた。

「これできみは、ショーのためにもっと時間を使えるようになる」と、マックス・シニアは言った。ルイーズは、また彼が軽蔑で顔をしかめたのに気づいた。ショーに対して、それに今は彼女に対しても向けられた軽蔑で。マックス・シニアは何度も告げていた。きみは素晴らしい教師になれたはずなのに、あのショーがそれを妨げてきた、と。しかし今、ルイーズは決してそのような教師にはなれないのだとわかってみれば、賞賛できることはあまりなかった。

「きみには、本を書き続けることもできる」と、マックス・シニアは言った。女にさせた平手打ちにはまた、別の、花開かせることの可能な才能――本を書くこと――へとルイーズを駆り立てる意図もあったのだ。

マックス・シニアが好んで言っていたことの一つに、ルイーズはヒトデのようだというのがあった。つまりルイーズは絶えず、自分が新しくなるために、自分の一部をちぎり取ってから別の場所に移動するということだ。だがもちろんそれは、ルイーズよりもむしろいつもマックス・シニアのほうにこそ当てはまる。

オフィスを出ようとマックス・シニアに背を向けたとき、ルイーズは、平手打ちをくらわせて蘇生させようと彼が考えているものが何であるかを悟った。それは、より強くより自由な女性、彼が救出し、賞賛することのできる女性なのだ。ルイーズには判った。マックス・シニアが意固地に、この平手打ちを彼女への贈り物だと、もってまわった親切な行為だと考えているのが。

記念日

夫が死んだ夜、ガエル・ラヴォーは、みんな死ぬべきだと思った。ラジオ・ゾレイの外でローレンが殺された後、ガエルは町の家を売り、アンテールの丘にある祖父母の家に移り住んだ。織物屋は従業員たちに任せ、何か月もの間ベッドに臥せって過ごし、自分も死にたいとばかり考えていた。母乳は悲しみの影響を受けているから、娘のローズをも悲しみで満たすだろうというのが皆の意見だったけれど、家政婦のイネは、娘とガエルの両方を救うために授乳するよう、強く主張して譲らなかった。ガエルがやっとベッドから出たのは、もはや娘をベッドの中に留めておけなくなったとき――娘が這い這いをしだしたとき――だった。娘が歩き始めて、ガエルも再び歩きだした。そして、娘が話し始めると、ガエルも再び話しだした。

ガエルは織物屋を閉めたいという気持ちになっていたけれど、結局店に戻った。店は夫にとってとても大事なものだったし、家とは違って町でも洪水や泥流やその他の災害に遭う危険性の低い地域にあったからだ。どのみち、景気は鈍ってきていた。人びとは以前ほど布地を買わなくなり、海外から入ってくる、おじいちゃんと呼ばれる既製品の古着を買うようになっていた。今では、販売している布地の大半は学校の制服用で、それさえも減ってきていた。それに、喪に服している間に、友人たちの多くは離れてしまった。ガエルはもう、洗礼にも、聖餐にも、町の名家の結婚披露宴にも出席しなかった。夫が多くの時間を過ごしていたラジオ局からの放送に耳を傾けることさえも拒否した。

　夫が殺された事件が解決することはない。ガエルにはわかっていた。公正な裁判はないだろう。賄賂と腐敗のために、誰も法の裁きを受けないだろう。だから、二人の特殊部隊の警官――ガエルと夫の、子供時代の友達だった――の申し出を受け入れて、もう一つの別種の正義を求めることにした。そして任務を終えて戻った彼らは、ガエルが求めたことだけでなく、それ以上の詳細を告げた。彼らは若者の赤い寝室に入り込み、十字を切り、それからベッドに寝ている男を射殺した。以前、ガエルの夫が殺されたラジオ局で働いていた若者だ。しばらくして現場近くに戻った彼らは、その付近のギャングたちが自分らの家と呼んでいた倉庫の入り口にガソリンを撒いて火をつけ、リーダーのティエと彼の第二副官を殺した。倉庫を焼き尽くした炎は、隣接するレストランに延焼した。

　一部始終を聞いたときのガエルには、期待していたような、これで苦痛が軽減されたという感覚はなかった。犯人たちを殺せば夫が戻ってくると思っていたわけではなかったけれど、開いた穴が塞がったような気持ちにはなれるはずと考えていた。けれど、穴は塞がれなかった。ガエルはそれを、布地に模様を染めることになぞらえた。染料の中にどんなに長時間生地を浸していても、布地に蠟が塗ってあれば、色は変わらない。ガエルの生活は、ほとんど変わらなかった。何もガエルの許へ戻ってはこなかった。高い地位の友人が何人かいたことが、ガエルを裁判官であり、陪審員であり、死刑執行人にした。けれども、ガエルは今でもまだ、自分は無力で無能で呪われた人間だと感じていた。

長い間ガエルは自らに、これらのすべてを思い出させないようにしてきた。つまり、娘が死んだ日までは。恐らくあれは事故ではなくて、関わりのある全員を呑み込む、宇宙規模の恐ろしいはかりごとだったのだ。もしかするとガエルには、人生のほとんどの間を愛して過ごした男と共に年老いていく資格がなかったのかもしれない。そして、娘が育っていくのを見る資格が。どこかに人形使いがいて、ガエルを軽蔑し、見せしめにしてやろうと決めたのだろうか？　激しい怒りを特殊部隊の友人たちに託したときに、自分の運命をさらに破滅に向かわせてしまったのだろうか？　おそらくあのときに、「ラ・ロゼット」紙に載る娘の死亡記事に、彼女が長い病との勇敢な闘いの末に亡くなったとは書かれないこともまた、決められたのだろう。

娘の乗っていたオートバイを撥ねて、一人きりのわが子を空中に飛ばして死なせた車を運転していた人物を、ガエルは知っていた。町の名門出の、若いホテル経営者だった。ムーリン家の一員だ。ガエルは自分の娘には、ムーリン家やそのほかの金持ち――彼らは貧しい町に住んでいたので、より一層金持ちであるかのように見えた――の家の子どもたちのように育ってほしくなかった。でもあの日の午後、自分の車でローズを迎えにいかなかったことで毎日自分を責めた。

ローズが死んだ後、ガエルはよく、初めて娘を数時間置いて出かけねばならなかったときのことを思い返した。あれは、夫の葬儀に参列するためだった。子どもの傍を離れようとすると、その途端、もう二度と会えなくなるかのように子どもが泣いて、自分もふと、もしかしたらこの子の激しい悲しみは、何か恐ろしいことの前触れかもしれないと思ってしまう、あの感覚。その感覚を、片ときも忘れることなくずっと感じ続けていればよかったのに、とガエルは思った。一つひとつの何気ないさよならを、自分のしでかしたことへの呪いと感じていたらよかったのにと願った。娘を決して、たとえ一瞬の間でも、視野の外に出すべきではなかったと悔やんだ。

　ローズが死んでから数か月たったころ、イネの視力が落ち始めた。イネは、自分にできない仕事は若い人たちにやらせてくださいと言った。そして、人生の最後の日々を、山にある先祖代々の村で過ごしたいと願った。もうイネがいなくなってから何年も経つけれど、傍にいてくれればという思いがガエルから消えることはなかった。ときどきその渇望があまりに強くなって、朝目覚めるとイネが朝食を運んできてくれるのを待っている自分がいた。ときどき、娘がスキップで部屋に入ってきて、ベッドに飛び込んでくるのを待っているのとまったく同じように。夜になると――少女たちが母親と一緒に出入りする姿を織物屋で一日中見ていたせいもあって――ガエルはローズの八歳の、九歳の、そして今は十歳の少女になった姿を想い浮かべた。乳歯はもう抜けてしまっただろう。幼子の脂肪は、思春期初期の強くたくましい筋肉に変わっただろう。その声は、より明瞭に、より自信に満ちたものになっているだろう。着替えは自分でして、自分で洋服を選び、自分で髪を梳(と)かしているだろう。自転車に乗り、海で泳いでいるだろう。小さかったあの子は、野の花をノートに挟んで押し花を作ることに夢中だったけれど、あの情熱はきっとそのままだろう。押し花の横に、今は映画スターや人気のミュージシャンの写真を雑誌から切り抜いて貼っているかもしれない。ローズは学校で、今でも素晴らしい成績をとっているだろう――ガエルが責任を持ってそうしたはずだ。でも、もっと素敵な玩具をそっちのけにして、二人で一緒に作った十数体の布の人形で、今でもまだ遊びたがるだろうか？　あの子は今でも、灯台の階段を昇っていって、海を見下ろしたがるだろうか？　カーニバルの季節には今でも、学校のメイポール・ダンスで友だちと一緒に踊りたがるだろうか？　子どもがパレードで着るタイノ族の民族衣装と同じ、羽根飾りのついた帽子を被りたがるだろうか？　土曜日の午後には凧揚げをして、それから浜へ下りていき、漁師の子どもたちが自分で作ったミニチュアの舟を海に浮かべ、そのあとを追って波打ち際を走ったり、プラスチックのバケツの蓋をフリスビー代わりにして追いかけたりするのを見ていたいと思うだろうか？　今でもまだ、天国とは何で、自分の父親がそこで何をしているのかを知りたがるだろうか？　あの子は今もまだ、ときどき頭を後ろに反らせて雲に向かい「パパ！」と叫び、それから訊くだろうか？　もしもみんなが天国にいるのなら、どうして墓地が必要なの、と。どうして、死んだらただ空中に浮かび上がって、風船のようにどこかへ流れていってしまわないの、と。

ガエルは、娘が死んでから後の年月の幾分かを、こういった答えのない問いで埋め、そしてまた男たちとの交わりで埋めた。金かセックスか、あるいはその両方に興味のある男たちだった。この人たちにはわからないのかしら、と彼女はしばしば思った、私は貝殻なのだ、ゾンビなのだ。娘は障害を持って生まれるか死産かのどちらかになると確信していた妊娠中と同じように。夫が死んだ後の日々にそうであったのと同じように。彼らにはわからないのだろうか、夫の、そして娘の魂が在るところこそが、私がひたすら居たいと望んでいる場所なのだと。マックス・シニアだけが、それをわかってくれた。特殊部隊の復讐者たちを雇うというガエルの話を、その手を握ったまま、一心に聞いてくれた。

いなくなった漁師カレブの通夜の夜、ガエルはマックス・シニアとその息子をディナーに招待して待っていた。前夜のマックス・ジュニアの帰省歓迎パーティーは欠席して、その代わりに若いほうのアーディンを、父親を通じ、家に招くことにしたのだった。ところがその夜の早い時間に、マックス・シニアがキャンセルの電話をかけてきた。理由の説明はなかった。

漁師の通夜へ向かう前に、ガエルの若い家政婦のゼテは、フライにした豚肉とプランテーンを一皿用意して置いていった。このメニューは、マックス・シニアがディナーの一品としてリクエストしていたものだった。ガエルはベッドに横たわったまま、貪(むさぼ)るようにこれを食べた。彼女は、丈の長い銀色のサテンのイブニングガウンを着ていた。これを着て、アーディン家の人たち――父と息子――とのディナーに臨むつもりだったのだ。マックス・シニアから電話があったときには、髪はまだヘアカーラーに巻かれていた。寝室の窓にかかった幅の広い巻き上げブラインドが開けられていたので、丘の家の何軒かに明かりが点いているのが見えた。この家々の多くは、所有者が首都か外国に住んでいるため、人がいるのは一年のうちの限られた期間だけだった。アンテール灯台も見えた。ガエルの住む地区の全体が、この灯台を中心に建設されていた。

灯台の展望室は、少年たちでいっぱいだった。そのうちの何人かは、ハリケーン・ランタンを点けようと風と闘っていた。懐中電灯をくるくる回している者もいた。ガエルの祖父――母の父親で、石工で技師だった――が漁師たちの一団の助けを得て、あの灯台を建てた。その漁師たちのうちの何人かはまだ生きていたけれど、大方は他所（よそ）に住んでいるか、すでに亡くなっていた。ふう変わりで素敵な地域が――バラの葯（アンテール）からアンテールと名づけられた――丘の上に現われ出ると、灯台はほとんど必要とされなくなった。家々の明かりが、灯台の灯のかわりとなったのだ。町長を始めとする町の役人たちは、灯台の維持に経費を使おうとはしなかった。だが、それは非常にうまく建設されていたので――十五メートルの塔と同じ高さの焦平面（フォーカルプレーン）を持っていた――崩壊することを拒んだ。

　昔、灯台が役目を果たしていたころには、全体が白く塗られ、天辺（てっぺん）に赤いランプと風よけがあった。ガエルの祖父と、灯を守っていた他のボランティアの人たちは、灯火室に燃料を供給している灯油ランプが毎晩必ず夕暮れに点火されて、一分間に十回の閃光を確実に発するようにしていた。そのすべてを、ガエルは祖父から教わった。祖父は手を引いて、らせん階段を昇り、灯台の展望室まで連れていってくれた。内側の部屋はいつも空気が湿ってよどんでいて、階段の下の空間は入り組んだクモの巣で覆われていた。

　けれども、灯台の展望室に辿（たど）り着くのは、いつも彼女の好きな瞬間だった。そこからは陸が見えたし、山々が見えたし、また、海が太陽に、靄（もや）に、あるいは霧に――どれになるかは季節や一日のうちの時間帯によってまちまちだったけれど――覆われているのが見えた。祖父は霧笛を鳴らすレバーを引かせてくれて、ガエルはその大きな音に重ねて大声で叫んだけれど、自分の声を聞き取ることはできなかった。ときおり、幸運に恵まれれば、虹が見えた。祖父は、雲の中や遠くの霧峰の中に浮かぶほんの微（かす）かな光の帯でも、見つけることができた。

でも現在の灯台は、誰か行方不明者が出たときにのみ救助態勢に入り、死者が出たときには追悼の態勢になった。外壁の塗料はもうずっと前に剝げ落ちていて、セメントと石がむき出しになっていた。灯火室もなくなっていた。気まぐれな鳥たちに、打ち壊されてしまった。あまりに頻繁にぶつかられて、ついに崩壊したのだった。そうなる前に、ランプはすでに、大挙して押し寄せるコウモリに荒らされていた。霧笛も消えていた。もっとよい使い道を見つけた誰かに――あるいは複数の誰かたちに――持っていかれたのだろうとガエルは思った。もう随分長い間中に入っていなかったので、階段が今どんな状態になっているか知らなかったけれど、大勢の人が今も中に入っていくからには、よく持ちこたえているに違いない。

ガエルは、自分があれほど大好きだった展望室で灯りが明滅するのを見ながら、あの灯台を修理するべきね、と思った。修理させて、現代的な装置――ソーラーパネルか何か、自力で稼働させるためのもの――を備えつけなければ。ベッド脇のナイトテーブルに空になった皿を置いて、修復した灯台を町に贈与しよう、そして、盛大な祝典を催して公式に再開しよう、と決めた。

ベッドから起き上がり、屋敷内の別の部屋へ歩いていった。他のすべての部屋と同じような家具が配置されている部屋で、天蓋つきのベッドと大型の衣装だんすが置いてあり、厚手のカーテンがかけられて、同じ色の織物のじゅうたんが敷かれていた。そこから、何十人もの人びとが浜辺の一方の端からもう一方の端まで往復しているのが見えた。彼らは、自分こそが行方知れずになった漁師を見つけるのだと心に決めているかのようだった。

　さらに別の部屋から——いつの日か娘が自分と一緒に寝るのをやめたら、ガエルはここを娘の部屋にするつもりだった——かがり火をじっと見ていたガエルは、広いテラス——このテラスが、ここを屋敷で二番目によい部屋にしていた——に足を踏み出した。最初は寒さに震えて両腕を体に巻きつけたけれど、それはすぐに忘れ、途切れない囁（ささや）きのような声が灯台からも浜からも聞こえてきて、自分の周りで渦を巻いているのに意識を集中させた。

　ガエルはもう、灯台を修理しようという自らの誓いを忘れようと努めていた。すでにほとんど破壊されていて、どこを直すか選ぶのさえ至難ではないか？　自分に、何かを甦らせる——あるいは救う——力があるなんて、どうして考えることができたのだろう？

　ガエルの想いは、マックス・シニアとその息子がディナーに来ないことに戻っていった。本当に期待して、当てにしていたのだ。この恐ろしい日を、それで数時間ばかりは埋められると。たとえしばしの間だけでも、何か他の意味を持たせられると。この日、夫と娘の墓に参った後、こうした普通の活動に加わることは——そうやって、ほんの数時間だけでも、自分はもう前の年ほど苦しんではいないのだというふりをすることは——助けになった。

　ガエルの娘は、マックス・シニアの学校、アーディン校の生徒だった。去年、娘の命日に、共通の友人であるアルバートの町長就任式に参列し、漁師のノジアスとその娘に会って、あの子を引き取らないと決め、マックス・シニアがアンテールの丘の祝賀花火パーティーに飽きてしまった後、彼らは、二階に売春宿のある町外れの人気の酒場、ポーリーヌの店で出会った。この薄暗くて煙草の煙の充満したもぐり酒場は、もう一人の古くからの共通の友人である、五十代後半のやぶにらみのカナダ人バーテンダーが経営していた。ガエルは、左耳の後ろに白いハイビスカスをつけていた。彼女が挨拶のキスをしたとき、その花がマックス・シニアの頬に軽く触れた。キスはしばらく続き、それが彼を驚かせたようで、独り身なのかと訊いた。そうだと答えると、自分も今はそうだが、ここへは酒を飲みに来ただけだとマックス・シニアは言った。

帰る時間になると、ガエルはまた手を伸ばし、マックス・シニアにキスをした。今度は唇に。唇を離すと、彼は片手を上げ、自分の唇についた彼女の唇の跡を辿った。彼らはそのキスで結ばれ、やがてマックス・シニアはガエルの家を訪ねるようになった。


マックス・シニアは気まぐれな愛人だった。誰か他の人と寝ているのかもしれないと、ガエルは疑いさえした。彼とは週に一、二度会ったが、それ以上になることはなかった。

「今日はきみにとって計り知れないほどつらい日だと、知っているよ」とマックス・シニアは、早くにかけてきた電話で言った。一年前、酒場で言ったのとまったく同じように。

「私には、毎日が計り知れないほどつらい日だわ」と、そのときガエルは答えた。

あの最初の夜、二人が交わった後で、ガエルは言った。私は男を見つけて、結婚するつもりよ。その男を説き伏せて、私を連れていかせるの。ポルトープランスへ。そうでなければ、どこか他の国でもいいわ。この町には、ガエルを縛りつけて放さず、同時に逃げ出したいと思わせる思い出があまりにも多すぎた。

「きみが自分の痛みを愛する以上に、きみを強く愛せる者などいないよ」と、マックス・シニアは答えた。その言葉は、暗闇の中で一層大きく響き渡った。

最初ガエルは、マックス・シニアが言ったことの意味を理解していなかった。けれどもやがて、そのとおりかもしれないという思いが浮かんだ。痛み、失ったもの——それがガエルをこの町に留めていたのだった。それがわかったこと、それを理解したことが、マックス・シニアをさらにいっそう魅力的に、より力強く見せた。しばしの間ガエルを慰める能力を持っていたことが、彼ら全員——特殊部隊の警官、バーテンダー、マックス・シニア——を力強く見せた。この男たちは、世界に完全に適応できているように思われた。それが、ガエルが彼らから得たいと望んだものだった。

テラスの下に一列に並んで咲くブーゲンビリアを見下ろしながら、ガエルは指を唇に滑らせた。情事の始めに、マックス・シニアがよくしていたのと同じように。この家には、そこここにギーギーきしむ木材の部分とがらんどうのスペースがあり、しばしばガエルを自暴自棄の行動に駆り立てた。ゼテや庭師が不在のときには、いつも一人でいる重圧をひしひしと感じた。一人っ子の一人っ子はしばしば、結局一人の親類縁者も持たないことになる。夫はいつもこの話を持ち出して、あと三人は子どもを設けるという計画の根拠にしていた。

ガエルは室内履きを引っ掛けて、家を出た。浜まで下りていくつもりだった。でもそこで、錆の出始めた夫の古いキャブリオレーの横にある、箱形の新しい白いメルセデスが目に入った。夫が生きているときにこんなのを持っていればよかったと思い、ガエルが買ったものだった。町の天才整備士エリーが直し続けてくれたので、ずっとキャブリオレーを運転していたのだが、一年前にそれは、他のすべてのものと同じように、命をなくして動かなくなったのだった。

走って部屋へ戻り、ハンドバッグからキーを摑み取った。イブニングガウンを脱ぎ、ヘアカーラーを外して、室内履きを靴に履き換えようかと思ったけれど、それはやめた。

ポーリーヌの店にはほとんど客がおらず、いるのは二階の売春宿の女たちに会いに来た二、三人の男たちだけだった。友だちのバーテンダーが持ち場にいたので、男たちと一緒にレストランに座ることはせず、バーテンダーと対面する木製スツールのひとつに座った。彼はバー越しに手を伸ばして、アルコールの匂いをさせながらきつくガエルの肩を抱いた。誰もいないダンスフロアの向こう側にあるテーブルから、誰かが二人をじっと見ていた。筋骨たくましいオリーブ色の肌の男で、ふさふさとしたあごひげを蓄えていた。それにも拘らず、若くて洗練された感じがした。と同時に、着ている高価なシャツ——デザイナーの名前が背中にスパンコールで美しく描かれているタイプのものだ——が金持ちであることを明らかに物語っていた。このような場所で、女たちが取り合うような類の男だった。彼女らの皆が皆ありきたりの女ではないと、家族が可能な限りの教育を受けさせてくれた者もいると、見抜いてくれると女たちが思うような類の男だった。確かに女たちのうちの幾人かは大学にまで進んでいたが、経済的理由で卒業まで辿り着けなかったか、他の仕事を見つけられなかったかのいずれかのために、ここにいるのだった。

ポーリーヌの店のバーに定期的に通って、ガエルは、とても美しい女たちが二、三人、あるいは四人で、こんな男たちにその身を差し出すのを見てきた。身体に張りつくようにぴったりとした派手なイブニングガウンを着て、ヘアカーラーを巻いているガエルは、あの若者に、休憩中の年増女のひとりか、もしくは女夫人にでも間違われているかもしれない。

「あれは誰？」と、ガエルはバーテンダーに訊いた。

「イーヴス・ムーリンだ」と彼は答えて、赤ワインの入ったグラスを素早くガエルの前に置き、その名前を聞いてガエルが感じた苦痛を共に味わった。「あんなあごひげを生やして、ウエイトリフティングを続けて」と、彼はつけ加えた。「下ろせない重荷をいつまでも背負っているみたいだな」

イーヴス・ムーリンは、ガエルの娘が乗っていたオートバイを撥ねた車を運転していた若者だった。その家族は、ヴィル・ローズとシテ・ペンデュの間にある、評判のよいホテルを所有していた。事故を起こすまでのイーヴス・ムーリンは、ヴィル・ローズのユース・サッカー・リーグのスター選手で、ヨーロッパのチームに引き抜かれるだろうともっぱらのうわさだった。だが、あの事故の後やめてしまい、ホテル内の私邸からあまり出なくなった。人びとは、娘の姿を頭から消せないのだと、その体がバイクの後部座席から跳び上がって飛んでいく映像を消せないのだと、囁きあった。このイメージを、サッカーボールを蹴っていると思い出すのだろうと、人びとは憶測した。ボールもまた宙を舞っていて、それを地面に留まらせないのは彼の足なのだった。

町のうわさ話製造所が、こうしてイーヴスの密かな悪夢を白日の下に晒しおおせているということからすると、私についてはいったいどんな話が広まっているのだろう、とガエルは考えた。あの人たちは、私の口にどんな言葉を言わせているのだろう？　イーヴス・ムーリンが何を失っていようとも、どれほど後悔の気持ちを見せていようとも、そしてまたイーヴスは、毎年あの事故の日に娘の墓に、生きていた場合の娘の年齢と同じ本数の、白いバラの小さな花束を供えてくれたけれど、たとえそうであっても——たとえ娘のことを忘れていないと伝える努力をしてきたとしても——ガエルは彼を許せなかった。

　人のいないダンスフロアを挟んで、ガエルとイーヴスの目が合った。イーヴスはガエルを見て、それから視線を入り口のほうへ泳がせた。逃げ道を探しているかのように。

　イーヴスは、娘が死んだ翌日にガエルの家にやってきて、葬儀の費用を出させてほしいと言ったが、ガエルはそのとき以来彼に会っていなかったし、連絡も受けていなかった。そのとき、葬儀のためにポルトープランスから来ていたガエルの両親が、戸口でイーヴスを追い返したのだ。イーヴスは、遺族への思いやりからだろう、それ以後二度と訪ねてこなかった。彼は非常にうまく、自分の存在を消していた。今、このときまでは。あるいは、ガエルが見かけても、イーヴスだとは気づかなかったのかもしれない。ときどきガエルは、群衆の中に——あるいは遠くから——イーヴスを見たと思ったが、次の瞬間にはその姿はなく、それは娘を見た気がしたのと同じく、幻だったのだろうかと訝(いぶか)った。

「やっこさん、きみに挨拶したいようだな」と、バーテンダーは呟(つぶや)いた。

　そして、ガエルはスツールから降りて逃げようとしたが、目の前に——腕を伸ばした距離ほども離れていないところに——イーヴス・ムーリンが立っていた。

「こんばんは(ボンソワール)」とイーヴスは言った。その体は大きく堂々として、声は前より深くなっていた。

返事をせずにいると、後ろを向いて、それまで座っていたテーブルへ戻っていった。そして、飲みかけの酒の残りを一気に飲み干し、店を出ていった。

そのすぐ後、二、三人の女たちが下に降りてきて、数人の客に順番に、別れの挨拶や歓迎の挨拶をした。バーテンダーはガエルにワインよりも強い酒を勧め、いくつかの容器から少しずつ何かを注いで混ぜた、カラフルなカクテルの背の高いグラスを、彼女のほうへ滑らせた。それはガエルの希望通りに感覚をしびれさせてくれ、車へ戻って浜辺へ向かうのに十分な勇気を与えてくれた。

近道や、エピンと呼ばれる裏道を走り、ヘッドライトが引きつけている虫の大群を見ながら、もしもバーテンダーからあれがイーヴス・ムーリンだと聞かされていなければ、私はあのテーブルまで行って、自分の身体を性の相手として差し出していたかもしれないと思わないわけにはいかなかった。この夜、他の幾多の夜と同じように、イーヴスはただのもう一つの優しい顔、もう一つの慰めてくれる声、身体を包み込んでくれるもう一組の腕となっていたかもしれなかった。多くの言葉を口にしてくれずともよかっただろう。実際に言った、「こんばんは(ボンソワール)」だけで十分だったかもしれない。悲しいことに、ガエルは今でもまだ、そうできるかもしれないと愚かしくも考えていた。そのように二人が結ばれれば——殺すよりもむしろ、愛するかたちで結ばれれば——ついにすべてが解決されるだろうか。イーヴスの悲しみに満ちた顔を見下ろせば、彼が悲しみの床にいれば、二人してあの道路でのあの瞬間を取り戻すことができるだろうか。そうなればガエルは、みんなが言っている通り、イーヴスも自分と同じように傷ついているのかどうか、自ら判断することになるだろう。

やっと浜辺に着いたガエルは、小さな女の子たちのグループを見つけた。少女たちは、手を繋いで輪（ウオン）になって、時計回りに回りながら歌っていた。そこまでの距離はまだ遠すぎて、何を歌っているのかはわからなかったが、笑い声は聞こえた。少女たちは皆、隣の子よりも大きな声を出そうと張り合っていた。落ちているシーハートやタコノマクラの周りをスキップする六人の小さな褐色と黒の天使たちは、ヴィル・ローズで一番幸せな人びとのように見えた。

ガエルはゆっくりと動いた。近づいていく喜びを終わらせたくなかった。彼女も子どものころ、輪（ウオン）をして遊んだ。休み時間とか、夜に両親の家の庭で、遊びに来ていた友だちと一緒に。そして、一番よく覚えているのは、誰かと手を繋いでいるとそれほど孤独を感じないということだった。

こう言えば奇異に聞こえたかもしれないけれど——というのも、これまでもっと些細なことで、魔術を使ったと責められてきた人もいるのだから——、どんなにかガエルは、この少女たち全員を家に連れていって、たくさんある空き部屋に住まわせておき、悲しくなったときにはいつでも一緒に遊んでくれるようにと頼めたら、と思ったことだろう。一人の少女を捉まえて、両腕に抱きたいと願った日がたくさんあった。ただその子の匂いを、男たちにはない匂いを吸い込むために。男たちはかび臭かった。道路とほこりと、彼らのかび臭さを隠さないオーデコロンのにおいがした。仕事と汗と、他の女たちのにおいがした。でも小さい女の子は、バラと濡れた葉っぱとタルカムパウダーと露の匂いがした。

娘が死んだ後、イネやその他のほぼ全員が言ったこととは反対に、このような切ない願望が治まることは決してなかった。そして、失ったものがガエルを強くすることもなかった。かえって弱くなった。ガエルが失ったものは、彼女をコントロールする力を他者に与えてしまった。弱いままでいたくはなかったけれど、死にたくもなかった。次にやってくるものを見たい——夫と娘が見られなかったものを見たい——という強烈な願望があった。生きたいと熱望しながら、同時に恐れ戦いてもいた。男たちと夜を過ごすことで、その激しい怒りと混乱が一時的に消え、なんとか生きていくことを可能にしてくれた。男たちとの夜のおかげで、糸と布を売りながら、真に愛した人びとの墓の近くに留まっていられるのだった。

マックス・シニアに話したことがあるように、逃げたい、ヴィル・ローズを離れたい、この国を離れたい、そして二度と戻ってきたくない、と思うときがあった。けれど、それを実行に移すには、別の国で新たな生活を始めることがいかに難しいかについて、あまりにも多くの話を聞きすぎていた。新しい言語を学んでいる間じゅう子ども扱いをされた人びとの話、結局得られた仕事は、他人の家の掃除や他人の子どもらの尻を拭うことだったという人びとの話。これらの人びとが、クリスマスや夏に、けばけばしいヘアスタイルをして、一見高価に見える服を着て、ヴィル・ローズに帰ってくるのを見たけれど、その目はいつも彼らの秘密をさらけ出していた。そこには、耐え忍んできた屈辱のすべてが見て取れた。彼らの皮膚もまた、それを暴露していた。ドライクリーニング屋のスチーマーによる火傷、洗車での、あるいはレストランのキッチンでの傷などは、動物に捺された焼き印のように目についた。いいえ、そんなのはどれもごめんだわ。父方の先祖も母方の先祖もこの町の墓地に、町の最も古い家系の人びとともに埋葬されている。私はディアスポラになるわけにはいかない。死者の霊たちには、私の傍にいてほしい。外国の地に住んで、一年に数回だけ帰ってくるような生活は、私にはとてもできない。冷たい土地で死んで葬られるようなリスクは決して冒せない。私はずっとここにいよう、とガエルは考えた。とうとう少女たちのところまで来たときに、その足を止めた岩のように。

少女たちのうちの一人であるクレアは、自分が見られていることに気づき、ときどきガエルのほうを見やった。母親と同じように、クレアは美しかった。その動きは、他の少女たちより――年上の少女たちよりさえ――気品があり、きっぱりしていた。ガエルは少女たちのところへ歩いていった。ガエルが傍まで来ると、少女たちはすぐに遊びをやめた。

「おれの娘を覚えておいでですか？」と少女の父親のノジアスは、どこかで出会うことがあるとしばしば訊ねた。

生まれたその日の夜に乳を飲ませた赤ん坊を――あの最初の日でさえとても穏やかでとてもおとなしく、そして年ごとにとても愛らしくきらきらと輝くように成長してきた子どもを――ガエルはどうして忘れられるだろう？

「あなたのお父さんはここにいる？」と、ガエルはクレアに訊いた。

少女は頷いた。自分の両手を見つめていたが、それから、砂まみれの足を見下ろした。じれったくなった他の少女たちは興味を失くし、そこから離れていった。

ガエルは少女に、自分の後についてくるように合図をした。クレアはガエルの隣に座り、大きな石の陰からゴムサンダルを引き出した。ガエルは、クレアがサンダルを履き終わるまで待ってから、こう言った。「私は、あなたのお母さんを知っていたわ」

クレアの目が輝いたようだった。物語に飢えている子どもたちの目が輝くように。

「あなたがこれまで生きてきたより長い年月、私はお母さんを知っていたわ」と、ガエルは言った。「あなたのお母さんは、私のお友だちだったの」

それはまんざら嘘ではなかった。

少女は、頭を弓形に反らせてガエルを見た。口は大きく開いていた。ガエルの言葉を飲み込もうとしているかのように。ガエルの言葉は、あまりにも速く口をついて出てきたので、自分でもほとんど押しとどめることができなかった。ガエルは自分が何を考えているのか、何を口にしているのか、確信がなかった。「あなたを妊娠すると、お母さんは死んだ人の身体を洗い清めて整える仕事をやめたの。それからは、自分の時間は全部、お父さんと一緒に海に行って、縫い物をするのに使った。あなたを授かるまで、本当に長い間待っていたのよ、お母さんはね。いいえ、待っていた、とは言えないわね。そう努めた。努力したの。あなたを天から引き出そうと、神さまの手からあなたをもぎ取ろうと努力した。そうよ、神さまの手からだわ。私は毎週日曜日に教会へ行くわけではない。私は教会へは全然行かない。でも彼女は、あなたを本当にほんとうに欲しがっていた。あなたを神さまの手から引き取ったんだって、私は知っているわ。私にはそうとしか言えない。お母さんは、あなたがお腹にいる間ずっと健康だった。私の店に入ってきたときに、疲れた様子を見せたことさえなかったわ。最後の週以外はね。最後の週には来なかったの。それで、助産婦が呼ばれたの。あなたが産まれるときに何が起こったのか、誰も知らないわ。助産婦はずっと、順調だと思っていたそうよ。あなたは自分を責めてはいけないわ。あのルヴナンの話は迷信だわ。誰も戻ってきはしない。そんなの本当じゃない。人は行ってしまう。行ってしまうのよ。神さまの手のなかに戻るの。するともう、誰もその人を引き戻せない。あなたのことじゃないわ。あなたじゃないの、クレア。わかってね。神さまの手の中に戻っていったのは、あなたじゃなくて、あなたのお母さんと私のロルとローズよ。あなたのお母さんもなの。それから、死ななくてはいけないようなことは何もしていないのに死んでいった、他のみんなも。だって、いったい誰が死に値するというの？　ここではあまりに多くの人が死ぬ。なのに、どうして残りの私たちは生きていられるの？」

「誕生日おめでとう、クレア」と、ガエルは言った。思考も声も、ペースが落ちてきていた。

けれども、少女に言いたいことはまだまだたくさんあった。墓地での夫の埋葬式で、クレアの母親を見かけたことを話したかった。でもそれについて、少女が理解するのは難しいかもしれない。クレアの母親は、夫の葬儀ミサに出るために、カテドラルにも来ていたかもしれないけれど――町全体が来ていたように思えた――、ガエルは彼女がいるかどうかに注意を払ってはいなかった。でも、クレアの母親が埋葬地にいるのを――墓地の門の近くに立っているのを――目にしたことは、よく覚えていた。

母親になりたての女としてガエルは、慣習に従えば、屋外にいるべきではなかった。出産によって体力が落ちているうえに、赤子に母乳を与えている身体はあまりにひ弱で、戸外の空気に耐えられないかもしれないからだ。しかし、皆の忠告に逆らって、夫の葬儀のミサと埋葬式の朝、ガエルは赤子の娘をイネに託して家を出、その両方に参列した。墓地で祈りを捧げている間、乳房は痛み、膨れて、白いドレスの前身頃を濡らした。ガエルは、地面に掘られた深い穴のさらに向こう、青銅で覆われた棺(ひつぎ)の向こう、マリグナン神父と、周囲に集まった大勢の町の人びとのさらに向こう、墓地の門のほうを見やった。家にいる赤ん坊の許へ、ひたすら帰りたくて。そのときだった。クレア・ナルシスが、墓地の門の傍にある炎色のしだれ柳の下に、一人で立っているのを見たのは。クレア・ナルシスは、埋葬のために自分が洗い清め整えた町の人びと全員の葬儀のときと同じ、地味な黒いドレスを着ていた。

その朝、クレア・ナルシスとしだれ柳は、一つになっているように見えた。彼女の身体は、しだれた枝に覆われていない柳の幹の低い部分と、見分けがつかなかった。その頭上には、黄金色の柳の王冠が載っていた。その朝のクレア・ナルシスは、眩(まぶ)しい蜃気楼のように、夫の棺の上に積み上げられている土と、家で自分を待って泣き叫んでいる赤ん坊の間に掛けられたベールのように思われた。そして、クレアが墓地の門にいたことが、そしてそのクレアの存在が思いがけずガエルを揺さぶり、同時に安心させてくれたことが、生まれたばかりのクレアの娘に乳を飲ませるのを引き受けた理由の一つだったし、この娘の母親を素直に自分の友だと呼べる、多くの理由の一つだった。

ノジアスは、ガエルと少女を見下ろすように立っていた。そして二人の横に、ドスンと腰を下ろした。危うく、娘の上に倒れこみそうになった。

私たちは互いに助けあわなければなりません(フォク・ヌ・ヴォイエ・ジエ)、と、クレア・ナルシスはよくガエルに言った。ガエルは、少女の背中に両手を置いた。子どもが震えているのを感じた。ついに心が決まった。ええ、私はこの子を引き取るわ。

「今夜」と、ガエルは言った。

でも、すぐに不安になり始めた。しゃべり過ぎたかもしれない。あんなに話して、この子を動揺させたかもしれない。たぶん、これでは性急すぎる。

「今ですか？」と、父親は訊いた。「今夜？」

ノジアスは直ちに、クレアに意識を集中した。ガエルはもう、そこにいないかのようだった。ガエルは驚いた。この人はもう何年も、この娘を私に引き取らせようとしてきたのではないの？

ノジアスが、娘の名前を変えないことと、クレアに渡す手紙があることについて何かを述べた。するとそこで、クレアが腕を上げた。「わたしのもの（バガイ・ムエン・ヨ）」と、彼女は言った。

あの子のものがどうしたというのだろう、とガエルは考えた。

でも少女は、彼らに許しをもらうのを待ってはいなかった。すぐに体の向きを変え、家のほうに歩き始めた。

ガエルにはいったいどのくらい経ったのかわからなかったけれど、人びとはだんだん静かに、ちりぢりに、家へ帰っていった。しかし、少女はまだ戻らなかった。

「連れてきます」と、ノジアスが言った。

ガエルは、ノジアスが小屋のほうへ歩いていくのをじっと見ていた。ノジアスは、娘が去っていくのを目のあたりにする悲しみの重さに耐えようと、最善を尽くしていた。小屋の中へ消えた。そして出てきて、少女の名前を叫んだ。

ガエルは急いで、ノジアスのところへ行った。そして彼の後について、隣人たちと一緒に少女の名を呼びながら、小屋の間の小路を通り抜け、海のほうへ下っていった。

「私の車で町へ行って、あの子を捜しましょう」とうとうガエルは言った。クレアはもう浜辺から離れているだろうと思ったのだ。

「いや」ノジアスはしっかりと答えた。もう一度、自分が指揮を執るのだというように。「あの子は隠れているだけです。戻ってきます」ガエルは、自分が事態を掌握していなければならないという、彼の思いを理解した。娘をガエルに渡すことにしてしまったけれど、あの娘はまだ自分の子どもなのだから。

「あなたは捜し続けて」と、ガエルは言った。「私はあなたの家で待つわ」

ガエルは戸口まで、ノジアスの後についていった。彼は先に中に入り、小さな小屋の明かりを点けた。小屋は、ガエルの家のテラス一つ分の大きさだった。海のにおいはしなかった。この前、最後にここに来たときのようには。ノジアスがたった今マッチ箱に打ちつけた長いマッチ棒と、点けたばかりの砂時計型のランプの灯芯のにおいがした。部屋の一部分は亜麻色の光で満たされ、残りの部分は影になっていた。ノジアスは簡易ベッドの上方に手を伸ばして、小さな窓の吊り板の留め金を外し、押し開けて、空気を入れかえて煙を出した。それから、同じように素早く吊り板を閉めた。ノジアスは緊張しているように――怯(おび)えているようにさえ――見えたが、それを悟られないよう、懸命の努力をしていた。

ガエルはもう一度、自分の胸の痛みを欲望と混同しないように必死に努めた。だが、それでも、ノジアスのベッドに座ることで誘惑しているのをほのめかそうとした。
ノジアスは外へ出た。
いずれにせよ、彼は行ってしまった。

ディ・ムエン、私に話して

「私に話して、フローレ・ヴォルテール」と、ルイーズ・ジョージは言った。スタジオのマイクのうしろで、やせた体の背骨を物差しのようにまっすぐに伸ばして。「あなたの話を聞く準備はできているわ」

「ひょうの混じった嵐があったんです」と、ルイーズの骨ばった顔を直接見なくてすむように目を閉じながら、フローレは言った。

マックス・アーディン・ジュニアがフローレ・ヴォルテールのベッドにやってきた夜は、ひょう混じりの嵐だった。氷の粒は、最初はごく小さかったが、一階の台所に隣接して建てられた部屋の屋根を叩いていた。それは狭い部屋で、マックス・シニアの屋敷では一番小さなものだった。たぶん、宿泊はするが長くは留まらない人――フローレや、その前にメイドをしていた彼女のおばさんのような人――のために建てられたのだろう。

掃除と料理の一日の長い仕事で疲れ果てて、フローレは、リビングルームで見つけて持ってきた美容雑誌のページをぱらぱらめくっていた。屋根を打つ音は大きくなっていた。スパンコールを散りばめたドレス、長い脚と首、ハイヒールなどを何気なく見つめているると、自分の着ているベージュのポリエステル地の寝間着スリップが、普段よりさらに粗末で古ぼけて醜いものに思えたけれど、それでもページをめくり続けた。

以前にもシテ・ペンデュで、ひょう混じりの嵐を経験していた。こうした嵐の折りには、今の部屋ほど頑丈ではない家は、続けざまに嫌というほどひょうに打ちつけられた後で強風に煽られ、吹き飛ばされたりしたものだった。

マックス・シニアの家の灯りは全部消えていて、部屋に入ってきたマックス・ジュニアは、懐中電灯を持ってただ歩き回っているように見えた。最初は、雑誌を取りに来たのだと思った。だから、それをさっと渡し、長い髪と化粧をした顔をうっとり見つめていた自分を恥ずかしく感じていた。マックス・ジュニアは、ひと言も——やあ、とさえも——言わずに、雑誌を受け取って出ていった。フローレは後ろ手にドアを閉め、小さな錠を下ろした。マックス・ジュニアがこの部屋へ入ってきたのは、それが初めてではなかった。なんと言っても、ここは父親の家なのだから。ここへ来て、何かがどこにあるかを訊いたり、何か——サンドイッチとか紅茶とか——を自分や父親のために、用意してくれるよう頼んだりした。でも、その夜は、何かが違う感じがした。途方にくれているようだった。

フローレはベッドに戻り、横向きに寝て、毛布を——寝るときにはたいていそうしているように——首まですっぽりかけた。すると、足音が近づいてくるのが聞こえた。マックス・ジュニアが戻ってきたのだ。錠は何の役にもたたなかった。この部屋のドアは、わざと簡単に開けられるように作られているかのようだった。マックス・ジュニアは入ってきて、ベッドの端に腰かけた。ひょうの音はどんどん遠のいていくようだったが、ついにまったくやんで、雨がぱらぱらと降る音に変わり、ときおり雷が鳴り稲光が走った。

マックス・ジュニアは何も言わなかった。フローレは目を閉じて、誰もそこにいないふうを装った。それからまた目を開けてあたりを見回したその視線は、懐中電灯に照らされている無表情で虚ろな顔の上で止まった。マックス・ジュニアはシェイヴコート〔男性用の化粧着。髭剃りにじゃまにならないように襟なし、半そで、前ボタン〕を纏い、その下は裸だった。

最初、この人は眠っているのだ、夢遊病なのだ、歩きながら夢を見ているのだと思った。いや、自分が夢を見ているのだと思った。あまりにも怖くて、言葉が出なかった。稲妻と雷鳴は気にならないらしく、マックス・ジュニアはフローレに顔を寄せてきた。そしてついにベッドの上で、フローレはマックス・ジュニアに押さえつけられ、身動きできなくなった。彼は重かった。ふつうの十九歳の男の倍くらい太っていた。これは、中等学校〔日本の中・高等学校〕から大学までアーディン校の父親の執務室に閉じ込められ、父親から教育を受けていたことと関係しているのだろう、とフローレは考えた。マックス・ジュニアの上には――フローレの母親が好んで言っていたことだが――雨がぱらついたことさえ一度もなかったのだ。

マックス・ジュニアがスリップを胸のほうへ押し上げていく間、フローレは、部屋の隅の雨の雫が天井から壁を伝って落ちてくるのを見たような気がした。大方、ひょう混じりの嵐で屋根が破損したのだろう。屋根が傷ついたのなら、屋内にいても外より安全だとは言えなかった。

マックス・ジュニアが部屋から出ていったとき――数分後？　数時間後？　あるいは数日後？

――雨は前ほどひどくはなかったけれど、まだ降っていた。フローレは庭に出て、プールの脇にあるバラ園に入り、空を見上げた。風が身体をがたがたと震わせた。全身ぐっしょり濡れていた。

部屋に戻ると、マックス・ジュニアが置いていった懐中電灯があった。それは点いたままだった。フローレはその明かりを、ずぶ濡れになった自分の顔に向けた。混乱した頭で、それには鏡と同じ効果があって、そうすれば自分の目が見えると考えたのだ。そして、点いたままの懐中電灯を、マックス・ジュニアが取りに戻ってくるといけないから、ドアの外の床に置いた。錠を下ろしても無駄だと、もうわかっていた。

雨は、永遠にやみそうもないしつこさで降り続けた。ベッドに戻ってブランケットを掛けると、布地が肌に擦（こす）れて、耐え難い痛さだった。家の中にも外にも、まだ危険が迫っているのが感じられた。雷が周囲のヤシの木々を裂いた焦げたにおい、浜辺に打ち寄せる大波の響き。フローレは水が懐中電灯をひたし、明かりを消して、運び去り、ドアの下から流れ込んでくるのを想像した。水は温かく、木の葉でいっぱいだろう。別の洪水のときに見たように、火のように赤いアリがこぶし大の球になって水面に浮いているところを想像した。それから、家が地面を離れるだろう。そして、ドアを開けて外を見ると、水は周りにぐるりと敷かれた黒いシーツのようで、何キロにもわたって陸地は見えないだろう。

マックス・ジュニアが自分の体を続けざまに打ちつけてきたところに、刺すような痛みがあった。

自分の全体重で彼を押しのけようとしたけれど、できなかった。マックス・ジュニアの両手を、獲物を堪能している動物か蛭かクラゲであるかのように、払いのけようとした。マックス・ジュニアは一言も話さなかったし、何の音も発していなかった。夕方の早い時間に泳いでいたので、そのときもまだ海のにおいがしていた。

マックス・ジュニアの体全体がフローレの体に覆いかぶさっている間、家は揺れていた。この家は前にも、嵐のときに揺れたことがあったけれども、前と違っていたのは、水が、アカカミアリを浮かべて、急激に上昇してきていることだった。つまり、水は海からではなく、山と丘の奥深くから降りてきているのだった。マックス・ジュニアの息はラム酒のにおいがした。フローレは息をしようと喘いだ。

翌朝、太陽はいつもより早く昇ったようだった。前夜に起こったすべてのできごとを無視するかのように。フローレはドアの裂け目から覗いて、マックス・ジュニアと父親が庭の中央にある東屋の傍の蘭の種苗場から出てくるのを見た。ハチドリが一羽、嵐に痛めつけられたバラの茂みの上を飛び、マックス・ジュニアが、その微小な翼をつかもうとするかのように、指を上げた。二人ともしかつめらしく無表情で、嵐の被害を調べているその目は、ひょうに潰された花々に釘づけにされていた。

二人が庭にいる間に、フローレは家を出て、タクシーでシテ・ペンデュまで行った。タクシーは冠水した地域を迂回し、のろのろと走っていったが、急にがくんと傾いたり揺れたりするたびに、骨がずきずきと痛んだ。

家に着いたとき、母親は出かけていた。

フローレはドアを開けて、家の中で待った。自分の身体があまりに汚く思えて、プラスチックカバーのかかった母の椅子には座れずに、冷たいセメントの床に座った。

母親は、背は低いががっしりした女だった。やっと帰宅して家に入ってきたとき、母親は頭の上に大きな枝編み細工のバスケットを乗せていて、その中には、市場で朝食を売るのに使うアルミニウムのボウルやカップがいっぱい入っていた。フローレのほうに近づいてきた母親は、口笛を吹いているかのように唇をすぼめていた。

母親が近くまでやってくるとフローレは、母親がバスケットを頭から下ろし、床に置くのを手伝った。母親は、何かを言う隙を与える前にフローレをまた座らせ、泣き腫らした顔を見ながら、指でその頰をなぞった。

「あんたがずっとここにいるつもりで戻って来たんなら」と、母親は言った。「あたしらがこれからどうやって生きていけばいいのか、あたしにはわからないよ」

フローレは立ち上がり、服のポケットに手を入れて、逃げるのに使うつもりで持ってきた今月分の給料を母に手渡した。それから、夕食の支度をする時間に間に合うように、午後にはアーディン家へ戻った。

「あなたはそこへ戻ったの？　アーディン家へ？」録音していたルイーズは、とうとうここでフローレの話を遮った。

ルイーズはその朝、特徴的なAラインの藤色のドレスを着て、髪は引っ詰めに結い、顎を尖らせ、目を細めて、集中していた。彼女は話の一部始終を、必要だと思われるすべての細部を漏らさず、フローレから引き出そうと固く心に決めていた。「ディ・ムエン」と、彼女は言った。「私に話して。みんなに教えて。その日の午後、どうしてあなたはアーディン家に戻っていったのか。でもその前に、コマーシャルを」

　実際の録音の間には、コマーシャルは流されなかった。彼らは数分間だけ休憩を入れ、その間ルイーズは目の前に置かれた二つのグラスの一つから水を一口飲んで、それからフローレに言った。

「リラックスして。とてもうまくいっているわ」

　フローレは絡ませた指から目を上げて、スタジオを見回した。マックス・シニアの家の寝室だったところと似ていなくもない、正方形の部屋だった。三角形のテーブルの上には、二本のマイクと水の入ったグラスがあり、ルイーズのは半分に減っていた。ルイーズはヘッドホンをしておらず、普段使っているものはフローレの息子に渡してあった。

　パマクシムはテーブルの下で母親の足下に座って、ルイーズからもらった鉛筆ではぎ取り式の帳面になにかわけのわからないいたずら書きをするのと、フローレの携帯電話でおとなしくゲームをするのを、交互に繰り返していた。フローレの目は、息子のヘッドホンで覆われた耳と、ガラスの向こう側で大きな制御盤の前に座っている男の間を行き来していたけれど、この番組の司会者である、荒々しく攻撃的ではあるが非常に小柄なルイーズ・ジョージだけは見ないようにしようと努めていた。

　フローレは自分のために用意された水のグラスを取り、一口飲んだ。フローレは、マックス・シニアから、息子が戻ってくること、そして自分の息子に会いたがっていることを知らされると、すぐにラジオ局に電話をし、ルイーズ・ジョージと話がしたいと告げた。

番組の個人インタビューの前提はこうだ、とルイーズは説明した。あなたには、あなたの人生を変えた瞬間のことを話してもらうわ。それ以前のあなたの人生のすべてを、無意味なものに変えてしまった瞬間。あなたの内面も外面も、すべてを一変させてしまった瞬間よ。メイド部屋でマックス・ジュニアがのしかかってきたあの夜が、フローレにとってのその瞬間だった。そのほかの条件は、とルイーズは説明した。名前を挙げること、しかもこの場合は特に、実名をできるだけ何度も繰り返すこと。番組中で名指しされた人、非難された人には、次の週に番組に出て自己弁護をする権利が常に保証されていた。

名前を挙げることについては、フローレは最初のうちは何の苦もなくできたが、今は、話を続けるのに困難を感じていた。ルイーズは、番組の録音を早朝に設定してくれた――その日の夜に放送し、翌週にも何度か放送するために――けれども、フローレには、息子がテーブルの下でルイーズと自分の足下に座っていることを忘れることはできなかったし、ヘッドホンをつけているとはいえ、それでもパマクシムには聞こえているかもしれなかった。

「このコマーシャル中断で、放送時間がずいぶん削られるのよね」とルイーズは、再開の準備をしながら言った。「それに長いの。でもどうしようもないわ」

ガラスの向こう側で制御盤の担当をしている男が、続けるようにと合図をした。

「続けて、私に話して」ルイーズはさらに近づいて、二人の頬が触れ合わんばかりになった。「次に何が起こったか、私に話して」と、促した。

「あたしは、彼の子どもを妊娠したんです」と、フローレは続けた。硬く冷たい声だった。以前の少女らしい声は、もうずいぶん前に今のようなものに変わっていて、昔の声はもう自分でも思い出せなかった。

このインタビューはこれから起こることへの――つまりその朝のもっと遅い時間にマックス・ジュニアに会うことへの――いい準備になる、とフローレは考えた。息子にも、マックス・ジュニアに会ってほしかった。たとえ一回きりであっても。フローレは、自分がマックス・ジュニアを前にしてどれほど落ち着きを失わずにいられるか試してみたかった。けれども、もう涙は流さない。むしろ、マックス・ジュニアとその父親に涙を流させるために、この番組で、できるだけのことをするつもりだった。ありがたいことに、ルイーズはフローレと同じような目的意識を持っているようだった。

「彼の子どもというのは、マクシム・アーディン・ジュニアの子どもということ?」と、ルイーズは迫った。

フローレは頷いた。

「これはテレビじゃないわ」と、ルイーズは言った。「話してくれなくちゃ」

痛ましい物語の中に挟まれるこうしたちょっとしたコメントはいつも、ラジオを聴いている人びとに受けた。ときおり、ショーが放送されている夜に自宅で書き物をしていて、ルイーズは、建ち並ぶ家々から突然笑い声がどっとはじけるのを耳にした。彼女には、ラジオをつける必要さえまったくなかった。ショーが何軒もの家から同時に大音量で聞こえてきて、そんなときには、町で一番の力を持っているのは自分だと思った。唯一残念なのは、局の能力が限られているために、このショーが電波に乗るのは全国ではなく、ヴィル・ローズと周辺の二、三の町だけだということだった。

「そうです」と、フローレは続けた。ルイーズの発言のために聴取者たちから沸き上がるに違いない笑いの間だけ、しばし沈黙していたかのようだった。

ルイーズはまた大真面目になった。「あなたがなぜ戻っていったのか、私にはまだわからないわ。そんな目に遭った後で、どうして戻っていったの？」

フローレは、自分の気持ちを思った通りにはっきり言葉にはできていなかった。ほんとうは、あの夜マックス・ジュニアが部屋に入ってきてから自分の頭がどんなに混乱したかを、自分が夢を見ているのかどうかもはっきりしなかったことを、説明したかった。

「なぜ戻ろうと思ったの？」と、ルイーズはしつこく訊いた。

「仕事を失うわけにはいきませんでした」という答えしか出てこなかった。

「選択肢はそれしかなかったの？」と、ルイーズは重ねて訊いた。「警察へ行って訴えることはできなかったの？」

ルイーズは知っていた。聴取者の誰かが、くつくつと笑うだろうと。いや、きっと大勢が笑うだろう。マックス・シニアの息子を警察に訴えたところで、どうなるというのか。下っ端にでも高官にでも数ドル渡せば、マックス・ジュニアは放免されるだろう。わかりやすい例をあげよう、マックス・シニアの親友の一人は、現職の町長だ。

リスナーには、ルイーズは会話を盛り上がらせるためにわざと異議を唱えているのだとわかるだろうし、ルイーズがそうすることによって、彼らはさらにショーを楽しんだ。

フローレは、ともかくその問いに答えた。「警察があたしのような立場の者を守ってくれるっていうんですか？」

ルイーズはひどくやせた顎をひっかき、間を置いて、思案した。それから、うめき声を出した。聴取者がこれを聞いて、ともにじっくり考えることができるように。

「何か別の仕事を探すことはできなかったの？」

「あたしは払っている――いた――んです」と、フローレは言った。「母の家の家賃を」

「お母さんは、あなたが困った状況にいるのはわかったはずだから、あなたに逃げだしてほしかったと思うわ」と、ルイーズは言い返した。

不意にフローレの足がピクリと跳ね、膝がテーブルにぶつかって、その音が録音されてしまった。

「そう思いたいならそれでいいわ」と、フローレは答えた。

ちょうどそのとき、息子の手がフローレのふくらはぎをかすめた。見下ろすと、首の後ろと手が見えた。ルイーズにもらった帳面に絵を描こうとして、紙に鉛筆を当てたところだった。

「妊娠したのに気づいたのはいつ？」と、ルイーズは続けた。

「数週間後に、食べた物をもどし始めたときに気づきました」と、フローレは言った。そして下を見て、ヘッドホンがしっかり息子の耳を覆っているのを確かめてから、つけ加えた。「あまりにもひどかったので、ときどきあの人たちのために作っている料理の中に吐いてしまいました」

　ルイーズは後に、この問題がリスナーたちの心の中を脈打ちながら駆け巡るのを感じるだろう。町じゅうが一斉に息をのむだろうと確信した。私の召使いも、私の食事の中に吐いていたのだろうか、と自問する者もいるだろう。

　彼女たちはまた、コマーシャル中断のところで少し休憩した。ルイーズは、歯と歯の間の黒いラインを見せて、微笑んでいた。フローレは下を見て、息子の様子を確認した。息子はルイーズの帳面にせっせと何かを描き、携帯電話のキーを——そうしないように注意されていたのに——ゆっくり押していた。息子がそのページに何を描いたのかは、携帯電話と両手とに覆われていて、フローレには見えなかった。

　再びインタビューが始まり、ルイーズは訊いた。「あなたは、妊娠したことを誰に最初に伝えたの？」

「父親に最初に言いました」と、フローレは答えた。

「あなたの息子の父親じゃないわね。マキシム・アーディン・シニア？」と、ルイーズは訊いた。

「そうです」と、フローレは答えた。

「アーディン校のオーナー兼校長？」

「そうです（リ・メンム）」

「彼にまず話したの？」

「ええ（ウィ）」

「教えて。あなたが話したとき、マキシム・アーディン・シニアは何と言ったの？」

「息子の子どもなのかどうか、自分には確かめられないと言いました。それから、自分と奥さんから、あたしに消えてもらう、出ていってもらうための金だと言って、二千アメリカドルをくれました」

「二千米ドル、ということは、一万六千ハイチドル。つまり八万グールドを、この町にいる父親とマイアミにいる母親から。あなたに姿を消させるために。それが相場なの？」ルイーズは、自分の言いたいことをわからせるために、わざと力を込めて笑い声をあげた。

マックス・シニアの正義漢ぶった憤慨なんてその程度のものよ。あらゆることに自分でルールを作るなんて、いかにも彼らしい。あの女に私を叩かせたとき、マックス・シニアに平手打ちをお返ししてやるべきだったわ。

ルイーズは、ラジオでこの二千米ドルの話を聴いて、町じゅうの人間が頷いているところを想像した。そんなに悪くはない額だ、と誰かが呟くかもしれない。別の家族だったら、ただ彼女を追い出して、一銭も与えなかったかもしれないのだから。

「あたしはそのお金を受け取って、出ていきました」と、フローレは続けた。「ポルトープランスへ行って、母のいとこの一人の家に身を寄せました。そして、息子が産まれるのを待つ間に、商売を始めたんです」

フローレはずっと、美容に魅了されてきていた。美容には、ウォゾと同じように困難にめげない回復力があると信じていた。ウォゾとは、川のほとりや裏道のぬかるみの中で、いつも踏みつけられているにも拘らず、負けずに生育している色鮮やかな雑草や野の花のことだ。フローレは、女性たちが髪を完璧にきれいにセットして、たとえ安物でも、エレガントに見えるドレスを着ているのを見るのが好きだった。これ以上はないほど貧乏で不幸な女性でも、美容を武器にすれば――鮮やかな、あるいは柔らかな色のスカーフや、頭に巻く布や帽子、ゆったりした、あるいは編んだ髪、かつら、そして首にはたいたタルカムパウダーなどがあれば――胸の痛みと闘えると信じていた。今ルイーズと向かい合って座りながらフローレは、引っ詰めにして後ろで結わえているその髪型が、ルイーズの顔を険しく見せている、髪型を変えればもっときれいに見えるのに、と考えていた。ルイーズには、淡い色の口紅とアイライナーペンシルでつける黒いほくろが必要だと思った。

「どんな商売を始めたの？」と、ルイーズは訊いた。

「美容院です」と、フローレは答えた。

ルイーズは、町じゅうで喝采が湧き上がるのを想像した。「悲惨な境遇にあってさえも」と、ルイーズは満足げな声でマイクに向けて話した。「この国の女たちは、美しくあろうと努力をするのです」

この番組をやっていて、ここがルイーズの好きな箇所だった。恐ろしい物語が好転しはじめるところだ。勝ち目のないサッカーの試合での最初のゴールに等しい、すべてが変わる瞬間だ。それがたとえ唯一の局面であっても。だからルイーズは、この物語が町のうわさ話製造所から引き出されて、自分のもとに舞い込んできたのが嬉しかった。この若い女が自分を捜し求めてきたことに興奮し、大喜びした。このこと自体も喜ばしかったが、これによってマックス・シニアに平手打ちを返せるということでもあったから。ルイーズは断じて、もう一方の頬を差し出すようなタイプの女ではない。なのにあの瞬間、マックス・シニアは執務室でルイーズにそんな女であることを強要した。ルイーズは、目には目をという言葉を信じていた。これまで自分のショーを復讐のために使ったことは一度もなかったけれど、それを実行することに吝（やぶさ）かではなかった。

「美容院の経営は、すぐに軌道に乗りました」フローレの口調は熱を帯びてきて、口ごもったり躊躇したりする回数は減っていた。「あたしたちは、多くの女性を美しくしました」と、フローレは言った。

「そしてあなたは？」と、ルイーズは訊いた。「あなたはどんなふうに変わったの？」

これが、「ディ・ムエン」を長寿番組にしている理由だ。だから、このショーは人びとに大人気なのだ。彼女はいつでも、ゲストの虹の根元に黄金の壺〔夢の実現〕を探した。

「あたしはまだ生きています」と、収録が終わりに近づいている様子に安堵して、フローレは言った。「あたしたちはちゃんと元気にしています」

そしてついに結びの質問だ。ルイーズは、これをすべてのゲストに訊ねた。一つには自分を覆いかくすために。この人たちが自分を求めてきたのであって、逆ではないと示すために。この質問が表わしていたのは――少なくともそう見せかけられていたのは――ルイーズはただ、彼らに自らの物語を語るための舞台を提供しただけであって、ルイーズの側に悪意はまったくないし、ルイーズのためになされたことも何ひとつないということだった。

「なぜあなたは『ディ・ムエン』に出ようと思ったの？」と、ルイーズはフローレに訊いた。「なぜ打ち明けてしまいたいと思ったの？」

「あの人たちには金があるから。この子はあんなふうに生まれてきたのに、私から息子を取り上げることもあり得ます」とフローレは、これまでにないほど挑戦的な声で言った。「あたしはこの子に相応しくないと言う権利があるかのように」

「あなたが言っているのは、アーディン家の人たちの、父親と息子のこと？」

「そうです、あの人たちです」

「彼らは、あなたの子どもを取り上げたがっているの？」

「そうはさせません」

「それで、あなたはどうするの？」と、ルイーズは訊いた。

「遠くへ行きます」と、フローレは答え、その可能性についてさらによく考えようと、間を置いた。

「どこへかは、教えてくれないのでしょうね？」

「ええ、だめです」

「あなたは、マクシム・アーディン・シニアとその妻が、子どものためのお金をくれたと言ったわね？」

「ええ（ウィ）」

「あなたはそのお金を、美容院の経営につぎ込んだのね？」

「そうです」

「そのお金がなければ、暮らしていくのは難しいの？」

「息子なしで生きていくほうが難しいです」
「それでは、確認ですけど、あなたは息子さんを連れていくのね？」
「そうです、母と息子が一緒に行きます」と、フローレは答えた。「あの人たちがあたしたちに会うことは、もう二度とないでしょう。あたしがここへ来たのは、あの人たちに、二度とあたしたちを捜さないようにと伝えるためです。あの人たちにはあたしたちを絶対見つけられないからです。たとえあたしが死んで息子がひとり成長しても、絶対に見つからないようにします。息子は違う名前になっているでしょう。違う男になっているでしょう――」

ルイーズは、ここで終わらせるのがよいと思った。強いてゲストの計画を危険にさらし、どこへ行くのかについてのヒントをもらさせてしまうことにならないように。けれど、どっちみちもう数秒しか残っていなかったから、ルイーズは最後の言葉を述べるために、フローレの言葉を遮るしかなかった。

「あなたのお話を私たちに聞かせてくれてありがとう、フローレ・ヴォルテール」と、彼女は言った。そして、芝居がかった厳粛な声でつけ加えた。「あなたが目的を達成して、あなたとお子さんのための正しい居場所を見つけられるように、願っています」

録音装置のスイッチが切られるとすぐに、フローレは息子の耳からヘッドホンを外したが、結局少年は――後に町じゅうの誰もがそうするように――一語一語に意識を集中していたのだとわかった。少年は母親を見上げて、歯をむき出しにして笑った。自分が理解したこと――これから父親に会い、それからどこか遠くへ行くのだということ――から生じた、混乱と誇りの両方が作り出した笑いだった。

ルイーズはフローレからヘッドホンを受け取り、それから子どものほうへ手を差し出して、落書きをしていた帳面を返すよう促した。

「どれどれ」ルイーズは、帳面に描かれたひょろ長い人の姿を見た。それは明らかに人で、おそらく男だろう。髪の毛もスカートも描かれていなかったから。その男には目も鼻も口もなく、顔の輪郭はただの簡単な○の字の形だった。この線描で何を表わしたつもりなのかヒントを得ようとして、ルイーズは少年に微笑みかけ、それから訊ねた。「ヤギかな?」と、少年をからかうような調子で。

少年は両手で口を覆って声をたてて笑い、それから答えた。「違う(ノン)」

「牛?」

「違う(ノン)」

「わたし?」と、ルイーズはあえて訊いてみた。

「ぼくの父さん(パパ・ムエン)」と、少年は言った。

「『パパ』と書きなさいな」ルイーズは勧めた。

少年は、間隔が広く開いたごく小さな文字で、「パパ」と書いた。ルイーズは帳面を取り、ページを破り取ってその線描を、まるで手品のように手の中に現われた大きなぶどうの棒つきキャンディーと一緒に、少年に渡した。

フローレのほうを向いて、ルイーズは言った。「この子の父親に、この絵を見せるべきだわ」

マックス・シニアがジェサミンと一緒に正面のベランダに置かれた木製のベンチに座っていたとき、携帯電話の呼び出し音が続けざまに鳴り出した。

「『ディ・ムエン』に信じられない人物が出ている」電話をかけてきた誰もがそう言うのを、彼は聞き続けた。

しかし、ラジオをつけようとはしなかった。聞きたくなかった。それに、あのうんざりするほど感傷的な番組に好感を持ったことは一度も――ルイーズとうまくやっていたころでさえ――なかった。腹いせに――あるいは彼に恥をかかせるためか？――隣家のメイドが、一帯の住民全員に聴かせようと、ラジオの音量を最大にした。

隣に座っているすてきな若い女性に対して、この番組は自分たちには関係ないというふりをするのは難しかった。マックス・シニアの名前も、息子の名前と同じくらい頻繁に聞こえていたからだ。娘はありがたいことに何も言わず、マックス・シニアの後について屋内に入り、家の中を案内をすると、一緒に見て歩いてくれた。本棚、リビングルームの壁に掛けられた抽象画、バラ園とプール、東屋（ちょうど今、番組で言及されている場所だ、と彼は無念の思いで気づいた）。少なくとも、うちの料理人と庭師は聴いていない、とマックス・シニアは思った。いや、彼らも聴いているかもしれない。マックス・シニアと同様に、隣家のラジオから流れる、好奇心をそそられる話の断片を。

息子の友人は、不思議に心を動かされてはいなかった。この娘はもうすべてを知っているのだと、マックス・シニアは気づいた。でなければ、どうして怒らずに、憤慨せずにいられるだろう？

ジェサミンはアフリカ人の顔をした、驚くほど美しい娘だった。高い額に高い頬骨、巨大なループイアリングをつけ、左右の頬にそれぞれ一つずつ金の鋲(びょう)を嵌めていた。いかにも現代っ子で、正直、この家庭に喜んで迎え入れることはできそうにないタイプの娘だった。なにしろ頬に鋲を打ち、ヒッピーふうのチュニックを着て、両手首の内側には赤い花文字で「ＰＯＰ」と刺青(いれずみ)をしているのだ。

ジェサミンをエスコートして厨房へ行った。そこで、ピッチャーに半分入っていたレモネードを二つのグラスにわけた。驚いたことに、移住生活のあとで戻ってくる多くの人びととは違い、ジェサミンは痩せていて、虫除けスプレーのにおいをさせてもいなかった。なぜ前夜のパーティーに来なかったのかと訊くと、いとこの車が故障して、時間までに乗せてきてくれる代わりの人も見つけられなかったのだと答えた。なぜ息子に電話をしなかったのかと重ねて訊くと、電話が使えなかったと答えた。誰か他の人の電話を借りられなかったのか、とマックス・シニアは訊いた。するとジェサミンは、帰国して初めてみんなに会うときは、息子さんだけのほうがよいと思ったのです、と告白した。

この説明は、マックス・シニアにはとても重要だった。なぜそうなのかはっきりとはわからなかったが、重要だった。マックス・シニアは、パーティーの残り物のタラのパテを勧めた。ジェサミンは断った。料理人はどこにも見当たらず、マックス・シニアは大声で呼び寄せるのをためらった。使用人からの憐れみも、さらなる軽蔑もご免こうむりたかった。

マックス・シニアは、家の中に閉じこもって隠れたりはするまいと決めた。いつかはこのすべてに、正面から向き合わなければならないのだ。学校で、そして町のどこででも。娘はマックス・シニアについて、ポーチまで戻ってきた。もしも町じゅうの人間が、マックス・シニアの家の開かれた門の前を列をなして行き来し、非難したいのならば、すればいい。彼と前妻は、彼の知る多くの親たちもしたであろうことをやったまでだ。自分たちは息子を守ろうとしたのだ。そして、結局は美容院の元手となったあの金を与えたことで、自分たちにできる最善の方法でフローレの子どもを守ろうとしたのだ。自分たちは、妊娠したからといって結婚を強要すべきだったのか？　フローレを息子とともにマイアミに送り出すべきだったのか？　あの夜あの部屋で、性行為以外のことが為されたのは明らかだった。それに多分、そのときだけというものでもなかっただろう。しかし、心得違いをした我が子が、親の注意を本当の自分の姿からそらすために愚かな努力をするなかで恐ろしい行為に及んだときに、親はどうすればよいのか？　警察を呼んで逮捕させるのか？　通りをパレードさせて、ラジオ番組で辱めるのか？　自分の子どもを。この若者を。かつては純良で、偽りのない天真爛漫な少年であったこの青年を。彼自らが暴力で作ったこの少年と同じように、純粋無垢であった青年を。だから、もしもフローレがこの少年を手放したくないのなら、そうすればいい。もしかしたらフローレのほうが、少年をちゃんとした男に育てられるかもしれない。フローレに幸運あれ、だ。マックス・シニアは、フローレが成功するようにと願った。男の子を育てあげ、男になる助けをしてみよ。靴紐の結び方を、正しい握手の仕方を、教えよ。泳ぎ方を、凧の揚げ方を、教えよ。ナイフの研ぎ方を教えよ、髭を剃るために、でなければ、襲われたときに身を守るための手段として。読み書きを教えよ、そしてあらゆる種類の物語を語り聞かせよ、その真の意味を我が子がまったく理解しなくとも。我が子を誇りに思い、それから恥ずかしく思い、それからまた誇りに思え。いないときには思い焦がれ、目の前にいるときには軽蔑せよ。我が子が別のタイプの息子であればと願い、自分が別のタイプの母親であればと願え。我が子を自身の最悪の欲望から守るというのがどういうことか、その欲望が人生を永遠に汚してしまわないようにするというのがどういうことか、理解せよ。我が子に、正しいことと間違っていることの違いを教えよ。誰もが常に次に破壊する人間を捜しているような社会で、無傷のまま成人まで導け。先祖伝来の遺産について、私たちがいかにそれを尊び敬うべきか、どんな犠牲を払ってもそれを守るべきかについて、教育せよ。どのように我が子を許し、そしてゆくゆくは自分自身を許すかを学べ。

フローレ自身の母親は、疑いなくフローレのために最善を尽くした。娘がマックス・シニアの家に勤めることになったときは、成功だと思ったに違いない。フローレの話の中で、殊にマックス・シニアを傷つけた部分があった。あのひょう混じりの嵐の翌朝、濡れた懐中電灯をフローレの部屋のドアの外で拾い、息子に渡した。

「あそこに忘れたんだ」と、ジュニアは言った。マックス・シニアはそれ以上息子を追及しなかった。

自分と息子が庭にいる間に、フローレが出ていくのに気づいてもいた。

今の今まで――フローレがラジオを通して世間に告白するのを聞くまで――詳細は何も知らなかった。あの夜、嵐の音以外に何も聞かなかったことを、マックス・シニアは悔やんだ。結局のところ自分はマックス・ジュニアの父親で、フローレの父親ではない。もしも息子と誰かのどちらかを選ばなくてはならないとしたら、息子のほうをいつも第一に考える。

ルイーズの番組での話のほうが、他のものよりもましだ、とマックス・シニアは考えた。この種の恥のほうが、より一層ひどいものよりもましだ。家の使用人と寝ることは、アーディン家のような家の若者には珍しくはない通過儀礼だ。「初夜権（ドロワ・デュ・セニュール）」とマックス・シニアの父親は呼んでいた。マックス・シニア自身は、そんな行為に及んだことはなかったけれど。娘だってそれを望んでいたのではないか？　しかし、自分の論理に欠陥のあることは、暴露されていることで明らかなように思えた。来週ルイーズの番組に出たとして、この恐ろしい説明で息子を無罪放免にできるだろうか？

　ジェサミンはまだ、マックス・シニアへの敬意と配慮から沈黙したままで、ともに通りのヒョウタンノキを眺めていた。そこへやっと息子が、フローレと少年を家へ送り届けるために貸した車で戻ってきて、家の前に停めた。フローレはいつ、このとんでもなく醜怪な一時間を録音する時間を作ったのだろう、とマックス・シニアは考えた。だが今、思いは息子に集中した。息子だ、才気溢れる学者の息子、それが今、車の中で縮こまり、自分とこの娘から隠れている。息子、少年のころは物語に夢中だった。早く、急げ。マックス・シニアは今、息子に話すべき物語を見つけたかった。父と息子が共に冒してしまった、危険な過ちの物語を。ジェサミンはジープを——彼の息子を——見ていた。その目は、息子とマックス・シニアの間を舞うように往復した。マックス・シニアは今、ジェサミンのすべてを見ていた。そしてジェサミンの黒い顔から、自分のためにもう一人、現実味のない孫の姿を彫りだした。マックス・シニアは朝から晩まで学校中の生徒と触れあってはいるが、現今の若い者たちについて、一体どれほどのことを知っているだろう。学校でも町のその他の場所でも、いくつかのグループが幼稚園に入る前の年齢から、息子の年齢近くになるまで育つのを見てきた。幼い日に受けた期待を実現できる者は、多くはなかった。そのような結末には、前妻がしばしばそうしたように、町の——この町には機会がないことや、この町の階層制度の——せいにできるものもあっただろう。しかし息子は、機会もコネもたっぷりあったのに、期待を裏切っていった多くの若者と同じようなことになってしまった。

希望が高められて、それから何度も繰り返し打ち砕かれた世代には、何か悲劇的なものがある。彼らは、失望という毒を盛られたのだろうか。彼らの指導者たちや年配の者たちは——マックス・シニア自身も含めて——彼らに実に多くの約束をしたが、どんな理由があったにせよ、それは守られなかった。理想家たちは殺されて、ギャングたちにのさばる機会を提供した。命はとても安くなり、誰かに数ドル渡せば簡単に消せるものとなった。いつの間にやってきたのだろう、とマックス・シニアは考えた。ランボーが自らの時代を指して「暗殺の時代（ル・タン・デ・ザササン）」と呼んだものは？　多分、自分たちの世代が問題だったのだろう。子どもたちには何の役にも立たない社会を造ったのだから。それでも、この子どもたちには、犠牲を払って自らの社会を造ろうという意志が欠けているように思えた。マックス・シニアは、少なくともこの過ちだけは正そうと努力をしてきた。学校を息子に——次の世代に——引き渡すのを、息子が——彼らが——自分よりもうまくやれるかどうか見届けるのを、楽しみにしていた。でも今はもう、その機会は潰えたのかもしれない。

マックス・シニアは、ジェサミンが息子を見てその腕の中に飛び込んでいかなかったことに驚いた。息子はというと、道路の前方に目をやって、それからまた二人のほうに視線を向けていた。恐らく、車のラジオがついていて、息子は番組を聴いているのだろう。あるいは、通りの家々から聞こえてくる断片を耳にしているのかもしれない。いや、番組が放送されていることに気づいてさえいないということもあり得る。ルイーズの所謂ショーの話題の人物になることは、緋文字をつけられるようなものだった。しかしそれは、一過性のものだった。呟きや囁きに悩まされはするが、それも次の週になって、誰か他の人の番に代わるまでのことに過ぎなかった。

マックス・シニアは走っていって、それを息子に説明したかった。安心させたかった。けれども、自分より先にジェサミンが動いてくれるのを期待した。しかしジェサミンは動かなかった。この娘は、強い心理的ショックを受けて、動けないのだろうか？　わからなかった。けれど、息子の顔を見て、このまま車ですぐにここを離れるしかないと考えているのはわかった。

息子が向かったのは、浜辺しかないだろう。灯台以外では、あそこが息子の好きな場所だ。もっと重大な心配事がのしかかっているので、浜辺にいる人びとはショーを聞いてなどいないかもしれない。

「後を追うべきでは？」と、娘が訊いた。それは、何にせよ、単純な状況などは存在しないということをわかっていない人間が言いそうな、単純な質問のように思えた。

「そう、後を追うこともできる」と、マックス・シニアは答えた。「だが、もし私たちと一緒にいたいのなら、あの子はここにいただろう」

「それなら、私たちはどうすれば？」と、ジェサミンは訊いた。二人とも表門を、そして道路沿いに立つヒョウタンノキを見つめていた。その枝は、炎暑の中でだらりと下がっていた。

「待つ」と、マックス・シニアは言った。それは、息子のこととなると行き着くいつもの結論だった。いつも、息子を待っていた。迷いから覚めるのを待っていた。自分の義務を理解するようになるのを待っていた。責任を取るのを待っていた。家に戻ってくるのを待っていた。

「戻ってくると思います？」と、娘は訊いた。

「ああ」とマックス・シニアは、とにかくそれだけは十分に確信を持って、答えた。「あの子は必ずいつも戻ってくるよ」娘は鋲をつけた顔を横に振り、表情を歪めた。ようやく鬱憤を表に出し始めていた。バッグから携帯電話を取り出し、キーを押した。息子に電話しようとしているのだ、とマックス・シニアは思った。でもこの娘はたった今、自分の携帯電話は使えなくなっていると言ったばかりじゃないか？　指摘したかったが、黙っていた。ジェサミンはしばらく耳に電話を当てていたが、応答がないようで、またぞんざいにバッグに戻した。そして、表門と道路をじっと見つめた。通りかかる人をもっとよく見ようとするかのように、前のめりになって。そうやってジェサミンはそこに――マックス・シニアのとなりに――座り続けた。ショーはもうずっと前に終わっていて、ラジオは歌番組に切り替わり、隣家のメイドはやっと音量を下げた。

「ただじっと座って待つつもりはない」とマックス・シニアは言ったが――現にこうして二人で座っているのだから――、それがどんなに滑稽に聞こえたかに気づいた。

「私は、フローレとパマクシムを見つけ出す」マックス・シニアは続けた。「そしてラジオ局に出向いて、ルイーズを彼女自身の番組で糾弾する」自分が取り留めもなくしゃべっているのを、自覚していた。「何も変わらない、学校も、私の息子も。すべては忘れ去られるだろう」だが、パマクシムは、と考えた。パマクシムはどうなるのだろう？

「ビエン。いいわ」と、娘は言った。

強い英国訛りで発せられたジェサミンのその数語を、実はその反対の思いを持っているときによく使われる陳腐な言葉だと思った。自分もかつては若かったのだし、こんな言葉を使ったこともあったかもしれないが、友人の親に対して使ったことは一度もない。この娘がこの言葉を今マックス・シニアに対して言ったのは、ある意味で自分を彼と同等と見做していることだ。自分のほうが賢いとさえ思っているかもしれない。それは、息子を非難するつもりが彼女にはまったくないことと、息子への友情が、他の誰よりも大きな——マックス・シニアのそれさえも凌ぐ——深い思いやりを持っていることのしるしなのだ——ジェサミンはきっとそう思っているのだろう——から。

ちょうどそのとき、ありがたいことに、友人のアルバートが表門から入って、小径を二人のほうへ歩いてきた。ジェサミンは跳び上がった。まるで、息子が戻ってきたと思ったかのように。あるいは、誰か他の人が来てくれたことをただありがたく思ったのかもしれない。

「私はまだ死んでいないぞ、そうだろ？」マックス・シニアは友人に向かって叫んだ。

アルバートは声をたてて笑い、それから歩調を速めて二人のところまで来ると、帽子を片方の手からもう片方の手へ持ち替えた。アルバートは帽子で太腿をポンポンと叩きながら、ジェサミンのほうへ頭を下げた。ジェサミンはアルバートを見上げ、頷いて挨拶を返した。それから、まるでもう我慢も限界とでもいうように、バッグからライターとタバコを取り出した。そしてベランダの端まで行き、手すりに座って、タバコに火をつけた。マックス・シニアは、煙が彼女の頬から、えくぼの中にある鋲を通して出てくるのかどうかを見たかった（煙は出てこなかった）。マックス・シニアはまた、ジェサミンがタバコの灰を、それから吸殻を、ポーチの周りに咲くアフリカスミレの上に落としているのを見て、ぞっとした。花々の一部は、ただでさえ高い気温がますます高くなっていく中で、すでに枯れつつあった。マックス・シニアはこの花を、正面ベランダの周りの、陽が当たりすぎず、陰にもなりすぎないところに植えていた。パーライトと土が正しい比率で混じるように、注意もした。なのに今、ジェサミンはその花を灰皿にしていた。花から離れてくれと叫びたかった。だが、口を開く前に、ジェサミンはマックス・シニアとその友人のほうへ歩きだした。一歩ごとに、腕を回転させながら歩いていた。まるで、まっすぐに立って背泳ぎをしているようだとマックス・シニアは思った。

アルバートもじっとジェサミンを見ていた。さっきまでジェサミンがいたところにアルバートが座っていたので、ジェサミンは二人の間に割り込むか、でなければ立ったままでいるしかなかった。彼女は立ったままでいることにした。

もしもジェサミンがそこにいなかったら、マックス・シニアは家の中からドミノ牌とカードテーブルを持ち出し、アルバートと、たわいない話をしながら夜ふけまで長いゲームに興じたことだろう。でもジェサミンはそこで彼らを見つめていて、彼らは彼女を無視できなかった。

マックス・シニアには、ジェサミンの顔を見つめている友人が、ときどきは視線を逸らそうと必死なのがわかった。職業が葬儀屋なので、アルバートは自然と身体の変形に興味をそそられた。切断だけでなく装飾、特に珍しい模様やピアスなどに。友人はおそらく、この娘の頬のピアスのようなものはこれまで見たことがなかったのだろう。あれは何と言えばいいのだ、とマックス・シニアは考えた。イアリングか。でも、耳につけているわけではない。頬リング（ザンノ・マシュワ）か？　友人はおそらく、アメリカにいる自分の息子や娘が同じような頬リングを――あるいはもっとひどいものを――つけているところを想像しているのだろう、とマックス・シニアは確信した。

「きみはあの番組を聞いて、ここへ来てくれたのかい？」とマックス・シニアは、友人の注意をこの若い女性から逸らしたい思いもあって、アルバートに訊ねた。

「ぼくがここへ来るのを許されるのは、パーティーのときだけだとでも言うのかい？」と、アルバートは答えた。

「きみはぼくらが悲劇に見舞われているときにだって来ていいさ」と、マックス・シニアは言った。

「長くはいられないんだ」とアルバートは、視線をジェサミンに戻しながら言った。ジェサミンは、道路の木々を見つめながらポーチの柱の一本に両腕を回してしがみついた。

　マックス・シニアには、次のマラソンドミノゲームの際にこの友人が、こいつはこんな娘――実に魅力的で、ダンサーのようにすらりとして、鋲ピアスをして、刺青もしている――を嫁に持つのだと、さんざん痛烈な皮肉を浴びせる様子を想像できた。

「きみの奥さんはどこだい？」と、マックス・シニアは友人に訊いた。

「もう発ったよ」と、アルバートは答えた。

　マックス・シニアは、アルバートの妻と子どもたちが、双子が何だかの水泳大会に出るからという理由で、町長宣誓就任式にさえ戻ってこなかったのは、何と嘆かわしいことだったろう、と考えた。あの日マックス・シニアは、自分が離婚していることをありがたいと思った。他人の心を粉々に打ち砕く力が自分自身にあることをよくわかっていない人がいるのは、なぜなのだろう？

ジェサミンはポーチの一番遠い端まで戻り、自分が先ほどタバコで焦がしたに違いないアフリカスミレを見下ろした。

「この花は何？」と、ジェサミンは大声で訊いた。

「スミレだ」と、マックス・シニアは教えた。

「ここで育つの？」と、ジェサミンはまた訊いた。

育っているじゃないか、そうだろう、と彼は言いたかった。少なくとも、育とうと努力していたよ、きみのタバコに痛めつけられるまでは。

「ここでは何でも育つことができる」とだけ答えた。

マックス・シニアはこのとき、友人がこんなに早く来なければよかったのに、と思った。まだこの娘とさまざまなことについて――息子が大丈夫だということや、アフリカスミレについて――今までできなかった、こんな形で話していたかった。それからマックス・シニアは、友人にジェサミンをきちんと紹介していなかったことに気づいた。

「アルバート、こちらはジェサミン」と、マックス・シニアは言った。「覚えているだろう、われわれは昨夜、彼女を待っていた。ジェサミン、こちらはアルバート・ヴィンセント。古くからの友(オールド)人だ」

「オールドなのはマックスとの友情の長さだけだよ」と、アルバートはつけ加えた。

「なるほど」娘は今度は微笑んだ。

「それで、ジュニアはどこなんだ？」と、アルバートは訊いた。

マックス・シニアは肩をすくめた。「きっと浜辺だ。でなければ灯台だな」と答えた。

「そのままにしておけ」と、アルバートは助言した。「準備ができたら戻ってくるさ。そのままにしておいてやろうじゃないか」

「私もジェサミンにそう言ったのだ」と、マックス・シニアは答えた。

暗くなってきていた。そして、息子に戻ってきてほしいというマックス・シニアの願いは、ますます強くなっていた。戻ってくれなければ、娘を今夜どこに泊めるか、自分が決めなければならないだろう。ジェサミンは、首都で親戚に乗合トラック（カミヨン）に乗せてもらい、それでなんとかこの家まで来たのだった。運転手が親切にも、門の前で降ろしてくれた。けれども、ポルトープランスへ帰る確かな手段はなかった、少なくとも今夜は。

「きみは番組を聴いたんだろう」と、マックス・シニアは言った。新たな関心を抱いてこの家を見ながら――とマックス・シニアは思った――門の前の道路を通り過ぎていく数少ない人びとを見つめながら。

「少しだけね」とアルバートは答えて、背後の壁に頭をもたせ掛けた。「土地争いで腹にナタの一撃をくらった若者の母親と会って話した後でそれを聴いたから、いくらか予想はついたよ」

ジェサミンは眉を上げて、好奇心をそそられたような表情を見せたが、それがマックス・シニアの友人を嬉しがらせたようだった。

「あなたはオンクル・アルバートね」と、ジェサミンは言った。「マクシムが私に、あなたのことを話してくれたわ」

「そうかい？」と、アルバートは答えた。「あの子は、私たちみんなのことを忘れてしまったと思っていたよ」

「けれど、ここの人は誰も彼のことを忘れていないみたい」と、娘は答えた。

「あの子は、私たちに忘れてもらいたがっていたのかい？」と、マックス・シニアは訊いたが、自分の声がどんなに哀れで寂しく響くかを耳にして、恥ずかしくなった。

「もちろん、ルイーズがしょっちゅう私たちに思い出させているように、決して忘れてはならないことがある」とアルバートは、友人に説教をしているかのように言った。

「くそ（コランゲト）、ルイーズめ、狡猾で悪意の塊のような女（マンマン）だ、くそくらえ！」マックス・シニアは叫んだ。今、やっと自らに、怒りのすべてを口に出すことを許していた。自分に対して、息子に対して、フローレに対して、そして特にルイーズ・ジョージに対して。

ジェサミンは少しひるんで身を引き、ポーチの柱により強くしがみついた。まるで、マックス・シニアにスペースを与えようとするかのように。その顔を――高い眉と刺青と、そしてピアスをした頬を――見ていると、マックスはそこに何かより深い物語が――自分が知ることは決してないだろう物語が――あるのを、感じた。アルバートは何も言わず、友人に少しの間、鬱憤晴らしをさせておいた。その代わり、帽子を膝の上に置き、両手が震えるのを隠さずにジェサミンに見せた。

外はさらに暗くなってきていた。マックス・シニアの通りでは、すでに数軒の家から灯りが漏れていた。マックス・シニアは三人の間に流れる沈黙が気になって仕方がなかったので、次の質問を口にしたときには、そうでなければ感じていたかもしれない臆病な恐怖は感じなかった。

「きみと私の息子は愛し合っているのかい？」

口にしてしまうと、自分の言葉は質問というより嘆願のように聞こえることに気づいた。本当は、どうかお願いだ、息子を愛してくれ、と言っているのだった。そして、今度ばかりはアルバートが、話に割り込んでおどけて、例えば「誰が？　私がか？　私がおまえの息子に恋しているかだって？」というようなことを言わないよう自制してくれているのがありがたかった。代わりに「私？」と訊いたのは娘で、マックス・シニアはこう続けた。「われわれはラジオにもテレビにも出演しているわけではないのだから、私は頷くし、しかもはっきり、そうだと言うよ」

マックス・シニアは頷き、ジェサミンは、彼がショーとフローレを揶揄していることが気に入らないというように顔をしかめた。

「あなたの息子は友達よ」とジェサミンは言って、ホタルが光を放ち、それから消えていくのを目で追った。「彼は私の、とてもひどい欠点のある大事な友達」

マックス・シニアは、それは的確な説明だ、自分もそう答えていたかもしれない、と考えた。

「あなたの息子に出会って、まだ彼のことを何も知らなかったときに恋したの」と、ジェサミンは続けた。

「で、あいつは？」マックス・シニアは話を遮って訊いた。「あいつはきみに恋したのかね？」

「どう思います？」と、ジェサミンは臆面もなく訊ねた。

「もちろんこいつは、自分がどう思うかわかっていない」と、アルバートが割り込んできた。「だからきみに訊ねているんだ」

「私は愛すべき人間だけれど」とジェサミンは、ホタルを捕まえようとするかのように伸ばした両手を動かしながら、言った。「彼は私に恋することができないの」

「なぜだ？」と、マックス・シニアは訊いた。

「あなたは知っているだろうと思っていたんですけど」と娘は、他のすべてのことを言ったときとまったく同じように忌憚なく、マックス・シニアに言った。「あなたの息子がこれまでに恋に落ちたのはたった一度だけで、彼が愛したその人はもう亡くなっています」


マックス・ジュニアは、海に触れようとするかのように上体を曲げたヤシの木々の下で、仰向けに寝ていた。両手を頭の下に置き、黒い雲を見上げていた。雲は、月を遮ったり月から逃げたりしていた。誰もが自分を軽蔑できるし、そうすべきなのは疑いない。彼らには十分な理由がある。とりわけフローレには。

マックス・ジュニアは、世界を打ち砕いて粉々にするかもしれないと思われた、あのひょう混じりの嵐を覚えていた。ばたばたともがくフローレの腕を覚えていた。あの夜、愚かにも父に、あること――自分がフローレと結びつくことができること――を証明したいと思っていた。父に、フローレの叫び声を聞かせたかった。

今日まで、マックス・ジュニアとともにいた男はバーナードだけだった。二人は、今日のような夜には一緒に浜辺に出て、シャツを脱ぎ、海に飛び込んだ。最初は、バーナードは海を怖がっていた。泳ぎはうまかったけれど、海流に捉えられて流されてしまうのではといつも心配していた。自分が永遠に消えてしまうのではないかと。

今、マックス・ジュニアは、服を着たまま海のほうへ歩いている。そして、父親が教えてくれたコーンウォール地方の民間伝承のこと——子どものころ父が話してくれた民話のこと——を考えていた。

一人の少年が、音楽の調べに誘われて森の中へと吸い込まれていく。奥へ入っていけばいくほど、森はますますうっそうとなり、音楽はますます美しくなる。少年は音楽を追いかけていくうちにとうとう道に迷ってしまい、自分がどこにいるのかわからなくなる。あまりにも恐ろしくなって家に帰りたいと思うが、その一方で、音を辿っていくとどこに行き着くのか知りたいとも思う。どんどん歩いていって、とうとう道がなくなると、助けを求めて泣き始める。そのとき、精霊が現われて、少年のために道を拓いてくれる。その道は海へと続くが、そこで突然音楽は止み、少年はあまりに疲れていたため、横になって眠ってしまう。目覚めると、少年は自分の家にいて、安全な自分のベッドに寝ている。頭のなかは、音楽と海の底の人魚たちと水晶の宮殿でいっぱいだ。森の精霊がこの少年を救ったのだ、と父は言った。なぜなら、精霊は少年に無垢で善良なままでいてほしいと願っていて、無垢と善良さとは精霊が少年に教えてくれた夢と同じくらい大切なものだから。そして、その無垢と善良さのために、精霊は少年を永遠に見守ってくれるのだ。

マックス・ジュニアは、水の中へとそっと入っていった。身体の周りで冷たい波が上下するのが感じられ、水が赤いシャツを膨らませた。帰郷の旅のために、ジェサミンがプレゼントしてくれたものだ。海の中で、音楽のことを考えた。かつて自らのラジオ・ショーでかけた――バーナードが好きだった――ラップがいっぱいのものだ。花々や、鳥たちのことも考えた。少年のころ、学校の授業と柔道の稽古が終わった後の時間に、父と一緒に作った小鳥の巣箱のことを考えた。ウミツバメのくすんだ色の羽毛と、暴風の到来を告げるカモメのことを考えた。バーナードが話してくれた、生きているのと死んだのと、両方のハトのことを考えた。父の庭のランとバラのこと、大雨のあとに羽音をたてて飛び回っていたトンボのこと、夜自分たちの周りに群がったホタルのことを考えた。ひょう混じりの嵐の夜にバラがどれほどひょうに打ち叩かれたかを考え、そしてそれでも翌朝、バラには蜜が十分残っていて、一羽のハチドリを引きつけたことを考えた。母の好きだった黄色のジャスミンのことを考えた。母は自転車のベルに花束を括(くく)りつけ、それから二人で並んで町の中を漕いでいった。クレレン工場へ行くと、母は空気を吸い込んで、生(き)の酒のにおいでくらくらするのだった。マックス・ジュニアは、母が教えてくれたポーリーヌ屋敷(アビタシオン・ポーリーヌ)の廃墟についての歴史の教訓を考えた。母が町を離れる少し前に廃墟の真ん中でした話を覚えていた。あなたがだれを愛するかがあなたという人を作るの、と母は言った。自分が引き裂いてしまったものは、自分で直す努力をする。でも、覚えていて、愛は灯油のようなものよ。持てば持つほど、自分がますます焼かれるの。

マックス・ジュニアは、母のぶっきらぼうな金言が好きだった。それに、狂暴な波について説明しようとしたときの母の話が好きだった。ラシレーンは、と母は言った。人間の仲間が欲しくなったときにはいつでも、波を二メートル近く膨れ上がらせて、自分の存在を知らせるの。

　十年前、フローレが妊娠したことを知った後のある夜、マックス・ジュニアはあの古びたアンテール灯台の展望室に一人で座っていた。そのとき、海の上空で超新星が爆発するのを見たと思った。それはあまりに眩しくて、でこぼこした縁(ふち)と輝線を見分けることもできた。目を閉じた後でさえも、それはまだ見えていた。そのときにまた、夜の海が渦を巻いて巨大な漏斗(ろうと)になるのを見たとも思った。それはまるで、大海の真ん中の渦巻きが、海岸近くにまでやってきたかのようだった。それから、同じ海の水が静かに後退していき――引いていく津波となり――、波は液体の山へと変わっていった。マックス・ジュニアは立ち上がり、肋骨を灯台のてすりに押しつけて身を乗り出した。そしてついに見たのだ。海底の一部――に違いないと信じたもの――を。礁(しょう)と砂堆(さたい)がむき出しになった、山ほどの大きさの海嶺が何キロも続いていた。それから同じくらい素早く波が割れて砕け、海は崩れ落ちて、そそくさと大海の床を覆ってしまった。何事も起こらなかったかのように。

　そのときマックス・ジュニアは、自分はショック状態にあるのだろうか、あるいは疲れすぎているのだろうか、それとも幻覚を見ているのだろうかと考えを巡らせた。でも今、あのすべては夢に見たものでも想像したものでもなく、あのとき現実に起こったのだと信じていた。

　それを思い出しているのは、息子のことを考えずにすむようにだ、とわかっていた。Oの字の形の顔の線描画が、今まさにズボンのポケットの中で溶けてなくなっていく様子を想像した。息子が描いた線描画、会ったばかりの息子、もう二度と会わないかもしれない息子。今日会ったことは、息子にとって何か少しでも意味があったのだろうか？　少年が父の自分を忘れるのに、どのくらいの時を要するだろう？　息子は、別の男を「パパ」と呼びながら成長するのだろうか？　そして、もし少年がそうするなら、その心の奥には、いくらかのためらいが――わずかな疑いが――あるだろうか？　その声の響きの中に、何か嘘らしく聞こえるものがあるだろうか？　報われない愛の考え得る最悪のケースは、親に拒絶されたという思いよ、とジェサミンが言ったことがあった。二番目に悪いのは、自分の子どもに拒絶されることだろうか？　報われない愛、片思いの愛については、十二分によく知っていた。息子に会うまでは、あらゆる新たな愛は自分がかつて持っていた愛の幻、影のようなものだと感じていた。

　人は海について、よく好んでこう言う。海は汚れを隠さ（ランメ・ケンベ・クラス）ない、と。海は秘密を守らない。海は敵対的であり同時に従順な、究極のトリックスターだ。それは小さくてかつ大きく、きみがその一部を我が物だと主張できるほどに長い。きみは灰も花も、その中に散らすことができる。きみはそこから欲しいだけ取ることができる。しかし、それもまた取り返されることがある。きみはその中で、愛の交わりを結ぶこともできるし、身を任せることもできる。そして不思議なことに、海に身を任せることは大地に身を任せることに幾分似ていると感じる。深く息をして、そしてただ身をゆだねるのだ。きみは森の中でと同じように、たやすく海に横たわることができる。そしてただ眠りに落ちるのだ。

ノジアスは、目を閉じて二、三分しか経っていないうちに、海の中から聞こえる奇妙な音に起こされた。人の泣き声だった。あるいは笑い声か？

　嫌な寒気を感じて、水際（みぎわ）へ歩きながら震えていた。数人の友人は――傍で彼を支えるために自分の小屋から出てきていた漁師たちだったが――周囲の砂の上にめいめい、胎児のような姿勢でまだ熟睡していた。他の友人たちは、町へ行ったり灯台へ行ったりしてまだ娘を捜してくれているのを、ノジアスは知っていた。

　けれど、今自分が聞いた海の中の音の主は、クレア・リミエ・ランメだったのだろうか？　とノジアスは考えた。自分を目覚めさせたのは、それだったのか？　クレアの魂が漂い、通り過ぎていくときの一陣の風、最後の息のひと吹きだったのか？　ノジアスは、妻が死んだ日にこれと似た感覚を持った。説明するのは難しいが、妻の場合には、瞬時の静けさだった。まるで、世界全体が完全に沈黙してしまったかのような。

　今、同じような感覚に捉えられていたが、あのときほど強くはなかった。クレアが沈んでいくところだったのだろうか？　あるいは、カレブが海の底に辿りついたところなのだろうか？

　ノジアスは海の中を覗き込んだ。海藻に夜空が反照して、まるで海の表面に星屑が散りばめられているようだった。両腕を身体にきつく巻きつけた。波の中から娘の声が浮かび上がってくるのを待つ間、意識をはっきりとさせていようとするかのように。

「パパ、セ・ウ？」

　朝、海から戻り小屋に入っていくと、クレアがまだ半分眠っているような声で「パパなの？」と訊くことがあった。

「そうに決まっているだろ（キエス・アンコ）」と、ノジアスは答えるのだった。

そして今、小屋へと急いで戻っていったが、マダム・ガエルをそこに残してきたことを途中で思い出した。小屋に入っていくと、ランプはまだ点いていた。

マダム・ガエルと光沢のあるドレスは、ベッドの端から動いていなかった。ノジアスが「娘よ、あれはおまえだったのか？」と叫んだとき、マダム・ガエルは、ランプの灯心の影が新聞紙で覆われた壁でゆらめいているのを見つめていた。

助産婦はノジアスに、妻の死ぬ前の最後の言葉は、今まさに産まれようとしているクレアの頭と肩に向けて発せられたと告げた。衰弱して力はなくなっていたが、それでも辛うじてなんとか言葉にしたのだ。「おいで（ヴィニ）」と。でも妻は、クレアが産まれ出てくる前に逝ってしまった。

ノジアスはドアを閉め、背中を押しつけた。やはり、何と言えばいいのかわからなかった。

「あの子は見つかったの？」と、マダム・ガエルは訊ねた。

ノジアスは首を横に振った。

クレア・リミエ・ランメの七歳の誕生日の前日、ノジアスは、友人のカレブに特別の頼み事をしに行った。カレブは、漁師仲間で読み書きのできる数少ない一人だった。それでカレブは、ノジアスや他の幾人かの漁師たちの書類をチェックしたり、手紙を書いたりしてやっていた。カレブの妻が聾唖者だということは——その妻はカレブが手紙を書いているとき、いつもそこにいた——彼女の前で口述された言葉が、町のうわさ話製造所を通して広がる気遣いのないことを保証した。

ノジアスはカレブのところへ行き、マダム・ガエルがクレアを養子にしてくれるとなったときに必要となる書類に目を通してもらった。クレアの出生証明書と成績通知書。通知書は、行儀のよさも含め、クレアがすべてにおいて優秀であることを示していた。そして、カレブの小屋――それは、ノジアスの小屋の二倍の広さだった――に座っていたノジアスは、最後の瞬間に、クレアへの手紙を口述することに決めた。

六十九歳のカレブは、海に出ているほとんどの男たちより年上だった。大抵の漁師たち――彼らの手は、何度も繰り返し細切れにされては元通りに継ぎ合わせられたもののように見えた――とは違い、カレブの手はノジアスが見たことのあるどんな大人の男の手よりも滑らかで小さかった。ノジアスの口からこぼれ出る言葉をカレブが写し取っていく様子は、魔法のようだった。ノジアスは、カレブがその手紙を読み上げてくれたとき、びっくりしてしまった。語彙は少なくて平凡なものばかりだったけれど、より優しく、よりすっきりしているように思えた。まるでカレブが頭の中に入って、すべてを再編成してくれたように。

マダム・ガエルは、ノジアスが簡易ベッドまで来て、いつも頭を預けている枕を持ち上げるのを見つめていた。二人はかなり近づいていたので、そうしようと思えば、手を伸ばしてすべすべした坊主頭の後頭部に触れることもできた。ノジアスは、黒いビニールの袋を取り出した。その中には、クレア・リミエ・ランメの書類とノジアスの手紙が、丁寧に包まれていた。ノジアスは袋のひもを、決して穴など開けないように細心の注意を払ってほどいた。そして手紙を取り出し、マダム・ガエルに手渡した。

マダム・ガエルは、そこに書かれた言葉を読むのに苦労しているかのように目を細め、それからよりランプに近づくために、身体をすべらせてきた。だから、二人の間はさらに狭くなった。

マダム・ガエルは手紙を黙読しはじめた。それから声を上げて読んだ。

クレア・リミエ・ランメへ、
私には、この手紙をお前に口述するのに、声を使うという能力を与えられていることを神に感謝する。クレア、これから私がおまえに告げることを、どうか覚えていてくれ。おまえが後になってたとえどんなうわさを聞くことになろうとも、これは金のためにしたことではない。私はお前を売りはしなかった。私はおまえに、よりよい生活を与えるのだ。どうかマダムに優しくして、マダムがおまえにおっしゃることをすべてしなさい。学校では、よい成績を取り続けなさい。そうすれば、おまえは成長して、賢い立派な女性になるだろう。それから、仰向けに寝ないようにすることを覚えておきなさい。悪夢を見ないように。そして、決しておまえのパパを忘れないでおくれ。なぜなら、私は決しておまえを忘れないからだ。今私がおまえに言っておきたいことは、それだけだ。時間をとって読んでくれてありがとう。
ノジアス・フォースティン、おまえの父

マダム・ガエルは手紙を元通りに畳み、袋に戻した。そして唇をノジアスの首の後ろに押しつけ、しばらくそこに留めてキスをした。

妻が死んで以来、そんなふうに女性にキスをされたことはなかった。とても清らかなキスで、それはノジアスを磨いてくれているように感じられた。自分の身体が黄金に変わったような気がした。一条の光が、ノジアスの中を走り抜けていった。そして、手を伸ばしてマダム・ガエルの顔に触れたとき、二人の身体が部屋の大きさを超えて広がっていくのを感じた。

「私たち、クレアが戻ってきたら、どうするの?」と、マダム・ガエルは訊いた。唇を首から外し、身体をすべらせてベッドのノジアスの側から――ノジアスから――離れていった。それでも、マダム・ガエルは「私たち(ヌ)」と言った。そしてノジアスは、マダム・ガエルがそう言ったことが嬉しかった。

　私たち、クレアが戻ってきたら、どうするの?

　ノジアスが娘のために何よりも望んだものは、そこに残虐さがないこと、安全を感じられること、そして愛を感じられることだ。慈悲の心と思いやりもあってほしい。でも、いちばんあってほしいのは、愛だ。

　ノジアスには、クレアが戻ってきたらどうすべきなのか、確信がなかった。彼にはわからなかった。多分、やはりそのままマダム・ガエルのところへ行かせて、一緒に生活させるだろう。あるいはひょっとしたら、またもう一年延期するかもしれない。それからまたもう一年。さらにもう一年。そしてじきに、自分でも知ることになるだろう、子どもはあっという間に成長してしまうと人の言うことが、七年を超えても当てはまるのかどうか。瞬く間(アヴァン・ウ・バト・ズイエ・ウ)に。瞼(まぶた)がぴくりと動く間に。自分でも気づかないうちに、子どもたちは自分の人生を生きているだろう。多分クレアはそのときまでには成長して、彼女のほうがノジアスを残して出ていくことになるだろう。あるいは、成長する前に、何か恐ろしいことがノジアスの身に起こるかもしれない。あるいはまた、カレブのように海で命を落として、マダム・ガエルは今夜無理やり約束させられたことを思い出すようになるかもしれない。彼女は、イエスと言った。「私たち」と言った。クレアを引き取ることに同意した。でもまずは、クレアが戻らなければならない。そのクレアは、ノジアスと生活するために戻ってくるのだろうか？　彼らはもう一年、一緒に過ごせるのだろうか、この浜辺で。もしも妻が彼の立場にあったら――わが子を他人にやる羽目に陥っていたら――彼女に言ってほしいと望む言葉は、こうだった。子どもに今、親を求めて泣かせるほうが、後になってすべてのものを求めて泣かせるよりもいい。でも彼女はどうだろう。彼女は――彼女、彼の妻、彼女、彼の娘、彼女、マダム・ガエル――彼女たちは、いったい、この事態をそのように理解することができるだろうか？

マダム・ガエルは立ち上がり、クレアの簡易ベッドへ移った。それで、ノジアスの正面に向き合って座ることになった。

「もう一度訊いておきたいの」と、マダム・ガエルは言った。「あなたがなぜあの子を他人にやりたいのか。それも私に」

「おれが最初の人間でも」とノジアスは、取り乱さないでいようと――落ち着いていようと――努めながら、言った。「ただ一人の人間でもないです。子どもを諦めて他人に渡すのは」

「私はよく、あなたを見かけたものだった」と、マダム・ガエルは言った。「織物屋の側を通って、葬儀屋で働いている彼女のところへ行くのを。あなたはあの女性を――あの子の母親を――愛していた、とても……」

その言葉がまだ空中に漂っているうちに、ノジアスは突然立ち上がって、また小屋の外へ出た。その部分に触れたくなかった。娘を他人にやると思ってみるだけでさえ、妻をどれほど打ちのめすことになるか、考えたくなかった。そして今、二人のクレアを永遠に失ってしまったら、どうなるのか？　娘に二度と会えなくなったら、どうなるのか？

ノジアスが出ていったあと、ガエルは彼の叫び声を聞いた気がした。灯油ランプを摑んでドアから飛び出し、海へ、水際へと急いだ。ノジアスは水際に立っていた。波がその足を、ひたひたと洗っていた。


ノジアス・フォースティンは、本当に妻を愛していた。その愛を表現する方法で気に入っていたのは、海に出ていないときにはいつでも、彼女が働いている葬儀屋を訪ねることだった。ある日の午後、葬儀屋に着くと、彼女は、死人を洗い清めて整えるための、腰の高さのコンクリート製のテーブルをごしごしとこすって洗っていた。テーブルは床に接着されていて、二、三人をゆったり並べられるほどの広さだった。でも、ノジアスが着いたとき、そこにいたのは妻だけだった。

ノジアスが訪れると、彼女はだいたい仕事中だった。その小さな体は、砂色のビニール製の仕事用コートの中で泳いでいた。手袋をはめた彼女の長い指は、裸の遺体から水滴を拭い取っていた。遺体はノジアスの知っている人物のこともあり、そんなとき彼は、生きていたころに話しかけたことのある人の亡骸（なきがら）に、どうしてそんなに親しく触れることができるのだろうと訝（いぶか）るのだった。溺死者の場合、遺体は膨れ上がって、誰なのか見わけがつかなかった。そんなとき彼女は、自分のつけているのと同じ、口と鼻を覆う布製のマスクをノジアスに渡し、それからは、彼がそこにいることさえ忘れてしまったようだった。彼女はノジアスにではなく、死者に話しかけた。マスクをした顔を耳の近くに寄せ、彼らが亡くなって以降町で起きたことをすべて物語るのだった。

大抵は、ノジアス以外の人も彼女と一緒にいた。家族がやってきて、洗い清め、整えるのを手伝ったからだ。彼女が後になってよく話したのは、訪れた家族たちの優しさを示す仕草をよく観察して、それを、家族が来ない死者たちにしてあげるのだということだった。ときどき彼女は特別の香水をつけたりもしたし、死者には決して靴を履かせてはいけないことになってはいても――靴は、来世の重荷になるだけなのだ――、自分で選んだソックスやストッキングを穿かせもした。

彼女は、死者たちに着せる服を縫った。特に赤ん坊たちに。赤ん坊のための埋葬用衣装を買うのは、あまりにも痛ましいから。そして、必要があればいつでも、持ち込まれた衣服の――それらは大抵は、大きすぎたり小さすぎたりした――寸法直しをした。彼女はまた、死者をまず秘密の場所に埋葬して、セメントを詰めて密閉した棺で葬儀を執り行なう家族たちの話をした。彼らは、死者が墓所から奪い去られてゾンビにされるのを恐れているのだ。彼女は、葬儀のために持ち込まれる遺影の実に多くが、何十年も前のものであることにたびたび驚かされた。百歳以上の人の葬儀用の遺影がしばしば結婚式の写真だったり、思春期が終わるか終らないかのころのものだったりした。

ときおり彼女は、死者の口から金歯を取り外してくれるよう、家族に頼まれた。でも、それを実行する勇気はなかった。それで、ムシエ・アルバートにかわりにやってくれるよう頼むのだった。ありがたいと思うのは、と、彼女はときどきノジアスに言った。自分で冷凍室に入っていって、遺体を棚から取り出さなくてもいいこと。彼女にでも簡単に持てるだろう、赤ちゃんの遺体でさえ。彼女が死者を洗い清めて整えねばならないとき、いつでも遺体はテーブルの上で彼女を待っていた。

一度ノジアスがいるとき、彼女が若者の顔にパウダーの仕上げの一はけをはたいていると、男性の両目が突然弾けるように開いた。ノジアスは跳び退って怯えていたけれど、彼女はまったくたじろぐ様子もなかった。

「ムシエ・アルバートに、もう一度しっかり目を閉じてくれるように言わないと」と彼女は、仕事を続けながら口にした。

目を閉じるというのは――ノジアスはその日知ったのだが――、これまで素人がするのを見てきたような、瞼に指を当ててそれを滑らせる、というものではなかった。そうではなく、親指の腹ほどの大きさのゴム片を瞼の裏に入れて、それを目の内側にぴったり接着し、閉じたままにさせるのだった。

放屁をする遺体もあって、まるで生きているかのようだったが、ただそれは、腐敗した、ひどい悪臭のガスだった。でもその日はそんな臭いはせず、遺体を洗い清めた後でコンクリートのテーブルをこすって洗うのに使うレモンの香りの消毒剤の残り香がまだ消えずに漂っていた。

その日の午後、洗い場にいる彼女のほうへ歩いていっても、彼女はノジアスのところに駆け寄ってきはしなかった。着ているビニールのコートが重たいのだろう、とノジアスは考えた。それとも、何か他の理由があるのだろうか？

上からも、周りからも音が聞こえていた。屋内のあちこちから聞こえてくる軋（きし）みや反響音、二階の事務室から聞こえてくる大きな足音やくぐもった会話。彼らのいる部屋の隣はショールームで、壁沿いに見本品の棺が並んでいた。その隣はチャペルで、地元のヴィル・ローズのアーティストが制作した、茶色い顔の人びとによる最後の晩餐の場面が描かれたステンドグラスがあった。

妻は仕事用のコートを脱ぎ、足下に落とした。コートの下にはお気に入りのドレスを着ていた。鐘（ベル）の形をしたオウムの緑色のドレスで、自分で縫ったものだった。髪はきちんとブラシがかけられ、どこかの不思議な土地へとつながる地図上の道路のようにコーンロウが並んでいた。彼女は胸の前で両手を組み、目を閉じた。まるで、立ったまま眠っているかのようだった。ノジアスは、自分が部屋に入ってくる前にもずっとそうやって、目を閉じたまま周りの音に耳をすましていたのだろうかと考えた。

「私たちはもう二人じゃない。三人よ」と、彼女は言った。ノジアスは目を丸くした。子どものような――いつもは静かな子どものような――その顔は、涙をこらえているかのように、名状しがたく結ばれていた。

「妊娠しているなんていう報告を、どうして葬儀屋でできるんだ？」彼女が話し終えると、ノジアスはそう訊いた。あまりにも嬉しくて、声をたてて笑わずにいられなかった。寄って彼女をぎゅっと抱き、それから、彼女を押し潰すのを恐れて離れた。ノジアスが両腕を回して抱きしめたときには、彼女も声をたてて笑っていた。それからノジアスは少し悲しくなり、その悲しみが強烈な喜びと混じり合って、また彼女をきつく抱きしめた。命とは、我が身の中に宿ってほしいと願うものだとしても、これほど多くの死者を見てきたのに、どうして虚しいものだと感じずにいられるだろう？

　彼女は埋葬のために整えた妊娠中の母親たち――まだ赤ちゃんがお腹の中にいたままの母親たち――について、ノジアスに話したことがあった。あの午後、このことが彼女の思いの中になかったはずはあるまい。

「私、ムシエ・アルバートに伝えたわ」と彼女は言った。「死者たちを洗い清めて整える仕事はもう辞めます、って」

　ノジアスは、死者たちが彼女の生活の一部であることに慣れてきていた。とても多くの遺体に触れてきたので、友人や隣人たちの中には、彼女と握手をしなかったり、彼女が作った料理を決して食べようとしない人たちもいた。でもノジアスは、それが彼女と一緒に生きることなのだから、すべてを喜んで受け入れた。ときどきノジアスは、彼女の体に死者のにおいを嗅ぐことさえあった。防腐保蔵液と消毒剤だ。死者の顔をさすった手が、ノジアスの顔をさすった。ノジアスはその両手から食べた。その両手にキスをした。その両手を愛した。ずっと指ぬきを嵌めずにしてきた縫い物のせいで、掌にできた星座のような傷跡を愛した。彼女の指先がざらざらしていて、優しく触れられているときでさえとても小さな下ろし金のように感じられることを、愛した。そして、ノジアスは知っていた。死者たちへの同情とすべての人への思いやりが彼女をよい母親に、素晴らしい母親にするだろうということを。

　葬儀屋でのあの午後は、生命が湧き上がってきて、ノジアスを抱きしめてくれたようだった。あの死の場所においてさえも。彼女のドレスを腰まで上げ、かがんでそのまだ平らな腹に耳を押しつけて、ずっと、微かな新しい音に耳を澄ませた。

「赤ちゃんには、あなたにはまだ何も言わないように言ってあるわ」と、彼女はおどけた。

彼女が亡くなった後、一緒に住むようになってから二人で寝ていたベッドの上にその身体が寝かされているのを見たときのことを、ノジアスはよく思い出した。そのとき、彼女はもう死んでいて、赤ん坊はもう中にはいないのに、腹部がまだグンカンドリのくちばしのように丸いのを見て、ショックを受けた。

助産婦は妻に、あのオウムの緑色のドレスを着せていたが、それは小さくて、彼女の体にはきつすぎるように見えた。生命のなくなった両手は胸の上に組まれていて、妊娠していると知ったあの午後、葬儀屋の壁を背にして立っていた姿を思い出させた。死者を洗い清めて整えるあの部屋で、ノジアスがかがんで彼女の腹に耳を押しつけたとき、彼女は囁き続けていた。「これは私たちのもの（サ・セ・パ・ヌ）。私たちのもの（セ・パ・ヌ）。私たちのもの。私たちのもの」

月の光（クレア・ド・リュヌ）

　クレア・リミエ・ランメ・フォースティンはときどき、自分が産まれた日のことを夢に見た。夢の中では灰色の朝で、空もまた妊娠していた。雨を孕（はら）んで。部屋の一方の側には、真新しいサイザル麻の箒（ほうき）があった。多くの自宅出産の場合に見られるように、助産婦がそれで母親の裸の腹部を撫でて、子どもを「掃き出す」のを助けるのだ。部屋のもう一方の側には椅子があり、黄色いベビーシーツが掛けてある。そよ風がシーツの下に吹き込み、母親の呼吸に合わせて、シーツを上下させる。頭の上のほうで、とても大きな音で打っていた心臓の響きは、二つの手がクレアの肩を引き抜き、それからぐいと外へ引っ張り出すと、止まる。

「亡霊（ルヴナン）」と、助産婦が口にしているのを耳にする。「この子は亡霊だわ」

　それはもちろん、クレアの母が死んだということだ。

　クレアが産まれてすぐに、助産婦は身体を洗うために、血温に温められたお湯の中に浸す。それから助産婦は、同じお湯を使って母親の身体を洗う。夢の中でクレアは、助産婦がクレアを湯から上げるときに、母をちらりと見る。母は痩せて骨ばっていて長く、木の葉の色のドレスを着て、父の簡易ベッドに寝かせられている。その顔は横向きになっていて、頬骨の一番高いところが見える。母の上に父の顔が現われて、そこには心配そうな深いしわが、小さな墓のように刻まれている。

それからクレアは乳房を夢見るのだ。豊満な、クッションのような、枕のような乳房を。でもその先端は、肉からゴムへと変わってしまう。そして、地面を歩くと足がほこりまみれになるところを、川に入っていくと水が泥で濁るところを夢見る。それから目覚めて、永遠に眠っていられたらいいのにと願う。こうした場面をもっと夢に見て、十分に理解することができるように。そうすれば、彼女にはついにわかるかもしれない、なぜ、現実の生活の中では、周りじゅうに水があるのに、小屋の後ろの便所の横に置かれたバケツで身体を洗わなければならないのかを。その水は海水で、もし海水で水浴びをすれば肌の表面に塩の層ができ、それは灰か埃（ほこり）のように見えて、腕に舌をつけたらしょっぱい味がする。ちょうど、父がはらわたを取って塩を振った魚をこっそり舐めてみたらしょっぱい味がして、塩のついた鱗（うろこ）をこすった舌から血が出て、舌の切れたところに塩が沁（し）みて刺すように痛くて、そのせいで塩がなおいっそう美味（おい）しく感じられるように。

塩は命だ、と大人たちが言うのを、クレアはしばしば聞いた。漁師の妻の中には、夫が海へ出る前に、幸運を祈って潰した塩をひとつまみ宙に投げる人たちがいた（中には、それに加えて、夫が戻ってくるまで何も食べず、身体も洗わず、髪も梳かさない人もいた）。ゾンビが塩を食べると、彼らは生き返る。ずっとそう聞かされてきた。たぶん、塩を十分食べたら、クレアにもわかるのだろう。なぜ父はクレアがぶらつく（フランネン）ことを許さないのかが。もっとも、彼女はできるときにはいつでも出歩いていた。ときどきは、父が海へ出ている間に、母親に使いに出されて食料を買いにきている子どもの一人になったつもりで、市場の中を歩いた。市場でいろいろな物を手に取っては元に戻し——売り手たちに期待を持たせては砕き——、小声でぶつぶつ言う売り手たちを後に歩き去る。ときおり、売り手たちの一人が叫ぶのだった。「母親そっくりだ！」と。するとクレアは、あの人たちにもっと、私が母さんそっくりだと言わせるためには他に何をすればいいのだろう、と考えた。ただし、死ぬことの他に。

母親にそっくりだという露店商人たちの言葉を聞くことのほかに、クレアは、あらゆるものが混じり合っている市場の中を歩いていくのが好きだった——騒々しく鳴くヤギ、甲高くクワックワッと鳴くニワトリ、季節の野菜。クレアのお気に入りはパンノキの実だ。なぜかというと、人びとがそれを真実の魂（ラム・ヴェリタブ）と呼んでいるから。できれば海浜の食事処やホテルにもぶらりと（フランネン）入ってみたかった。ホテルでは、女の人が昼も夜もブラジャーとパンティだけで過ごすと言われていて、男の人は、まるで見られるのを恐れているように、急いで入る。でも、そうした場所は子どもの行くところではなかった。そしてクレアは、父が話すのを聞いていた——それは、クレアがいつもの道を遠く逸れてさまよい、そうした場所の一つに近づいたと、父が誰かに聞かされたときのことだった——、そんな場所に入っていった少女は、出てくるときには同じ少女ではないかもしれないと。入るときは少女かもしれない。でも、誰かに手で口を塞（ふさ）がれて、出てくるときには両脚の間から出血しているかもしれない。すると人びとは、彼女をマダムと呼び始めるだろう。もはや少女とは見做されないからだ。もしもそうした場所の近くに行けば、と父は告げた。人びとは陰で囁くだろう、彼女は多くの男のマダムだと。学校に、そんな少女が一人いた。彼女は誰かに手で口を塞がれた。その誰かが、彼女の両脚の間から血を流させた。そのことがあって、少女は学校を去らねばならなかった。町の人たちは、校長先生の息子についてもそんなふうに話した。彼らはその息子をマダムと呼んだ、もう一つの種類のマダムなのだ、と。彼らはこうも言った。彼は娘を盗んだ（ヴォレル）、つまり凌辱した（ヴョレ）。その娘は飛んでいった（ヴォレ）。ヴォレル・ヴョレ・ウ、ウ・ヴォレ。飛んでいった（ヴォレ）娘はもう娘ではなく女で、後になって校長の息子の子どもを産んだ。それは、マダム・ルイーズ・ジョージがまだ学校に来ていたころによく就学前の幼稚園前期クラスに読み聞かせていた物語のようだった。マダム・ルイーズの物語の中では、すべてがある規則に従って構成されていた。すべてがきちんと整っていた。物事は順調に始まるけれど、終わりは悪い。でも、それからまたよくなる。クレアは、そんな物語は信じなかった。物語が特に自分に向けて語られていると感じていても。たとえ、その目的が自分を守るため、自分に何かの教訓を与えるためであったとしても。クレアは、人びとを嫌いになることもあった。人びとが互いに場所を変えながら自分の周りを動き回っているように感じた。ときどき、人びとが——特に大人が——木だったらいいのに、と考えた。木々が動けさえすればよいのだけれど、木が相手だと、こちらが動き回らなければならない。でも、木たちは泣かない。不平を言わない。

　人びとは不平を言うのが好きだ。クレアの父でさえ。いつもはとても静かな人なのに。大抵の人は、口がきけるのだから自分たちのほうが木々よりも利口だと思っている。でも、話すことがすべてではない。あなたが話せるからといって、あなたが立ち上がってどこかに行くことに決めたからといって、いったい誰が気にするだろう？　だから、クレアが知っている一番賢い人はマダム・ジョセフィーンなのだ。

マダム・ジョセフィーンは声を持たなかった。なので、自分の手を使った新しい言語を作った。それは、他の大人たちが話しているものよりも直接的な言語だった。クレアの父にはこの言語がわかったので、人びとはそのおかげでマダム・ジョセフィーンの言うことを理解することができた。まるで、クレアの父とマダム・ジョセフィーンは、同じ日の同じ時刻に生まれた双子であるかのようだった。クレアは、もしも自分と母が同じ日に死んでいたら、人びとは何と言っただろうかと考えた。しばらくの間、彼女たちは双子のように固く結びついていた。クレアが母の身体の中にいたときには。でもクレアは、母の身体の中にいる夢を見ることはなく、見るのは母の胎内から出てこなければならなかった最後の瞬間の夢だけだった。そしてその最後の瞬間は、いつもクレアに海のことを考えさせた。

ときどきクレアは、仰向けに海に浮かぶ。つま先を上に向け、両手を下に向けて、耳は半分水に浸かっている。そして、海の上と下の両方の世界の音を聞きながら、温かくしょっぱい水が母の身体であってくれたら、波が母の心臓の鼓動であってくれたら、太陽の光が母の死んだ日に自分を導いてくれたトンネルであってくれたら、と切に願う。海からは、そうやって仰向けに浮かんでいても、浜辺の自分の家を、その上の丘に立つ家々とアンテール灯台を、さらにその上のイニティル山に密生しているシダの茂みを、目にすることができる。夜になると、イニティル山はまったく見えない。満月が真上にかかり、いくつもの流れ星を引きつけていても、イニティル山は依然として、空の足下にある何もない場所のように見えた。けれど、そのほうがかえってよかった。人びとはイニティル山を恐れていたからだ。

クレアがもっと小さいときにマダム・ルイーズが生徒に読んでくれた物語の一つによれば、人びとがイニティル山に行くのを恐れるのは、昔ポーリーヌ屋敷（アビタシオン・ポーリーヌ）から逃亡した奴隷たちが逃げ込んだのがこの山で、そのままそこから出てこられなかった者たちもいたからだった。私たちの先祖たちの骨は、とマダム・ルイーズは、特有の低くしわがれた声で言った。まだイニティル山の地面に散らばっていて、彼らの幽霊が今でも木々にとりついているのよ。

けれども、日中に海から見ると、イニティル山は無害で魅力的にさえ見えた。地面には自然に台地が形成されていて、木々はきちんと列をなして並び、前の列よりも順々に高くなっていた。アンテール灯台は日中は醜く、太陽が天頂に輝いていると、すっかり浸食されつくしたように見え、そうでないときにはコンクリートから突き出た石の塊（かたまり）にすぎなかった。でも、夜には――特に、誰かが行方不明になったり、亡くなったりしたときには――巨大な月のような灯りが点けられた。そして輝いていた。

クレアは、アンテール灯台の一番上の展望室まで上がったことはなかったけれど、もしも上がることがあるとすれば、父さんが海でいなくなったときに、さよならを言うためだろうと想像した。夜に、父さんが海から見てくれていることを願って、ランプを点けるか、懐中電灯を振るかするためだろう。

「ほんの少し早かったら、おれだったかもしれない」と、父はまさにその日の朝、クレアに言った。

もしもそれが父だったら、どうしていただろう？　もしも織物屋の主（あるじ）が今回も断っていたら、どこへ行っていただろう？　誰が、これから先ずっと、クレアを引き取ってくれるのだろう？　山の村に親戚がいる。母の身内だ。その人たちはクリスマスにときどき、クレアが好きなことを知っているヤムイモやパンノキの実を持って、来てくれる。でも、それ以外のときにその人たちに会うことはない。その人たちがやってきて、クレアは彼らについて山を登らねばならないだろう。そして学校にも——声をかけてくれた一人か二人の同級生——別れを告げねばならないだろう。また父に会えるだろうか？　父はクレアを、織物屋の主にやってしまおうとしている。父が好んで誰彼なく思い出させたように、最初に乳を吸わせてくれた女性だ。父さんはなぜ、あたしがあの人の乳を吸ったときに、あたしをそのままやってしまわなかったのだろう、とクレアは思った。そうしていれば、他の生活を知らなかっただろう。口にする最初の言葉は、その女性を「母さん（マンマン）」と呼ぶものになっていただろう。病気のときには、彼女を求めて泣いただろう。叱られたら、彼女に向かって口をとがらせただろう。学校の行き帰りに、彼女の手を握っていただろう。この女性の亡くなった娘を姉として認識し、その死を悲しんだだろう。母の死を、ではなく。でも、同じことだったかもしれない。この姉のことも、あまり覚えてはいなかっただろう。クレアが知ることになるのは、この姉がかつて占めていた空っぽの空間だけで、それをちゃんと説明することもできなかっただろう。クレアには、母親を持つというのがどういうことなのか、わからなかった。実際に享受してきたのは、違う人たちの手で続けられた、母のような行為だった。まずは山の村の伯母さん。人生の最初の三年間、手許に置いて育ててくれた。それから、マダム・ジョセフィーンを含む近所のおばさんたち。

マダム・ジョセフィーンは、長い間ずっと海に入っていると、出てくるようにと身振りで合図をしてくれた。父は、母の許を訪れるために、クレアをよく墓地に連れていった。でも、もしも自分で決めてよいのであれば——もしも発言の機会が与えられていたのなら——海に母を訪ねて行っただろう。なぜなら、母は海に埋葬してほしかっただろうから。母は海が好きだったことは、はっきりしている。母も父も、海を愛していたに違いない。クレアにこの名前をつけたのだから。父さんがもっと話してくれさえすれば。楽しかった母さんとの暮らしのあれこれを、話してくれさえすれば。そうした母さんの思い出の断片を箱の中に入れて、毎日開けることができれば。一瞬だけで十分なのだ。父さんが人びとに話すのを聞いてきた、「おいで（ヴィニ）」という言葉以上のことが含まれている、ある重要な瞬間だけで。

「それがおれの妻の最期の言葉、クレアへの言葉だった」と、父は好んで言った。「なのに、クレアが生まれてきたときには、あの子の母親はもう逝ってしまっていた」

父がこの話をするのを聞いているといつもクレアは、自分は招かれないのに現われてきてしまった——自分は生まれてくるべきではなかった——というような気持ちになった。母の死は、自分のせいであるような気がした。また別のときには、父はクレアがいることでとても幸せに見えた。ときどき学校の宿題をしている間、父が自分をじっと見ているのに気づいた。小屋の反対側の自分の簡易ベッドに座って、網を修理しているとか、木切れを削って爪楊枝を作っているとかを装ってはいるのだけれど、実はクレアをじっと見ているのだ。まるで何かを——父には決して見つけられないものを——捜しているかのように。たぶん、クレアの母を捜しているのだろう。髪を梳かしてくれた女の人も、商品を手に取ってはまた戻した露店の商人たちも、みんなクレアは母親にそっくりだと言った。「二つの水滴のようだ」と、彼らは言った。歩く姿も母親似に違いない。そしてクレアが本当の女性に——本当のマダムに——なったとき、声が大人のものになったとき、その声も母に似ているだろうか？　クレアに接すると、母親を知っていた人びとは混乱に陥るだろうか？　たぶん彼らは、クレアを母親と間違えるだろう。その身体に肉がつき、胸が十分に発育して、女になったときには。

　これからクレアは、母を持つことになるだろう。でも、自分と似ている母ではない。いずれにしても、クレアに、その人そっくりに生まれた母がいたのは、ほんの一瞬、ただ一語（「おいで（ヴィニ）」）の間だけだったのだ。

　学校で、あるいは浜辺で、輪（ウォン）で遊んでいる間、他の少女たちと手をつないでいるとき、輪になって動き始める前に腕を上下にゆすっているとき、どちらに回るか、どの歌を歌うかを決めているとき、クレアの頭には、いつも同じ歌があった。けれど、それを提案すると、みんなは大声で反対し、クレアを黙らせた。だから、普段はそれを自分の胸にしまっておいた。そして、他の少女たちが何を歌っていようと、その歌だけを頭の中で歌った。その歌を、縄跳びをしているときにも歌った。誰も、何も歌っていなくても。それを歌うときはいつでも、誰かが一緒にいるように感じられた。五人の少女たちと遊んでいるとき、もしクレアが他の誰よりも速く動けば、地面には七つの影が映っていた。

ラシレーン、ラバレーン
シャポム・トンベ・ナン・ランメ
ラシレーン、クジラさん
あたしの帽子が海に落ちたよ

他の少女たちは、いつもこの歌を好んだわけではなかった。本当の輪(ウオン)の歌ではなかったからだ。これは漁師の歌だった。メロディーは明るかったけれど、歌詞は悲しかった。海に落ちたものは、決して取り戻せないから。大人たちが一日中この歌を歌っていないことが、クレアには驚きだった。とてもとても多くのものが、海の中へ消えていったのに。帽子が海に落ちる。心が海に落ちる。実に多くのものが、海に消えた。実に多くのものが、これからも海に消え得る。この日の朝に落ちていった、ムシェ・カレブも含めて。そして、魚を求めて海へ出る父のような男たちもみんな。クレアは、いつかこの歌を毎日ずっと歌わねばならなくなるかもしれないと、常に恐れていた。帽子のことをではなく、自分の心のことを、父さんのことを。だから、ときどき、海が消えてくれればいいと願った。もしも海が消えたら、絶えず変化するその音を懐かしむだろう。ときどき、それが長い息のように聞こえることを。ときどき、叫び声のように聞こえることを。雷鳴を、そしてそれとともに起こる稲光が一瞬、海のはるか遠い水面を明るく照らすのを懐かしむだろう。それに、海のさまざまな色を恋しく思うだろう。遠くのほうのトルコ石の青緑色、うんと近くのライトブルーのさざ波、波頭の白い泡。満潮の波のうねりと退いていく干潮を、夜明けの白みがかった雲や、バラ色の雲、日没のオレンジ色の靄を懐かしむだろう。流木とシーグラスと貝殻、特にベビーイヤーとキンポウゲを恋しがるだろう。海に石を投げ、どのくらい遠くまで飛んでいくかを眺めるのを懐かしむだろう。海が、暖かい季節にはより頻繁に吐き出す、ぬるぬるする海草さえも懐かしむだろう。海の匂いをかいで、ときに濡れた髪を思い浮かべることも懐かしく思うだろう。確かに、もしも海が消えてなくなったら、魚も食べられなくなるし、仰向けに浮かんだまま丘を見上げて、遠くの丘の上では雨が降っているのに、自分がいるところは完璧に晴れている魔法を見ることもできなくなるだろう。でも、もしも海が消えたら、父さんはもう海に出なくてすむから、狂った波がムシエ・カレブを奪ったように、父さんを奪うことはなくなるかもしれない。とはいえ、海は他の場所にもあるから、父はクレアの許を離れて、他の海に行くかもしれない。他所(よそ)の海は、クレアの小屋の扉の外にある海よりも、もっと強くて、狂っていて、強大かもしれない。けれども、そんな土地では父はもっと大きな船——二人で住むのに十分なくらい大きな船——を持つかもしれない。そうなれば、父がどこへ行こうと一緒に行けるかもしれないし、そのときには、狂った海に捉えられない場所で暮らすことになるだろう。そして多分、この歌をいつも歌っていれば、悪いことが起こらないようにしてくれるだろうし、父が離れていかないようにしてくれるだろう。そしてもしも父が留まれば、この海で死なないようにしてくれるだろう。でも、父の船がこの海の別の場所に——クレアからは見えないところに——出ている間に、海に入って仰向けに寝て、空を見上げて浮かんでいるときにクレアが望んだのは、もしもその瞬間に海が消えるのなら、自分も一緒に消えてしまいたい、ということだった。そうすれば、父がいなくなったのを悲しみ、恋しく思わないですむし、父は悲しまないですむ。それに、父がどこでよりよい生活（シエシエ・ラヴィ）を探しているのかと、しょっちゅう考えなくてもすむだろう。でも、よりよい生活なんていうものがなかったら、どうなるのだろう？　父には、どうしてそれがわからないのだろう？　大人（グランムーン）たちには、どうしてそんなことがわからないのだろう？　彼らはどうして、何も理解できないのだろう？

今夜クレアは、なんとか他の少女たちを説き伏せ、輪遊（ウオン）びでラシレーンの歌を歌うことを承知させることができた。あたしの誕生日なの、と少女たちに言った。七歳よ、と。一番年上の少女が、クレアに歌を決めさせてくれた。口を開いたときには、みんな不満のうめき声をあげたけれど、この歌を選ぶのはみんなわかっていたし、覚悟もできていた。だから、大人たちがムシエ・カレブを悼むために集まっている間、クレアと友人たちは、その歌を歌っていた。頭がくらくらするほどぐるぐる回りながら、声がかすれるまで。しばらく経って、クレアは少し休みたいと思ったけれども、少女たちに一度止まってもらい、それからまた同じ歌で再開してもらうのは気が引けたので、口にはしなかった。それは、少女たちからもらえる最高の誕生日プレゼントだった。

マダム・ガエルがやってきたとき、クレアにはなぜか、彼女がこの遊びを邪魔するだろうとわかった。そして果たせるかな、マダム・ガエルを見るとすぐに他の少女たちは回るのをやめ、この機を捉えてクレアとその歌から逃げていった。

クレアはその表情から、マダム・ガエルは何か考えがあって来たのだとわかった。マダム・ガエルは、クレアに何かを求めている。そして、マダム・ガエルが欲しがりそうなものでクレアが持っているのは、彼女自身だけだ。それはまた、父が望んでいることでもあった。マダム・ガエルが、クレアを引き取ってくれるというのは。はじめは、マダム・ガエルが近づいてくるのに——慎重にクレアのほうに向かってくるのに——怯えた。それに、マダム・ガエルのようなご婦人が、すてきなパーティガウンを着て、ヘアカーラーを巻いて部屋ばきのまま外に出ているのは、普通ではなかった。マダム・ガエルの目的には、何か差し迫ったものがあるに違いない。最初、マダム・ガエルはこっそり近づいてくるようで、それからクレアの上方でホバリングするように止まり、他の大人たちもしばしば訊いた簡単な質問をするのに必要な勇気をかき集めているかのようだった。「あなたのお父さんはここにいる?」

答えるために、マダム・ガエルの顔を見上げねばならなかった。したくはなかったけれど、そうするほかなかった。波の音と、マダム・ジョセフィーンを訪ねてきた人びとの声がしていたし、そうでなくとも、緊張すると大きな声を出せなくなるので、マダム・ガエルの目をまっすぐに見ていなければ、向こうがクレアの言うことを理解できないだろうから。

答える前に、マダム・ガエルに、目を見つめはするけれど無礼な態度をとるつもりではないと、できれば説明したかった。大人の目をまっすぐに見ることは、公衆の面前で口笛を吹いたり誰かの母親について下品なことを言うのと同じくらい無礼なことだと知っていた。それで、言葉の代わりに、頷くことで答えを伝えた。

マダム・ガエルは歩み去り、大きな石のあるところまで行った。それからクレアに合図をし、ここまで来て、隣にあるもう一つの石に座るようにと促した。クレアはマダム・ガエルの先へ目をやり、父が、今いるところから二人を目にすることができればと願った。クレアのほうはさっきから父を見ていなかったけれど、娘とマダム・ガエルが一緒にいるのに気づけば、きっと走ってくるにちがいない。
輪（ウオン）を始める前に、履いていたサンダルを、クレアは今マダム・ガエルが座っている石の近くに隠しておいた。これは何かのしるしかもしれない。サンダルが、マダム・ガエルを選んだのかもしれない。もしも父に、マダム・ガエルは私がサンダルを隠しておいたところに座ったと伝えたら、父は間違いなくそれを何かのしるしと見做すだろう。多分、クレアは今何か話をしているべきなのだろう。でも、何を言えばいいのかわからなかったし、ずっと黙っているところをみると、マダム・ガエルも、何をどう切り出せばいいのかわからずにいるようだった。けれどクレアには、マダム・ガエルが自分を見つめる視線は、父の自分へのそれと同じだと感じられた。クレアは、ゆっくりと時間をかけてサンダルを履いた。どうやってマダム・ガエルの凝視と沈黙に対していいのか、わからなかったから。すると、マダム・ガエルの声が聞こえた。「私はあなたのお母さんを知っていたわ」

もちろん、マダム・ガエルはクレアの母を知っていた。町じゅうの誰もが知っていたように。クレア以外は、誰もが。クレアはそのことを、他のすべてと同じ方法で知った。つまり、大人たちの、クレアが聞いていないと思ってしている会話の断片を聞くことで。それに、母とマダム・ガエルの娘は、クレアがその日の朝行ってきたばかりの、町の墓地の同じ一画に一緒に埋葬されていた。

でも、待って。マダム・ガエルは母さんについて、何かあたしの知らないことを話すつもりなのかしら？　父さんが話してくれたらいいのにと何度も願った、別のことを？　マダム・ガエルは、目に見えない母さんのかけらを、目に見えない箱に入れてあって、今それを、あたしが覗くことができるように開けてくれようとしているのかしら？　母さんとマダム・ガエルは、お友だちだったのかしら？　だからマダム・ガエルはあのとき一度だけあたしに乳を飲ませてくれて、父さんが好んで言うように、あたしの乳母（ミルク・マザー）になったのかしら？　クレアはもっと聞きたかった。そのためには、どうすればいいのだろう？　頭を上げて、まっすぐにマダム・ガエルの目を見た。切迫しているのなら、何かを望んでいるのに口にできないのなら、失礼ではない。無礼ではない。好奇心、知りたい気持ちだ。マダム・ジョセフィーンと同じだ。マダム・ジョセフィーンは話せないから、相手が誰でもまっすぐに顔を見つめねばならなかった。脚のことで話をしようとしていた、聖テレーズの白人の医師たちにさえも。でも、白人たちはまっすぐに目を見られても気にしない。それは、聖テレーズ病院で彼らを間近に見たことのある人たちが言っていることだ。あの病院の白人たちはむしろ、私たちにまっすぐに目を見させたがっている。そうすれば、正直に話しているかどうかわかるのだという。だから今クレアは、マダム・ガエルのひどく興奮した悲しげな目をまっすぐに見て、相手はまっすぐ見つめられても気にしない白人だと思い込むようにしながら、マダム・ガエルの口から絶え間なく溢れ続ける言葉を聞いていた。

「お母さんは、あなたのためにとてもたくさんのものを縫っていたわ」と、マダム・ガエルは言った。でも、混乱していて、まるで独り言を言っているようだった。「彼女は妊娠する前から、あなたのために小さなドレスを縫っていたの」それからマダム・ガエルは、神さまについて何かを言った。いや、神さまではない、神さまの手についてだ。お母さんは、とマダム・ガエルは言った。神さまの手からあなたを盗んだ。「そして、あなたが生まれたの」とマダム・ガエルは続けた。このときはもう、はっきり澄んだ声だった。そして、あのルヴナンの話を、私は全然信じていない、とマダム・ガエル。でも、誕生日は信じるわ、とつけ加えた。誕生日おめでとう（ボン・フェト）、クレア。

クレアはマダム・ガエルに、母のことを話し続けてほしかった。でも、マダム・ガエルは話すのをやめた。その代わりにマダム・ガエルは、完璧な白い歯を見せて微笑んだ。それから、それが自分にとっても驚くべき事実であるかのように、マダム・ガエルは言った。「あなたのお母さんは、確かに私のお友だちだったわ」

　みんながあたしとあたしの母さんはそっくりだと言っているから、それでマダム・ガエルは、あたしとも友だちになりたいのかもしれない。そして、だから父さんはあたしとマダム・ガエルに友だちになってほしくて、あたしを引き取らせようとしているのだろう。

　もっと聞かせて、とクレアは言いたかった。お願いですから、もっとたくさん聞かせてください。目に見えない母さんの入っているあの目に見えない箱を開けて、中のものをあたしに見せて。でも、マダム・ガエルはそれ以上何も言わなかった。その微笑は消えていき、表情は、当惑させられるものが心の中に生まれてきているかのように曇ってきた。そして、眉をひそめた。心の中に入ってきたのは、その意味を判じようと努力しているもの、理解しようと努めているもののようだった。だからクレアは、自分も似たような表情を浮かべているのかもしれないと思った。クレアも、マダム・ガエルが動揺しているのかどうか見極めようとしていたからだ。あるいは、マダム・ガエルは自分の娘のことを考えているのだろうか。マダム・ガエルは、再び微笑んだ。心の中で、何かを決めたというように。クレアは、自分を心配させないように微笑んでくれたのだろうと思った。父は、どこかから彼女たちを見ていたのだろう。というのは、その瞬間父が突然暗がりから出てきて、彼女たちを見下ろすように立っていたからだ。その影が、マダム・ガエルの身体を覆っていた。

父は少し酒を飲んでいた。かがり火を囲んでいた、他の漁師たちとだろう。父はあまり飲めなかった。大酒を飲むことは絶対になかったし、飲んで幸せそうになることは決してなかった。たいていの大人たちは、クレレンを飲んだら楽しそうになることをクレアは知っていた。彼らは自分たちだけで声をあげて笑い、踊って、冗談を飛ばした。でも父は、飲むと普段よりもさらに口数が少なくなった。それだけではなく、悲しみも増すようで、母の墓の前にいるときと同じような様子になった。

父の足は自らの期待に沿えないようで、もうこれ以上クレアとマダム・ガエルを見下ろして立っているのは無理だというように、二人の間の砂の上に座り込んだ。父とマダム・ガエルはどちらも、相手が先に口を開いてくれるのを待っているようだったので、クレアは、少し前にやっていたように、サンダルのストラップを引っ張ったり、足の指の下に詰まった砂粒をほじくり出したりしていた。父は、灯台と丘のほうへ顔を向けた。するとそのとき、マダム・ガエルがこう言った。「今夜、私はこの子を引き取るわ」

そんなに簡単なことなの？　ある日まで父さんの娘だったのに、次の日にはマダム・ガエルの娘になっているの？　これは、父さんが永遠にいなくなって、もう二度と会えなくなるということなの？　山からやってくる親戚の人たちみたいに、クリスマスにヤムイモやパンノキの実を持ってくるために、帰ってきてくれることはあるの？

父は、マダム・ガエルがまさに今夜、クレアを引き取ろうとしていると聞いて驚いたようだった。ずっと欲しいと願いながらも実際に手に入ることはまずないだろうと思っているものが得られたときには、恐らくこんな感じなのだろう。父は、生きるためにどこかよそへ行き、自分がこれほど長い間求めてきた生活——シェシエ・ラヴィ——は、クレアなしでは全然生活とはいえないと気づいたときに、今と同じように驚くのだろう。

彼女は懸命に涙を堪えた。涙を拭いているところを父にもマダム・ガエルにも見られないように、両手をできるだけ長く脇に垂らしておいた。でも、涙は出てきた。

「なぜ今なんですか？」と、父は訊いた。けれど、父がいつかはクレアを手放してしまおうと計画しているのなら、どうして今であってはいけないのだろう？

「これが最初で最後の機会よ」と、マダム・ガエルは言った。クレアは、これはいったいどういう意味なのだろう、と思った。三人が一緒にいるのはこれが最後ということなのだろうか？

クレアは、マダム・ガエルと父のはるか遠くに目をやって、マダム・ジョセフィーンの周りに集まっている人びとを見た。あの人たちのほとんどは、ムシェ・カレブのことを知っていた。あの人たちのほとんどは、あたしの母さんのことも知っていた。

クレアは考えた。母さんだったら、父さんと同じようにできただろうか。母さんに、あたしをこんなふうに他人にやってしまう勇気があっただろうかと。クレアは子どもたちを——女の子も男の子も——手放した父親たち、母親たち、漁師の家族たちのことを知っていた。彼らは、子どもたちを首都の遠い親戚のところへ連れていき、召使い(レスタヴェク)として働かせていた。聖テレーズの白人たちの許へ子どもたちを引き渡した人たちもいて、白人たちは子どもを孤児院に入れた。その子たちの中には、首都やその他の土地へ連れていかれて、そのまま消息を絶った者もあった。存在さえも知らなかった国で、誰かの子どもになったのだ。

　少なくともあたしは、ここにいられる。だから父さんがここを離れていかなければ、どこかでよりよい生活(シエシエ・ラヴィ)を探すのを諦めて、ヴィル・ローズに留まってくれれば、ときどきは会いにいけるだろう。父さんにも、あたしに会いに来る時間ができるだろう。もしあたしがマダム・ガエルと一緒に住むことになれば、父さんはもうそれほど必死で働く必要はなくなるだろうから。もうそれほどあたしのことを心配しなくてもよくなるだろうから。

「クレア・リミエ・ランメ・フォースティン」父は、クレアの注意を引こうとしていた。けれども、大声で名前を呼ぶ必要などなかった。すでに、父の言うことを一言も洩らさず聞こうと集中していたからだ。でも、父の姿を見たくはなかった。父の悲しんでいる様子を見たくはなかった。父をさらに悲しませたくはなかった。マダム・ガエルに「この子の名前は変えませんよね？」と訊いた父の声は、涙まじりのようだった。

　だから、その名を省略せずに、フルネームで呼んだのだ。マダム・ガエルにそれを思い出させたかったのだ。クレア・リミエ・ランメ・フォースティン。これがいつでも彼女の名前で、それはずっと変わらないだろう。

　そして、あたしについて他の何を、とクレアは思った。父さんはマダム・ガエルに変えるように、あるいは変えないように、頼むのだろう？　あたしはもう二度と、父さんと同じ家で一緒に眠ることはないのかもしれない。あたしの誕生日に一緒に墓地を訪れることさえも、果たしてあるのだろうか？

父は今、マダム・ガエルに渡した手紙のことについて何かを話していた。たぶんその手紙は、父がこれまで説明できなかったことを説明しているのだろう。クレアにすべてを理解させてくれるのだろう。でも、どんな言葉にもそれは決してできない。クレアは知っていた。なぜなら、たとえクレアに――ムシェ・カレブのように――これ以上ないほどの素晴らしい手紙を書く力があるとしても、この瞬間の気持ちを説明する手紙を書くことは決してできないからだ。

クレアが手を上げたのはそのときだった。学校にいるつもりになって、人差し指を天に向けて注意を引こうと考えた。そうすれば二人を見なくてもすむから。

彼らは、クレアがこれから先ずっとよい子で、彼らと争ったり反抗したりせず、いつでも言われた通りに行動するつもりでいることに気づくだろう。でも、たとえマダム・ガエルと住むことになるにしても、自分の物は持っていきたかった。学校のノートと制服と、それに、マダム・ガエルの家には上等で素敵なベッドがあるとしても、少なくとも簡易ベッドに掛けていたキルトだけは――母のものだったと父が言っていたキルトだけは――持っていきたかった。だからクレアは、頭（こうべ）を垂れ、片手を上げて、自分の物（バゲイ・ヨ）を取ってきたいのだと彼らに伝えた。

返事をする代わりに、父は小屋のほうを見て人差し指で示し、それに賛成だという意思を伝えた。

本当は遠回りをして、集まっている人びとの間を縫っていきたかった。小屋がまだ自分の小屋であるうちにそこへ行くのは、きっとこれが最後になるからだ。でも、父もマダム・ガエルも急いでいるのが感じられたので――二人とも、早くすべてを終わらせてしまいたがっているのが感じられたので――、急ぎ足で歩いた。するとすぐにクレアは、鍵のかかっていないドアを開けて小屋の中を覗いていた。でも、中は真っ暗だった。夜中に便器が必要になって目を覚ましても、あまりに怖くて、起き上がって室内用便器を使うこともできなかったときと同じくらいの暗さだった。けれど、中まで入っていくのをためらわせたのは、暗闇に対する恐怖ではなかった。暗闇にはもう慣れていた。小屋の中は暗くても歩けた。

中に入れなかったのは、自分は追い出されたのだという気持ち、ここはもう自分の家ではないという気持ちからだった。だから、父さんとマダム・ガエルが座っている場所を振り返って見た。すると、二人はもうクレアのほうを見てはいないことがわかった。その行方を追う代わりに、二人はそれぞれ浜辺の別々の部分に目をやって、互いに目を合わさないように気をつけていた。そこでクレアは、二人がそれぞれ自分のことを――でもそれぞれ違う思いで――考えているのだとわかったその瞬間をとらえて、小屋のドアを引いて閉め、走った。

小屋の間をくねくねと通る路地を走り抜け、灯台へと続く道の入り口の、オオミヤシの木が群生している場所まで上がっていった。砂地の砂利が丘の小石に変わり、それから、山の小石に変わっていった。踏み分け道の縁(ふち)にはイランイランノキが生えていて、その蔓(つる)がクレアのサンダルに絡まった。でも、小道がカーブしてアンテールの丘へ向かう斜面まで来ると、クレアはようやくほっとした。

アンテールの丘の家々のほとんどには高いコンクリートの塀があって、その上には瓶のかけらや巻貝の貝殻がつけてあり、ブーゲンビリアの蔓が這っていた。ブーゲンビリアはとても簡単に、とても速く育つので、それぞれの家の塀を渡って、勝手に天蓋を作っていた。天蓋があったりなかったりの小道は、イニティル山の灯台に向かってジグザグに上っている。

高く上れば上るほど気持ちのよい風が吹き、星はより一層輝きを増した。月はより大きく、白というより銀色に見えた。空気はずっと冷たくて、波の音は弱まっていった。完全に消えてしまいはしなかったけれど。聞こえる声は、灯台からと家々の間の通りからのものだけだった。くぐもった会話が、互いにくすぐりっこをしているかのような人びとのくすくす笑いで何度も途切れた。

犬が吠えるのが聞こえた。それに別の犬が吠え返し、それからまたもう一匹が加わって、とうとう大型犬の吠え声のような犬のコーラスが始まった。犬が吠えるのは――特に、大型で太った犬の声は――歓迎されていないということだった。クレアは、庭師たちが犬を黙らせようとしているのを聞いた。彼らは犬に、まるで人間に話しかけるように、落ち着けと言い聞かせた。クレアは姿を見られないように、丘の端にある、暗くて人の住んでいない家々のほうへ向かった。人が来て住むのは一年のうちに二週間くらいという、他の家々よりも新しくて大きな家だ。

止まって一息つき、丘が突然終わって、断崖絶壁になる手前の最後の塀に凭れかかった。塀は腕にひやりと冷たく滑らかで、まるで家の内壁のようだった。そこから見下ろす眺めはいつものようにくっきりしていて、浜辺の一部が見えた。自分の小屋とその背後のヤシの木々は見えなかったけれど、その方角は目をつぶっていても指差すことができただろうし、ムシェ・シルヴァンが奥さんと十二人の子どもと孫たちと一緒に住んでいるバンガローも同じだ。漁に出ていないときには、ムシェ・シルヴァンはペン・テテ〔胸の形のパン〕を売っていた。ムシェ・シルヴァンとその子どもたちが、炎を上げて燃える土のかまどで焼くのだ。

そのときには父もマダム・ガエルも見えなかった。けれども、船大工で鍛冶工のムシェ・ザヴィエルがどこにいるかはわかった。丘の上から見ると、ザヴィエルさんの工具から出る火花は、とても小さな花火のように見えるから。マダム・ウィルダも見えた。家の裏手に置かれた低い椅子に座って、ろうそくの灯りで網を編んでいた。ムシェ・カレブの家も見えた。マダム・ジョセフィーンと一緒に住んでいる少女が何かを料理していて、料理用の火と、戸外台所の柱に掛けられたランプに、少女が明るく照らし出されていたから。クレアは、マダム・ジョセフィーンとその教会の友人たちの、白い衣装に身を包んだ幽霊のようなシルエットを見た。そうしたよく知っている人びとと、その人びとを照らし出している火や灯りは、クレアを家へと呼び戻そうとする信号灯のようだった。でも、いやだ。クレアは、家に戻ることは考えていなかった。

突然、灯りが増えた。多くの人びとが、ランプを持って出てきた。それから誰かが（父さんだろうか？　あれは父さんの声だろうか？）クレアの名前を大声で呼んだ。続いて、他の多くの人びともその名を呼んだ。

とてもたくさんの人たちが名前を呼んでいたので、彼らの声は丘をずっと上ってきて、クレアのところにまで届いた。

灯台の展望室にいる男の人たちも、クレアの名前を呼んでいた。

クレアはつい、応えそうになった。
これは歌なの？　と考えた。たくさんの人びとに呼ばれている私の名前は、歌なの？
次の輪（ウオン）遊びのための、新しい歌なのだろうか？
一人だけの輪（ウオン）のための。

ヨー・ト・アプ・シェシェ・リ……
彼らは彼女を捜していた
碗（わん）の中の小石のように
彼らは彼女を捜していた
でも、いや、いや、いや、彼女は見つかりたくなかった。

クレアはどんどん坂を上って、とうとうアンテールの丘の人の住んでいない大邸宅の一つの裏手の空き地にやってきた。その土地は、火事で何もなくなったところのように見えた。サンダルの下の大地は、まだ温かく感じられた。
父が好んで言うには、イニティル山は二、三年後には役立たず（イニティル）ではなくなっているだろう。それは、この小山を焼き払って平らにすれば、巨大な御殿を建てられると大金持ちが気づいたからだ、というのだった。あそこはじきに、モン・パレ、つまり御殿山と呼ばれねばならなくなるだろう、と。

クレアのほうからは、もう浜辺は見えなかった。だから、あの人たちが彼女を見つけることもできないだろう。クレアはその、新たに焼き払われた野原の真ん中に、長い間一人で立っていた。二、三人の男が灯台からクレアの名前を呼んでいて、十分時間をかければ誰の声だかわかるだろうと思ったけれど、もう応えたいという気にさえならなかった。

あの人たちはたぶん、クレアはムシエ・カレブと同じように海に消えたのだと考えるだろう。クレアが海で失われたことで一番心を痛めるのは、父だろう。けれど、父はそのことを匿(かく)すだろう。父は自分の胸の痛みを、友人や隣人たちに打ち明けないだろう。マダム・ガエルにも。でも父は、もうこれ以上心配しなくてもいい。クレアは行ってしまうのだから。自分で出ていくのだ。父が探してみようとは絶対に考えないような場所に行こう。マダム・ルイーズのお話にあった逃亡者(マルーン)たちのように、イニティル山のまだ知られていない場所に隠れよう。

空のふもとの娘になろう。イニティル山の中で、住めるくらいの大きさの洞穴(ほらあな)を見つけよう。そして夜にはシダの床に横たわって、コウモリがキーキーと鳴き、フクロウがうめくのを聞こう。穴を掘って雨水を溜め、飲み水とし、それで水浴もしよう。そして、くれぐれも自分より前にそこを隠れ家にした逃亡奴隷(マルーン)たちの霊のじゃまをしないように、一所懸命努力しよう。ヘビは怖いからいないように、と願った。でも、どうしてもそうする他なければ、ヘビたちとも一緒に住めるように頑張ろう。

けれど、そこでずっと過ごしはしない。毎日外へ出て、浜辺を見よう。漁師たちが夜明けに漁に出て網を下ろし、昼か午後遅くに戻るのを見ていよう。父が海からイニティル山を見上げるときには、そうとは気づかずに、クレアを見ていることになるだろう。父は悲しむだろうけれど、たぶん浜辺からもヴィル・ローズからも離れないだろう。父はたぶん、ここに留まるだろう。クレアが母の親族と一緒に住んでいる間、ここに留まっていたように。父はずっとこの近くにいるかもしれない。いつの日か、娘が戻ってくるのを待ち望んで。

クレアは、何人かの漁師の妻が話しているのを聞いたことがあった、海で亡くなった人たちの霊はときどき陸へ上がってきて、愛する者たちの耳に囁くのだと。自分も必ず、そこにいることを父が感じられるようにしよう。夕暮れにこっそり下りてきて、落ちたココナツの実を集め、外に干してある塩をふった魚を手に取り、ちょっと小屋に立ち寄って、寝ている父の耳に二言三言語りかけよう。そうすれば、いつでも父の夢の中にいられるだろう。出てはいくけれど、本当には離れてしまわずに、すべてを失ってしまわずに、死なずにいよう。

クレアは、焼け焦げた野原の真ん中に長いこと立ち尽くしながら、逃亡者（マルーン）としてのこのような生活を想像していた。灯台からの声が次第に消えていき、ついにまったくしなくなるまで待っていた。それから、灯台の周りの野草の野原を通り過ぎ、アンテールの丘を下って戻り、もっとずっと低い丘の端まで行った。もう一度浜辺を見たかったのだ。

クレアは、父の姿を見たいと思っていた。完全にイニティル山に引きこもるために、また山道を戻る前に、もう一度、ちらりとでも父の姿を見たいと思っていた。そうすれば、父は悲しまないだろう。

この低い丘から見ると、すでにランプはほとんど消えて、それを手に動いていた人たちもいなくなってしまったのがわかった。かがり火は消されていた。今見える灯りは、月と、星と、ムシェ・シルヴァンの土のかまどと、ムシェ・ザヴィエルの鍛冶の工具からの火花と、マダム・ウィルダのろうそくと網とマダム・ジョセフィーンの戸外台所のランプだけだった。他の人はみんな、眠りにつくために家の中に入ったようだ。あるいは、彼ら自身の暗闇の中へと。

結局のところ、クレアがいなくなってもみんなが寂しいと思うわけではないのだろう。

その瞬間、海から起こってきたと思しい温かい突風が、傍を通り抜けた。それはクレアに、ときどき陥るある感覚を思い起こさせた。自分の周りにもう一つ別の存在を感じたり、一本の木の他の枝はじっと動かないのに一つだけが動いていることに気づいたり、見えない足が地面をドシドシ踏みつける音を聞いたり、輪(ウオン)をして遊んでいるときに一つ余分な影が回っているのを見たりということが、これまでにあった。ときには背中に触れる指の感触もあって、その指は背中を優しく上下にさすり、それからとても軽く、うなじにしばらくそっとさわっていた。始まる瞬間と終わる瞬間は、いつもはっきりわかるとは限らなかったので、クレアはそれを目覚めて(レヴ・ジェ・クレ)いるときの夢と呼んでいた。

クレアはこうした夢を、記憶にある限りの昔からずっと見続けてきた。こんなことが起こった後は、すぐに、何かが、誰かがそこに現実にいたことのしるしを捜した。地面に足跡を、花びらを、きらきら光る天使の抜け落ちた羽根を捜した。そしていつも、何も見つからなかった。

でも、ちょうどそのとき、小さな丘から下を見ていたクレアは、マダム・ガエルがランプを手に走っているのを目にした。つやのある銀色のガウンが、月明かりの中で光り輝いていた。そして父――水際にいて、マダム・ガエルのランプとサテンのガウンの輝きで、明るく照らされていた――

を見つけて、さらに、他の人びとがランプを持って彼らに近づいてきて輪ができ上がり、それが太陽のようになるのを見たとき、何かが違って感じられた。

ランプの輪の半分は、今は海の中に入っていた。その輪の中心で、赤いシャツを着た男を誰かが海から引き上げるのが見えた。死にかけた魚のように、その男はひきつってぴくぴく動いていた。マダム・ガエルと父が一緒に、その男の前に立っていた。

男は手を伸ばして父とマダム・ガエルの脚を摑み、二人を自分の上に引き倒しそうになった。父は後ろに身を引いて、バランスを取った。マダム・ガエルは前のめりになって、男の近くの砂に両膝をついた。あの人は誰だろう、とクレアは考えた。ひょっとして、今朝海が連れていってしまったムシエ・カレブだろうか。いいえ。彼はもう逝ってしまって、みんなで弔ったのだし、この男の人は大きすぎて、父さんの友人のはずはない。

クレアは、人びとが校長先生の名前を呼んでいるような気がした。「アーディン！　アーディン！」と、まるでこの男を生き返らせようとしているかのように。

クレアは、丘のもっと低いところへと走りだした。ジャカランダの木々の脇を通り、砂利道へ下り、さらにイランイランノキの蔓を抜けて戻っていった。それから、ハイビスカスに覆われた断崖の上で立ち止まり、もう一度下を見下ろした。父と数人の男がかがみ込んで、砂の上のマダム・ガエルに加わるのが見えた。彼らは男の腰を摑んで、その体を仰向けにひっくり返した。それから、マダム・ガエルが顔を近づけて男にキスをするかのように、その口の上に口を重ねるのが見えた。

父は振り向いて、浜辺の小屋のほうを見た。父は両腕をめちゃくちゃに動かしていた。もっとランプを、もっと人を、もっと助けをと呼びかけているように。あるいは、ことによると、父が感じていたのはただ無力感で、クレアとまったく同じ気持ちだったのかもしれない。恐い、と。

　さらに人びとがやってきて、さらにランプが集まった。とても大勢の人がいて、クレアの視界は遮られてしまい、もう赤シャツを着た男もマダム・ガエルも、父も見えなかった。クレアはさらに丘を下りていった。速く走りすぎて、小石の上ですべって転んだ。起き上がり、脱げたサンダルはそのままにして、また走りだした。

　クレアはどんどん走り下りていった。自分の家の裏の、ココナツヤシの間の小道へ。

　　フォク・リ・レトゥネン……
　　戻らなければ

これも、輪（ウオン）のためのいい歌になるだろうと思った。

　　家に戻らなければ
　　あの男の人を見なければ
　　半分死んで這いながら
　　海から戻ったあの人を

戻って、父とマダム・ガエルに会わなければ。父もマダム・ガエルも、もう少しで悲しみの海に溺れて死ぬところだった。海まで下りていって、父とマダム・ガエルが交替で、男に息を吹き込んでいるところを――息を吹き込んで生き返らせているところを――見なければ。マダム・ガエルの娘になる前に、家に戻らなければ。最後にもう一度だけ。

謝辞

マッカーサー基金（the John D. and Catherine T. MacArthur Foundation）が、私にこの本を書くための時間、そしてさらに多くのものを与えてくれた研究奨励金を授与してくださったことに感謝しています。亡くなった人も、まだそこに生きている人も含めて、レオガンにいる私の家族たちに、私を海に引き合わせ、それから後もまた私が海を知ってゆくのを助けてくれたことを感謝します。

ありがとう（メシ）、フェド、あなたが私のためにしてくれたことを数え上げていけば、一生かかってしまうでしょう。

ニコル・アラギとロビン・デゼルから二十年以上にわたって受けてきた、愛と導きの恩は計り知れません。ジェニファー・クルディィラ。私のために使ってくれた、あなたの時間と忍耐に感謝します。

「太陽と蛙」の詩からの引用は、『ラ・フォンテーヌ寓話集』（第六巻）からです。さまざまな版のものが入手可能です。英訳は私によるものです。

訳者あとがき

本書はエドウィージ・ダンティカ著*Claire of the Sea Light*の全訳である。訳者にとって作品社より出版するダンティカ作品の四冊目の翻訳書となる。本書もまた前三作と同様、最初に読んだときに深く感動し、ぜひとも翻訳してこの美しい物語を日本の読者のみなさんに届けたいと思った。こうしてその願いを実現する機会を与えていただいた作品社に、心より感謝している。

ダンティカとの出会いは、二〇〇二年四月に彼女の処女作*Breath, Eyes, Memory*を読んだときだった。深く静かな感動にとらえられた訳者は、次に*The Farming of Bones*を読んだ。このときに、ダンティカ作品と訳者の絆は決定的になった。ダンティカの読者である喜びを日本の読者と分かち合いたくて、これまで、*Brother, I'm Dying*（『愛するものたちへ、別れのとき』）、*The Farming of Bones*（『骨狩りのとき』）、*Create Dangerously*（『地震以前の私たち、地震以後の私たち——それぞれの記憶よ、語れ』）を翻訳出版してきた。作家ダンティカの人と作品への信頼は深く揺るがぬものとなり、彼女の作品を翻訳することは、訳者のなかに深く根をおろした情熱となっている。

作家エドウィージ・ダンティカの略伝は、前三作の「訳者あとがき」に詳しいので、そちらを読んでいただきたい。また、ダンティカの故国で本書の舞台にもなっているハイチ共和国については、前作（『地震以前の私たち、地震以後の私たち』）のあとがきにまとめたので、ぜひ読んでいただきたい。

この作品を読み、読者はどんな感懐を持たれただろうか？　訳者は、昨年八月に出版される前の五月に、作品社の好意で、ゲラ刷りで読むことができ、読了後すぐにダンティカにメールを出した。そのやりとりは前作（『地震以前の私たち、地震以後の私たち』）の「訳者あとがき」に報告したが、ここに転載させていただく。


「……私は今それを読み終えたところで、まだ深い感動に気持ちを静めることができずにいます。最後の数ページは泣きながら読みました。あまりにも深く心を動かされているので、その私の気持ちを伝える適切な言葉が（私の語彙不足のために）みつかりません。

実は私にはこの本を読み始める前から予感があったのですが、果たしてそのとおりに、この物語は私の心の最奥部にまで届き、深い感動を与えてくれました。この本を読む大多数の読者が同じ思いを経験するでしょう。私は、この本を読んで次のようなことを知ることができ、嬉しく思っています。悲惨と悲運はどこまでも私たちにつきまとうかもしれない、そして、私たちの必死の努力にもかかわらず、私たちの苦しみが現実に和（やわ）らぐことは少しもないかもしれない。でも、自分を勘定に入れない無私の愛と本当のコンパッションは、最後には私たちを救うだろう、ということを。これは、私たちがどこに住んでいるかにかかわりなく、万人に共通の真理だと思います。この本が私たちに教えてくれるのは、本当の幸せはどこにあるのかということです……」

そして、彼女から返信をもらった。「私にも、あなたにお礼を言うのに相応しい言葉が見つかりません。思いやりのある言葉を、本当にどうもありがとう。とても深く心を動かされました。……感動的な言葉をどうもありがとう。……本当にありがとう」と。

村上春樹は、エルサレム賞受賞スピーチでこう述べた。「うそをつくことで――本当のことのように思えるフィクションを作り上げることで――作家は真実を別の新しい場所に移し、それに新しい光を当てることができるのです。たいていの場合、現実のなかにある真実の原物を正確に言い表わすことは不可能です。だからわれわれは、真実をその隠れ家からおびき出し、フィクションの場に移し、物語の形に置き換えることで、なんとかその――真実の――尻尾を捉まえようと努めるのです。しかしながら、これを成し遂げるためには、われわれは、自分のなかで真実がどこにあるのかをはっきりさせておかなければなりません。これが、いいうそを作り上げるための重要な資質です」（スピーチは英語。佐川訳）

訳者は、作家・村上春樹のスタンスを信頼している（そして勤務校の「文学」の授業では彼の作品を読んでいる）が、村上は続けて言う。「ぼくが小説を書く理由はただ一つ、個人の魂の尊厳を表に引き出し、それに光を当てることです。物語の目的は、システム［脆く壊れやすい殻に包まれた、唯一の、かけがえのない卵である個人の前に立ち塞がる、高く硬い壁］について警鐘を鳴らし、その姿を照らし続けて、システムが、張り巡らしたその蜘蛛の巣でわれわれの魂を絡め取り、卑しめるのを阻止することです。ぼくが百パーセント確信していることは、物語――生と死の物語、愛の物語、人びとを泣かせ、恐怖に震えさせ、笑い転げさせる物語——を書くことで一人一人の個人の唯一性をはっきりさせる努力を続けることが、小説家の仕事であるということです。そのために、われわれは、来る日も来る日も、まったくまじめにフィクションをでっち上げるのです」

村上とダンティカの作品世界は、描かれる人物たちも、彼らのライフスタイルも、大きく異なる。しかし、作家・村上春樹の根源的なスタンスは、作家ダンティカのスタンスに通じる。フィクションにおいてもノンフィクションにおいても、ダンティカは常に、不条理で強大なシステムという高く硬い壁に直面して生きる弱くて壊れやすい卵である人間に——それぞれが一度きりの命を与えられた唯一無二の存在である個人に——光を当てる。村上作品に生きる人びとの多くは、生活に窮しているわけではないが、生き難さを抱える現代の若者である。生きるための確かな指針を失っているように見える彼らは、幻想の——肉眼では見えない（はずの）——世界と現実の世界を行き来しながら、村上の言う「魂の地下室」に下りていくことで自らの持つ闇の部分を見つめ、生き続ける力を模索していく。そして、一方、ダンティカの作品に生きる人びとは、（前作の「訳者あとがき」で詳しく報告したように）西半球の最貧国といわれ、人口の五十四パーセントが一日一ドル以下で、七十八パーセントが二ドル以下で生活している（二〇〇一年データ）——加えて今では、大地震による破壊の現実を、五年近くを経てまだ生き続けている——カリブ海の小国ハイチの人びとであるが、彼らもまた、愛する死者たちの世界と現実の世界とを行き来しながら、今与えられている命をよりよく生きようと奮闘する。

遠く離れた小さな国、通常その情報もほとんど私たちのもとへは届かない国——たとえばハイチ——について私たちが想像をめぐらすことは普段はまったくない。二〇一〇年一月十二日に大地震がハイチを襲い、世界中の人びとの同情の目がかの国に注がれ、日本を含む各国から金銭的・人的支援の手が差しのべられた。しかしその記憶も、今は遠くなった。それに、私たちの同情は最初から、ハイチという不幸な国、一括りにされたハイチ人という気の毒な集団としての人びとに向けられていた。それはもう世の常であり、ある意味ではやむを得ないことだ。二〇一一年三月十一日に発生した東日本大震災の犠牲となった人びとへの、私たち当事者ではない者たちの同情も、今もまだその後遺症を現在進行形で生きている一人ひとりの苦しみを痛切に共有したものであるとはいえないのと同様だ。

ダンティカは、インタビューのなかで言っている。「私たちに文学が必要なのは、文学なしには自分自身を十分に知ることができないからです。口承文学であれ、文字に書かれた文学であれ、私たちが完全に人間になるためには、文学が必要です」と。ダンティカの根は、十二歳までを過ごした故国ハイチにある。そして彼女の関心と愛は、ハイチとハイチの人びとに注がれる。輝かしく、同時にこの上なく過酷な歴史と、列強に搾取される政治とによってもたらされた貧困と、それだけではまだ足りないかのように襲いかかった大災害。それらに翻弄され続けるハイチの人びとを、ダンティカは、ノンフィクション（『愛するものたちへ、別れのとき』、『地震以前の私たち、地震以後の私たち』）でも、フィクション（『骨狩りのとき』、本作『海の光のクレア』）でも、一つの範疇に括られる悲惨で可哀想なハイチ人としてではなく、たまたまそういう境遇に生きざるを得なかった一人ひとりの人として描き、その生を、彼女に特有のリリカルで静かな声で語る。そして、そのどこまでも彼/彼女だけのものである特殊で固有の物語が、強く私たち読者の心を揺さぶり、深い共感を呼び起こすのは、それが、同じ人間のこととして、同時に私の物語でもあり、彼/彼女の生を共有することによって、私自身の生が問われてくるからである。

本作品の基となっているのは、ダンティカが編集した*Haiti Noir*（『ハイチ・ノワール』）におさめられた短篇「海の光のクレア」である。『ハイチ・ノワール』の出版は二〇一一年であるが、二〇一〇年十月に書かれた「まえがき」によると、二〇一〇年一月に大地震が起こったとき、その編集はほぼ終わっていた。したがって、そこにおさめられた作品はすべて、地震以前のものである。ダンティカは、あるインタビューで、「今ではハイチを舞台にしたものを書くときには常に心の奥で、人びとがいかに、歴史と現在によってのみではなく、地震による影響を受けてきたかを考える」と語った。地震以前に書いた「海の光のクレア」では、貧しい漁師の父親が、男手ひとつで育てている最愛の娘を、娘にいい人生を与えるために、自分にはその経済力がないから、胸を引き裂かれる思いで、資産家の女性に引き取らせようとする。この父娘の物語は長篇小説となり、首都ポルトープランスからさほど遠くない美しい町ヴィル・ローズ（一九九五年に出版され、全米図書賞最終候補となった短篇集*Krik? Krak!*〔『クリック？　クラック！』〕の舞台でもあった架空の町）と、そこに住む幾人かの人びととの物語へと、深さにおいても広がりにおいても、膨らんでいった。ダンティカは『ハイチ・ノワール』の「まえがき」に、そのアンソロジーにおさめられた物語はどれも、「一種の保存所、ところによっては回復不可能なほど変わってしまった場所を写したスナップ写真のようなものになった」と書いたが、地震以前のある一日に設定されたクレアとヴィル・ローズの物語を紡(つむ)ぎ出しているダンティカの脳裏にも、その思いは常にあったはずだ。

ダンティカは、しばらくの間この物語の現在を「二〇〇九年」とはっきり記していたそうである。その記述を外したのは、「大地震の前年のドラマチックな瞬間の物語」というふうにはしたくなかったから、ということだが、年号の記述がなくとも、これが地震の前の物語ならば、この物語のなかの人びとも、ヴィル・ローズの町の通りも家々も、読者が本書を読むときには、もうその多くは失われてしまっているということになる。この、物語の結末のさらに先の未来がわかっていて、そんな未来のことなどにまで思いを馳(は)せることなくそのときそのときを懸命に生きている人びとを描いている作家ダンティカには、どのような思いがあったのだろうか。

二〇一四年五月、ダンティカは、ブルックリン大学から名誉博士号を授与された。そのとき、この年の卒業生に向けてしたスピーチのなかで、ダンティカは以下のように述べた。

勇敢でありなさい。精神的にも、知的にも。なぜなら、想像力と勇気をもつ者のみが、平凡の域を超えて、次なる未知の領域(フロンティア)へと進むことができるのですから。また、失敗を恐れない勇気を持ちなさい。なぜなら、あなたは、この場所から行きたい場所へいく間に、何度も踏み誤ることがあるでしょうから。自ら進んで逆境を求めてはいけない。けれど、常にすべてが順調に運ぶなら、自分に与えられた恵みを十分に感謝して受け取ることはできないでしょう。心に勇気を持ちなさい。愛に勇敢でありなさい。勇気を持って心を開き、忍耐し、人を赦し受け入れ、共感し、思いやりなさい。一歩を踏み出すとき、一つの行動をとるとき、一つの決定をするとき、その都度、その一瞬一瞬に、勇敢でありなさい。私生活において勇敢でありなさい。公の生活において勇敢でありなさい。そして、絶えず終始一貫して勇敢でありなさい。

未来に何が待ち受けているかは、わからない。大事なのは、今現実に与えられている一瞬一瞬、今というときを、勇気をもって生きること。それが、ダンティカのメッセージであると思える。勇気をもつこと、勇敢であること。それをダンティカは、母と、父と、（ブルックリン大学で彼女がスピーチをした、その日に亡くなった）尊敬する先輩作家マヤ・アンジェロウから学んだという。母ローズ・ダンティカは、二〇一四年十月二日に卵巣がんで亡くなった。ダンティカから訳者へのメールには、「この悲しみにもかかわらず、私は、最後の一年間を母とともに過ごせて、幸せでした。母は、私の家で、文字通り私の腕に抱かれて、息を引き取りました。母が望んだとおりの、昔ながらのハイチ式の死でした」とあった。

本書より十年前に出版されて高い評価をえた*The Dew Breaker*（露を壊す者）は、それぞれが短篇としても読み得る九章から成る小説であったが、ダンティカは、本書でも同じ体裁を採用している。本書は、表題の少女クレアとその父ノジアスの物語であるが、同時に、クレアの住む町ヴィル・ローズとその住民の物語である。クレアの七歳の誕生日の朝に始まり、その日の夜に閉じられる一日のうちに、話者の視点は過去と現在を行き来しつつ、この町に住む幾人かの人に順番に注がれる。この小さな町でもとりわけ生き難さを抱えている人びとである。章が進むにつれて、この人たちの物語が少しずつ絡み合い、少しずつ明らかになる事実を繋ぎ合わせるうちに、私たちは、クレアの運命はどうなるのかという切ない疑問を抱きながら、同時に、この人びとがさまざまな要因――殊にハイチ特有の社会的状況――に翻弄されている、やりきれない不条理に思いを致すことになる。

それでも、この物語は、絶望で終わってはいない。「戻らなければ」と一心に思いながら山を駆け下りるクレアにわかったこと。同性愛を断罪する社会の鞭に打ち据えられるのを逃れたい一心で犯してしまった過ちの重さに、命を手放そうとしている若者に、自らも「もう少しで悲しみの海に溺れて死ぬところだった」父とマダム・ガエルが交替で「息を吹き込んで生き返らせているところ」に戻らなければ、と懸命に走るクレアにわかったこと。それが、「海の光のクレア」(=暗い海を航行する船を導く灯台か?)に託したダンティカのメッセージではないか、と訳者は考えるのだが、本書を読んでくださったみなさんは、いかがだろうか?

二〇一四年十月二十一日、*Brother, I'm Dying* が、ノンフィクション作品としては初めて、「芸術のための国家基金」(一九六五年連邦議会によって設立された政府の独立機関)の「ビッグ・リード」プログラムの選定図書に加えられた。「ビッグ・リード」は、アメリカ文化における文学の役割を活性化し、市民に楽しみと啓蒙のための読書を勧めることを目的としたプログラムである。これにより、少しでも多くのアメリカ市民が、ダンティカの作品でしか出会えない新たな真実の相を見出すことになるだろう。この本の中に生きる人びとの気持ちに寄り添って歩むうちに、自分自身もまた新たな道をたどり始めていることに気づくだろう。

本書に収められた、ダンティカからの「日本の読者への手紙」にある『ガール・ライジング』は、日本でも二〇一四年二月より全国各地で上映会が催された。はからずも、二〇一四年のノーベル平和賞は、すべての子どもの教育を受ける権利のために闘ってきた、インドのカイラシュ・サティヤルティ氏と、そのなかでも特に少女たちの教育を受ける権利のために闘っている、パキスタンのマララ・ユスフザイさんに授与された。訳者は『ガール・ライジング』を見ながら、映画のなかの勇敢な少女たちの姿がマララさんに重なり、深い感動を覚えた。映画は、現在も随時延長上映がなされているので、機会があれば、ぜひ観ていただきたい。

これから出版される予定のダンティカの作品は、双子を主人公としたヤングアダルト向けの小説*Untwine*と、幼い子ども向けの絵本*Mama's Nightingale*である。

本書を翻訳出版するにあたっては、今回も作品社の青木誠也氏にたいへんお世話になった。また、いつものように、フランス語のチェックは、ともに滝沢克己協会の幹事を務めている友人の前田保氏に、ハイチクレオール語のチェックは、一九八八年からハイチ取材を続けておられ、現在も活発に活動を持続している国内三つのハイチ支援団体（名古屋を拠点とする「ハイチの会」、山梨を拠点とする「ハイチ友の会」、そして横浜を拠点とする「ハイチの会セスラ」）にも力強く頼りになる助っ人として関わり続けておられるフォトジャーナリスト佐藤文則氏にお願いし、お二人とも快くていねいに答えてくださった。また、今回は、日本在住のハイチ人でタレントの山田カリンさん（「ハイチの会セスラ」は、ハイチでカリンさんのお姉さんが校長として経営している学校を支援している）も、クレオール語の発音を電話で聴かせてくださった。みなさまには、この場を借りて、心よりの感謝を表します。ありがとうございました。そしてもちろん、エドウィージには質問にていねいに答えてもらい（産まれたばかりのクレアを預かって育てるクレアの母の姉妹が姉なのか妹なのかの質問にいたるまで）、また今回も、前三作と同様、ぜひ日本の読者へのメッセージをとの訳者の願いに快く応えてもらい、心より感謝しています。これらの方々の協力なしには、本書が現在の形になることはあり得ませんでした。ありがとうございました。

そして最後に、職場と家庭と両方の役割をなんとかこなしながら、この仕事を全うできたのは、陰に陽に支えてくれた家族のお蔭です。ありがとう。

一冊の本がほんとうに生き始めるのは、その本がよい読者に出会えたときです。今回も、縁あって本書を手に取り、読んでくださる読者の皆さまに、この本を捧げます。

二〇一四年十二月

佐川愛子

【著者・訳者略歴】

エドウィージ・ダンティカ（Edwidge Danticat）

1969年ハイチ生まれ。12歳のときニューヨークへ移住、ブルックリンのハイチ系アメリカ人コミュニティに暮らす。バーナード女子大学卒業、ブラウン大学大学院修了。94年、修士論文として書いた小説『息吹、まなざし、記憶（*Breath, Eyes, Memory*）』でデビュー。少女時代の記憶に光を当てながら、歴史に翻弄されるハイチの人びとの暮らしや、苛酷な条件のもとで生き抜く女たちの心理を、リリカルで静謐な文体で描き出し、デビュー当時から大きな注目を集める。95年、短編集『クリック？　クラック！（*Krik? Krak!*）』で全米図書賞最終候補、98年、『骨狩りのとき（*The Farming of Bones*）』で米国図書賞（アメリカン・ブックアワード）受賞、2007年、『愛するものたちへ、別れのとき（*Brother, I'm Dying*）』で全米批評家協会賞受賞。邦訳に、『地震以前の私たち、地震以後の私たち――それぞれの記憶よ、語れ』、『骨狩りのとき』、『愛するものたちへ、別れのとき』（以上佐川愛子訳、作品社）、『アフター・ザ・ダンス』（くぼたのぞみ訳、現代企画室）、『クリック？　クラック！』（山本伸訳、五月書房）、『息吹、まなざし、記憶』（玉木幸子訳、DHC）、「葬送歌手」（立花英裕、星埜守之編『月光浴――ハイチ短篇集』所収、国書刊行会）など。

佐川愛子（さがわ・あいこ）

1948年生まれ。女子栄養大学教授。共著書に松本昇、大崎ふみ子、行方均、高橋明子編『神の残した黒い穴を見つめて』（音羽書房鶴見書店）、三島淑臣監修『滝沢克己を語る』（春風社）、松本昇、君塚淳一、鵜殿えりか編『ハーストン、ウォーカー、モリスン――アフリカ系アメリカ人女性作家をつなぐ点と線』（南雲堂フェニックス）、風呂本惇子編『カリブの風――英語文学とその周辺』（鷹書房弓プレス）、関口功教授退任記念論文集編集委員会編『アメリカ黒人文学とその周辺』（南雲堂フェニックス）など。訳書にエドウィージ・ダンティカ『地震以前の私たち、地震以後の私たち――それぞれの記憶よ、語れ』、『骨狩りのとき』、『愛するものたちへ、別れのとき』（以上作品社）、共訳書にサンダー・L・ギルマン『「頭の良いユダヤ人」はいかにつくられたか』、フィリップ・ビューラン『ヒトラーとユダヤ人――悲劇の起源をめぐって』、デイヴィッド・コノリー『天使の博物誌』、ジョージ・スタイナー『ヒトラーの弁明――サンクリストバルへのA・Hの移送』（以上三交社）など。

海の光のクレア

2015年1月25日初版第1刷印刷
2015年1月30日初版第1刷発行

著　者　エドウィージ・ダンティカ
訳　者　佐川愛子
発行者　和田肇
発行所　株式会社作品社
〒102-0072 東京都千代田区飯田橋2-7-4
TEL.03-3262-9753　FAX.03-3262-9757
http://www.sakuhinsha.com
振替口座00160-3-27183

編集担当　青木誠也
装　幀　水崎真奈美（BOTANICA）
カヴァー写真　久高良治
本文組版　前田奈々
印刷・製本　シナノ印刷株式会社

ISBN978-4-86182-519-4 C0097

【作品社の本】

逆さの十字架

マルコス・アギニス著　八重樫克彦・八重樫由貴子訳

アルゼンチン軍事独裁政権下で
警察権力の暴虐と教会の硬直化を激しく批判して発禁処分、
しかしスペインでラテンアメリカ出身作家として初めてプラネータ賞を受賞。
欧州・南米を震撼させた、アルゼンチン現代文学の巨人
マルコス・アギニスのデビュー作にして最大のベストセラー、
待望の邦訳！

ISBN978-4-86182-332-9

天啓を受けた者ども

マルコス・アギニス著　八重樫克彦・八重樫由貴子訳

合衆国南部のキリスト教原理主義組織と、
中南米一円にはびこる麻薬ビジネスの陰謀。
アメリカ政府と手を結んだ、南米軍事政権の恐怖。
アルゼンチン現代文学の巨人マルコス・アギニスの圧倒的大長篇。
野谷文昭氏激賞！

ISBN978-4-86182-272-8

マラーノの武勲

マルコス・アギニス著　八重樫克彦・八重樫由貴子訳

「感動を呼び起こす自由への賛歌」——マリオ・バルガス＝リョサ絶賛！
16～17世紀、南米大陸におけるあまりにも苛烈なキリスト教会の異端審問と、
命を賭してそれに抗したあるユダヤ教徒の生涯を、
壮大無比のスケールで描き出す。
アルゼンチン現代文学の巨匠アギニスの大長篇、本邦初訳！

ISBN978-4-86182-233-9

【作品社の本】

悪い娘(こ)の悪戯(いたずら)

マリオ・バルガス＝リョサ著　八重樫克彦・八重樫由貴子訳

50年代ペルー、60年代パリ、70年代ロンドン、
80年代マドリッド、そして東京……。
世界各地の大都市を舞台に、ひとりの男がひとりの女に捧げた、
40年に及ぶ濃密かつ凄絶な愛の軌跡。
ノーベル文学賞受賞作家が描き出す、あまりにも壮大な恋愛小説。

ISBN978-4-86182-361-9

チボの狂宴

マリオ・バルガス＝リョサ著　八重樫克彦・八重樫由貴子訳

1961年5月、ドミニカ共和国。
31年に及ぶ圧政を敷いた稀代の独裁者、トゥルヒーリョの身に迫る暗殺計画。
恐怖政治時代からその瞬間に至るまで、
さらにその後の混乱する共和国の姿を、待ち伏せる暗殺者たち、
トゥルヒーリョの腹心ら、排除された元腹心の娘、
そしてトゥルヒーリョ自身など、
さまざまな視点から複眼的に描き出す、圧倒的な大長篇小説！

ISBN978-4-86182-311-4

誕生日

カルロス・フエンテス著　八重樫克彦・八重樫由貴子訳

過去でありながら、未来でもある混沌の現在＝螺旋状の時間。
家であり、町であり、一つの世界である場所＝流転する空間。
自分自身であり、同時に他の誰もである存在＝互換しうる私。
目眩(めくる)めく迷宮の小説！
『アウラ』をも凌駕する、メキシコの文豪による神妙の傑作。

ISBN978-4-86182-403-6

【作品社の本】

幽霊

イーディス・ウォートン著　薗田美和子、山田晴子訳

アメリカを代表する女性作家イーディス・ウォートンによる、
すべての「幽霊を感じる人（ゴースト・フィーラー）」のための、珠玉のゴースト・ストーリーズ。
静謐で優美な、そして恐怖を湛えた極上の世界。

ISBN978-4-86182-133-2

無慈悲な昼食

エベリオ・ロセーロ著　八重樫克彦、八重樫由貴子著

「タンクレド君、頼みがある。ボトルを持ってきてくれ」
地区の人々に昼食を施す教会に、
風変わりな飲んべえ神父が突如現われ、表向き穏やかだった日々は風雲急。
誰もが本性をむき出しにして、上を下への大騒ぎ！
神父は乱酔して歌い続け、賄い役の老婆らは泥棒猫に復讐を、
聖具室係の養女は平修女の服を脱ぎ捨てて絶叫！
ガルシア＝マルケスの再来との呼び声高いコロンビアの俊英による、
リズミカルでシニカルな傑作小説。

ISBN978-4-86182-372-5

顔のない軍隊

エベリオ・ロセーロ著　八重樫克彦・八重樫由貴子訳

ガルシア＝マルケスの再来と謳われるコロンビアの俊英が、
母国の僻村を舞台に、今なお止むことのない武力紛争に翻弄される
庶民の姿を哀しいユーモアを交えて描き出す、傑作長篇小説。
スペイン・トゥスケツ小説賞受賞！
英国「インデペンデント」外国小説賞受賞！

ISBN978-4-86182-316-9

【作品社の本】

名もなき人たちのテーブル

マイケル・オンダーチェ著　田栗美奈子訳

わたしたちみんな、おとなになるまえに、おとなになったの——
11歳の少年の、故国からイギリスへの3週間の船旅。
それは彼らの人生を、大きく変えるものだった。
仲間たちや個性豊かな同船客との交わり、
従姉への淡い恋心、
そして波瀾に満ちた航海の終わりを不穏に彩る謎の事件。
映画『イングリッシュ・ペイシェント』原作作家が描き出す、
せつなくも美しい冒険譚。

ISBN978-4-86182-449-4

ハニー・トラップ探偵社

ラナ・シトロン著　田栗美奈子訳

「エロかわ毒舌キュート！　ドジっ子女探偵の泣き笑い人生から
目が離せません（しかもコブつき）」——岸本佐知子さん推薦。
スリルとサスペンス、ユーモアとロマンス——一粒で何度もおいしい、
ハチャメチャだけど心温まる、
とびっきりハッピーなエンターテインメント。

ISBN978-4-86182-348-0

話の終わり

リディア・デイヴィス著　岸本佐知子訳

年下の男との失われた愛の記憶を呼びさまし、
それを小説に綴ろうとする女の情念を精緻きわまりない文章で描く。
「アメリカ文学の静かな巨人」による傑作。
『ほとんど記憶のない女』で日本の読者に衝撃をあたえた
リディア・デイヴィス、待望の長編！

ISBN978-4-86182-305-3

【作品社の本】

蝶たちの時代

フリア・アルバレス著　青柳伸子訳

ドミニカ共和国反政府運動の象徴、ミラバル姉妹の生涯！
時の独裁者トルヒーリョへの抵抗運動の中心となり、
命を落とした長女パトリア、三女ミネルバ、四女マリア・テレサと、
ただひとり生き残った次女デデの四姉妹それぞれの視点から、
その生い立ち、家族の絆、恋愛と結婚、
そして闘いの行方までを濃密に描き出す、傑作長篇小説。
全米批評家協会賞候補作、
アメリカ国立芸術基金全国読書推進プログラム作品。

ISBN978-4-86182-405-0

老首長の国

ドリス・レッシング アフリカ小説集

ドリス・レッシング著　青柳伸子訳

自らが五歳から三十歳までを過ごしたアフリカの大地を舞台に、
入植者と現地人との葛藤、古い入植者と新しい入植者の相克、
巨大な自然を前にした人間の無力を、重厚な筆致で濃密に描き出す。
ノーベル文学賞受賞作家の傑作小説集！

ISBN978-4-86182-180-6

被害者の娘

ロブリー・ウィルソン著　あいだひなの訳

同窓会出席のため、久しぶりに戻った郷里で遭遇した父親の殺人事件。
元兵士の夫を自殺で喪った過去を持つ女を翻弄する、苛烈な運命。
田舎町の因習と警察署長の陰謀の壁に阻まれて、迷走する捜査。
十五年の時を経て再会した男たちの愛憎の桎梏に、絡めとられる女。
亡き父の知られざる真の姿とは？　そして、像を結ばぬ犯人の正体は？

ISBN978-4-86182-214-8

【作品社の本】

ノワール

ロバート・クーヴァー著　上岡伸雄訳

“夜を連れて”現われたベール姿の魔性の女（ファム・ファタール）「未亡人」とは何者か!?
彼女に調査を依頼された街の大立者「ミスター・ビッグ」の正体は!?
そして「君」と名指される探偵フィリップ・M・ノワールの運命やいかに!?
ポストモダン文学の巨人による、フィルム・ノワール／ハードボイルド探偵小説の、
アイロニカルで周到なパロディ！

ISBN978-4-86182-499-9

老ピノッキオ、ヴェネツィアに帰る

ロバート・クーヴァー著　斎藤兆史、上岡伸雄訳

晴れて人間となり、学問を修めて老境を迎えたピノッキオが、
故郷ヴェネツィアでまたしても巻き起こす大騒動！
原作のオールスター・キャストでポストモダン文学の巨人が放つ、
諧謔と知的刺激に満ち満ちた傑作長篇パロディ小説！

ISBN978-4-86182-399-2

隅の老人【完全版】

バロネス・オルツィ著　平山雄一訳

元祖“安楽椅子探偵”にして、
もっとも著名な“シャーロック・ホームズのライバル”。
世界ミステリ小説史上に燦然と輝く傑作「隅の老人」シリーズ。
原書単行本全3巻に未収録の幻の作品を新発見！
本邦初訳4篇、戦後初改訳7篇！
第1、第2短篇集収録作は初出誌から翻訳！　初出誌の挿絵90点収録！
シリーズ全38篇を網羅した、世界初の完全版1巻本全集！
詳細な訳者解説付。

ISBN978-4-86182-469-2

【作品社の本】

ストーナー

ジョン・ウィリアムズ著　東江一紀訳

「これはただ、ひとりの男が大学に進んで教師になる物語にすぎない。
しかし、これほど魅力にあふれた作品は誰も読んだことがないだろう」
——トム・ハンクス
半世紀前に刊行された小説が、いま、世界中に静かな熱狂を巻き起こしている。
名翻訳家が命を賭して最期に訳した、“完璧に美しい小説”

ISBN978-4-86182-500-2

黄泉（よみ）の河にて

ピーター・マシーセン著　東江一紀訳

「マシーセンの十の面が光る、十の周密な短編」——青山南氏推薦！
「われらが最高の書き手による名人芸の逸品」——ドン・デリーロ氏激賞！
半世紀余にわたりアメリカ文学を牽引した作家／ナチュラリストによる、
唯一の自選ベスト作品集。

ISBN978-4-86182-491-3

ランペドゥーザ全小説

附・スタンダール論

ジュゼッペ・トマージ・ディ・ランペドゥーザ著　脇功、武谷なおみ訳

戦後イタリア文学にセンセーションを巻きおこした
シチリアの貴族作家、初の集大成！
ストレーガ賞受賞長編『山猫』、傑作短編「セイレーン」、
回想録「幼年時代の想い出」等に加え、
著者が敬愛するスタンダールへのオマージュを収録。

ISBN978-4-86182-487-6

【作品社の本】

骨狩りのとき

エドウィージ・ダンティカ著　佐川愛子訳

1937年、ドミニカ。姉妹同様に育った女主人には双子が産まれ、愛する男との結婚も間近。ささやかな充足に包まれて日々を暮らす彼女に訪れた、運命のとき。全米注目のハイチ系気鋭女性作家による傑作長篇。アメリカン・ブックアワード受賞作！

ハイチとドミニカ共和国の間に一本の川があり、そこには多くの死者の霊が眠っています。(…) 川を訪れている間、私は彼らのために深く悲しみました。今もまだ悲しみ続けています。私は、虐殺の川を生き延びたすべての人びとのために、ハイチ人の首を切り落としたナタと切り落とされた頭を数えた指に苦しめられたすべての人びとのために、深く悲しみました。けれども、川の魂の子どもたちに会って、私は希望を取り戻しました。洗濯をしていた女の人、ラバを連れた男の人、水浴びをしていた少年たち、兵士たち、そして本書の登場人物たちさえ、皆が、私の愛と激しい怒りを呼び起こしてくれただけではなく、私の心の最も深いところで、共同体（コミュニティ）と人間であること（ヒューマニティ）の意味を明らかにするようにと促し続けています。連帯と親近感のなかで、彼らの物語と本書が、皆さんの心にも何かを語りかけてくれることを願っています。

——「日本の読者への手紙」より

ISBN978-4-86182-308-4